Das Buch:

Eine Frau wird auf dem einsam gelegenen *Hof Birkenhain* bei Wolfsruh erschossen. Vom Ehemann keine Spur. Während sich die Granseer Kripo auf die Suche nach Mann und Mörder macht, wird Hagen Brandt von Ahnungen geplagt.

„Wolfsruh" ist Hagen Brandts vierter Fall.

Der Autor:

Harald Hillebrand (Jahrgang 1958) wuchs in Frankfurt (Oder) auf, lebte einige Jahre in Berlin, bis er 1998 in den Landkreis Oberhavel kam. Viele Jahre war er als Kriminalist tätig, ab 1992 als Ausbilder für Kriminalbeamte. Seit 1997 arbeitet er als Verwaltungsbeamter in Gransee.

Weitere Romane des Autors:

Eismenschen (2005, Lerato-Verlag)
Jard – der Druidenlehrling (2005, Gipfelbuch-Verlag)
Begegnung mit den Göttern (2006, Lerato-Verlag)
Ochsenblut – ein Oberhavel-Krimi (2013, BoD)
Pfingstschleier – ein Oberhavel-Krimi (2014, BoD)
Brand(t)helfer – ein Oberhavel-Krimi (2014, BoD)
Anderswelt (2015, BoD)

Harald Hillebrand

Wolfsruh

Ein Oberhavel-Krimi

Für Janine und Alex sowie für Dora und Jørxn!

Alle Personen und Handlungen sind frei erfunden. Etwaige Ähnlichkeiten mit lebenden Personen sind rein zufällig. Den Ort Mühlhof und das Pflegeheim gibt es nicht, ansonsten stimmt der Inhalt des Buches im Wesentlichen mit bekannten Verhältnissen überein.

Alle verwendeten Markenzeichen verbleiben im jeweiligen Eigentum.

1. Auflage
Copyright © 2015 Harald Hillebrand
Coverbild: © Susanne Wernicke, Zehdenick
Herstellung und Verlag:
BoD – Books on Demand, Norderstedt
ISBN 978-3-738-63881-3

MIX
Papier aus verantwortungsvollen Quellen
Paper from responsible sources
FSC® C105338

1

Der Fahrer des VW-Busses achtete nicht auf den wild hupenden Gegenverkehr, denn er war unterwegs, um Angst zu verbreiten.

Er zog den Kopf zwischen die Schultern und starrte angestrengt in die vom Fernlicht des Kleinbusses ausgeleuchtete Nacht. Oktobervollmond. Dunkle Alleebäume huschten vorbei. Die Uhr auf dem Armaturenbrett zeigte null Uhr dreißig.
Seine Gedanken spiegelten das Düstere der letzten Wochen wieder, das sich seitdem immer mehr über ihm zusammenzog. Es waren Gedanken, die ihn dazu getrieben hatten, aus seinem Leben eine einzige wilde Abfallhalde zu machen. Und niemand kam, mit dem er darüber reden konnte. Niemand.
Allerdings gestand er sich ein, dass er weder seinem Vater eine Schuld daran geben konnte, noch sonst jemandem. Er allein hatte es verbockt. Er allein hatte zugelassen, dass dieses Düstere über ihn kam und er jetzt durch die Nacht fuhr, um zu bestrafen.
Gransee. Er schreckte auf.
Runter vom Gas, an der Tankstelle links rein und weiter. Plattenbauten. Dann Stadtvillen. Wieder Alleebäume, wieder Vollmond, der zwischen den Streifenwolken dahinzurasen schien.
Fünfzehn Minuten später rollte er durch ein abgelegenes Dorf. An den Namen konnte er sich nicht erinnern, nur die Autowerkstatt am Dorfeingang erkannte er. Denn morgen

würde er wieder fremder Leute Autos reparieren, in einer ähnlichen Werkstatt wie dieser.

Eine Rechtskurve. Da hinten musste er irgendwo links abbiegen. Jetzt. Das Dorf endete. Landstraße. Er fuhr langsam weiter. Hier irgendwo musste der Hof kommen. Hier war es.

Er fuhr daran vorbei, wendete ein Stück weiter hinten und hielt dann direkt vor der Haustür. Mit der rechten Hand tastete er hinüber zum Beifahrersitz. Zwei Steine lagen dort, beide etwas größer als seine Fäuste.

Der Motor tuckerte leise. Er würde ihn laufen lassen, erledigen, was zu erledigen war, und dann schnell verschwinden. Jetzt war keine Zeit mehr nachzudenken. Das hatte er den ganzen Weg bis hierher getan. Das Nachdenken. Dieses Sicherinnern an die Vollmondnacht nach Ostern.

An Franzi!

Er sah sie neben sich am Feuer sitzen, spürte ihren Atem an seiner Wange, als sie ihn bat, noch mit hinaufkommen zu dürfen in seine Wohnung. Das war nicht ungewöhnlich. Schon oft hatten sie gemeinsam Musik gehört oder Franzi hatte in einer Ecke gesessen und gelesen. Doch was an diesem Abend passiert war, würde ihr beider Geheimnis bleiben. Ein Geheimnis, über das sie beide nicht sprechen, das sie aber auch nicht ungeschehen machen konnten. Jedenfalls war sie ihm seitdem aus dem Weg gegangen. Warum nur?

Die Erklärung hatte er eine Woche später erfahren, an einem Samstagmittag. Er hatte ihre Stimme im Hausflur gehört. Während ihn das Gewissen plagte, lachte sie und scherzte mit diesem Mistkerl, vor dessen Haus er nun stand. Ihm hatte sie sich an den Hals geworfen.

Und deshalb, weil er endlich zu wissen glaubte, dass er den richtigen Weg gewählt hatte, deshalb stand er nun hier. Es musste der richtige Weg sein, die Schuld zu tilgen, die dieser ... dieser geile Bock auf sich geladen hatte.

Woher war der so plötzlich aufgetaucht? Warum? Wie konnte er so einfach in ihre Liebe eindringen und sie ihm wegnehmen? Franzi!

Er riss die Autotür auf, zögerte noch einen Moment und schwang sich dann hinaus. Kaum stand er neben dem Auto, holte er aus und warf den ersten Stein.

Der Knall war laut, sehr laut. Glas splitterte. Drinnen krachte der Stein gegen irgendeinen Schrank. Schnell wechselte er den zweiten Stein in die andere Hand und warf ihn in Richtung des nächsten Fensters.

Er wartete nicht und saß schon halb auf dem Fahrersitz, als die zweite Fensterscheibe zerbarst. Eilig zog er die Autotür zu, legte den 1. Gang ein und fuhr los.

Weg hier, nur weg!

Bis es Zeit war, zurückzukehren.

2

Zwei Monate später ...

Birkenhain hieß der Bauernhof und vielleicht hatte er ja wirklich früher in einem Birkenhain gestanden. Jetzt jedoch könnte er ihn auf *Haus am Wald* umtaufen, überlegte Simon Jörgens, als er den Spachtel sinken ließ, mit dem er gerade die alte Farbe vom Fensterrahmen abkratzte.
Sein Blick glitt über den dunklen Himmel. Von den Baumwipfeln gegenüber war kaum noch etwas zu sehen. Doch er wusste auch so, wie es dort aussah. Von der Topographie her hätte *Haus am Wald* sehr viel besser zum Hof gepasst, obwohl es hinter der Scheune noch immer einige Birken gab. Schließlich wuchsen die überall, wo man sie ließ.
Aber das mit dem Umtaufen war natürlich Blödsinn. Der Name *Hof Birkenhain* war so alt, dass es eine Schande wäre, sich ernsthaft einen neuen Namen zu überlegen. Völlig egal, welchen. Denn solche Namen hielten sich. Letztlich waren der Hof und dessen Name ein Stück märkische Geschichte. Und weil sie beide alles Alte und Geschichtsträchtige liebten, waren Alexa und er hier hergezogen nach *Hof Birkenhain*.
Hof und Grundstück hatten sie billig bekommen, zum einen weil die Immobilienkrise 2008 über den großen Teich geschwappt war und die Preise in den Keller gedrückt hatte, zum anderen waren Bauernhaus, Scheune und Ställe stark sanierungsbedürftig gewesen. Sonst hätten sie sich dieses Anwesen niemals leisten können. So aber, und weil er vor 30

Jahren bei seinem Ingenieurstudium auch mauern gelernt hatte, zögerten sie nicht lange und kauften. Große Bedürfnisse hatten sie sowieso nicht.
Alexa wollte in der Natur entspannen und arbeiten. Und er? Er wollte endlich so leben, wie er es sich immer erträumt hatte: Alternativ sozusagen. Eigenes Gemüse. Hühner, Enten, Kaninchen. Ein Schwein für Wurst und Schinken.
Und dreimal die Woche Sex mit seiner Alexa! Mindestens!
Schließlich, auf sein Gesicht stahl sich ein Grinsen, bin ich noch keine achtzig.
Simon Jörgens lauschte. Auf der Straße vor dem Haus hielt ein Auto. Türklappen.
Wenn jemand etwas will, dachte er, wird er schon klingeln. Und die Steinewerfer, fiel ihm ein, werden es nicht wieder sein. Nicht vor dem Schlafengehen.
Erneutes Türklappen. Das Auto fuhr weiter. Er atmete auf. Wahrscheinlich nur Werbung.
„Simon, Abendbrot." Alexas Stimme hallte durchs Haus.
Ihre erprobte Lehrerinnen-Stimme. Grundschule ist beinahe so schlimm wie Rüttelplatte oder Presslufthammer, meinte sie immer. Da braucht man sowas.
„Bin gleich soweit", rief er zurück und hängte die Fensterflügel ein. Für heute war es wirklich genug. Außerdem schlug das Wetter um. In der letzten halben Stunde war es draußen merklich kühler geworden und der Wind hatte aufgefrischt.
Alexa saß schon am Tisch, als er die Küche betrat. Er freute sich auf die Tomatenscheiben. Nur mit Pfeffer und Salz gewürzt waren sie so lecker, dass er sich hineinlegen könnte.
Als er sich setzte, griff er zuerst zu der Flasche Rohmilch, die man neuerdings in Kraatz kaufen konnte, wo er bis vor drei Monaten Pakete ausgefahren hatte.

Im Arbeitszimmer klingelte das Telefon. Alexa sprang auf und rannte hinaus. Er hörte, wie sie sich meldete. Als sie wieder in die Küche kam, sah er sie fragend an.
„Ach, irgendein Blödmann. Hat einfach aufgelegt."
„Aha", sagte er und legte Tomatenscheiben aufs Brot. Als er hineinbiss, hatte er den Anruf schon vergessen.
„Und was machen wir heute Abend noch?", fragte er zwischen zwei Bissen. Auf seinem eigenen Plan stand nur eins. Er brauchte das. Heute, da Sonntag war, besonders, aber am liebsten jeden Tag.
Er hob die freie Hand und strich ihr über die vollen Lippen. Als sie lächelte, griff er nach hinten und ließ ihren Pferdeschwanz durch seine Finger gleiten. Diese Geste verstanden beide ohne Worte. Manchmal benutzte sie sie ja auch, diese Geste. Einschließlich des Streichens über den Pferdeschwanz. Von hinten hätten sie als Geschwister gelten können mit den Schwänzchen. Nur dass er nicht blond war. Sie eigentlich auch nicht. Da hatte sie nachgeholfen.
Als seine Hand weiter den Rücken hinunterwanderte, sah sie ihn an und schüttelte den Kopf.
„Heute nicht, Schatz. Ich muss noch ein Diktat korrigieren. Das kann dauern."
Warum sagt sie das, ging es ihm durch den Kopf. Sie weiß doch, wie sehr ich es brauche. Und schließlich ist Sonntag.
„Schade", sagte er. Bemühte sich, es leichthin klingen zu lassen. Dann nahm er die Hand zurück und aß weiter.
Alexa griff zur Milchflasche und fragte: „Wann musst du denn morgen raus?"
„Halb fünf. Große Runde. 120 Pakete", murmelte er mit vollem Mund, schluckte runter und erklärte: „Schwellnuss hat angerufen."

„Dann bist du ja erst wieder abends um neun zu Hause. Schade." Nun strich sie ihm über den Rücken. „Aber nicht zu ändern, so lange du dich weigerst, wieder in deinem Beruf zu arbeiten."

Er schüttelte heftig den Kopf.

„Nein, will ich nicht. Nie wieder, hörst du? Einmal dieses Burnout hat mir gereicht. Glaub mir."

„Aber ..."

Er hob die Hand. Mein letztes Wort, hieß das. Dann dachte er an die zwanzig Pakete, die sowieso noch draußen im Transporter lagen, da er sie gestern nicht mehr geschafft hatte auszufahren.

„Ich gehe noch Holz holen", sagte er dann und stand auf. „Sollst nicht frieren. Auch wenn ich heute schmachten muss."

Er spürte Alexas Blick im Rücken, als er zum Beistellherd ging und sich den Holzkorb griff. Jetzt, Anfang Dezember, ging es nicht mehr ohne Heizen, obwohl sie beide hart im Nehmen waren.

Als er vor die Tür trat, konnte er kaum noch die Scheune gegenüber erkennen. Kopfsteinpflaster und das Gras dazwischen schimmerten dunkel. Es regnete und stürmte. Das Wasser schien, so wie es den Boden erreichte, sofort zu gefrieren. Jedenfalls schluckte die Nässe das Licht der Flurlampe und der Hof erschien ihm noch dunkler, als sonst schon.

Mist. Er hatte vergessen, neue Taschenlampen-Batterien zu kaufen und das Hoflicht ging seit Tagen nicht mehr. Dann muss es eben ohne gehen. Der Himmel war ja noch ein bisschen hell und er würde das Holz notfalls im Schlaf finden. Also los jetzt, trieb er sich an, zog den Kopf zwischen die Schultern und trat in Hauslatschen hinaus.

Nach zwei Schritten hörte er von der Straße her ein Auto

kommen, blieb stehen und lauschte.

Wer fährt denn bei dem Wetter in der Gegend herum?

Egal, ob er pitschnass wurde – es war zu einer Marotte geworden, auf jedes Geräusch zu hören. Erst recht auf solche menschlichen Ursprungs. Natürlich war das beknackt, aber seit der Sache mit den eingeworfenen Fensterscheiben lag er ständig auf Lauer.

Das Auto hielt an. Nicht vor dem Hof, sondern irgendwo im Nirgendwo. Der Motor erstarb. Nichts war mehr zu hören außer dem Trommeln des Regens auf dem Blechdach neben der Toreinfahrt.

Nachdem er noch einmal intensiv gelauscht hatte, ohne auch nur ein Türklappen zu hören, schüttelte er den Kopf und versuchte, sich zu orientieren. Das Flurlicht war inzwischen wieder erloschen.

Kurz darauf erkannte er die Silhouette des Klo-Häuschens, das mitten auf dem Hof stand, ging los und machte einen großen Bogen darum. Hinter dem Klo-Häuschen befand sich der Mistplatz. Leicht abgesenkt, mit glitschigen Backsteinen als Untergrund, halb voll Schweine-, Hühner- und Pferdemist, wobei die Schweinescheiße überwog. Dort hineinfallen wollte er auf keinen Fall.

Die Scheunenwand, an der er nun schon wochenlang herumbastelte, lag im Dunkeln. Er steuerte vorsichtig auf die Stelle zu, wo seiner Meinung nach das rechte Drittel der Scheune endete. Es beherbergte den Keller, dessen Ziegelwand hatte er inzwischen neu hochgemauert. Die restlichen beiden Drittel bestanden aus Fachwerk. Die alten Balken waren durch neue ersetzt und wurden nach und nach verheizt.

Noch zwei, drei vorsichtige Schritte. Irgendwo hier musste die große Öffnung sein, bei der noch das Tor fehlte. Er streckte einen Arm vor und ging langsam weiter.

Jetzt bin ich durch, dachte er und schrammte im selben Moment mit der rechten Schulter an der Ziegelwand entlang.

„Verdammt, das gibt wieder einen blauen Fleck", knurrte er, blieb stehen und betastete die schmerzende Stelle. Wahrscheinlich blutete sie auch. Egal. Der Pullover musste sowieso gewaschen werden.

Simon Jörgens tastete nach der Wand, machte zwei Schritte nach vorn, dann drei nach links und bückte er sich nach dem Hauklotz, der hier irgendwo stehen musste.

Richtig, da war er.

Er setzte sich darauf und befingerte noch einmal seine Wunde. Doch, durch die Maschen an der Schulter suppte Blut. Verdammter Blutverdünner. Kaum war man fünfzig, kamen alle möglichen Zipperlein. Ob man sich nun vorsah oder nicht. So, dann los: Holz einladen.

Er stellte sich den Korb zwischen die Füße und begann, ihn vollzupacken. Sägespäne rieselten ihm in die Latschen, piekten und hakten sich in den Socken fest. Mist.

Plötzlich war da ein Lichtschein. Simon Jörgens richtete sich auf und schaute zum Haus.

Kam Alexa, um nach ihm zu sehen? Sie wollte doch arbeiten.

Das Licht kam auch nicht aus dem Hintereingang, sondern von der Hausecke. Die an der Toreinfahrt. Eine Taschenlampe funzelte.

Irgendjemand zischte: „Mach das Licht aus!"

Jetzt erlosch es, ein Kichern war zu hören. Eine weitere Lampe wurde kurz eingeschaltet und leuchtete den ersten an. Eine dunkle, schmächtige Gestalt, die sich auf den Hintereingang zu bewegte.

Simon Jörgens stand auf. Er hörte das Quietschen der Hinter-

tür, als der eine sie öffnete. Im Flur ging das Licht an. Alexa kam im Hintergrund aus ihrem Büro. Davor, noch auf der Treppe, die Rücken zweier dunkler Gestalten mit Kapuzen.
„Was machen ...?" Alexas Stimme. Kreischend ängstlich.
Dann peitschten drei Schüsse durch die Nacht.
Wumm! Wumm! Wumm!
Aus dem Hausflur klangen sie wie Donnerschläge. Alexas Kopf flog nach hinten, dann wurde ihre linke Schulter zurückgeschleudert. Und der dritte Donnerschlag ließ sie nach vorn zusammenklappen und zu Boden gehen. Mit der linken Seite schlug sie auf. Der rechte Arm wurde noch einmal hochgeschleudert, fiel dann kraftlos zurück auf ihren Körper, der langsam auf den Rücken sackte und reglos liegen blieb.
Unendlich lange Zehntel Sekunden starrte Simon Jörgens auf die dunklen Gestalten, den erleuchteten Flur und Alexa. Er verstand nicht, was dort geschah. Dann kam der Schock und mit ihm das Zittern. Alles an ihm bebte.
Doch als die beiden Gestalten drinnen nach rechts und links auseinanderspritzten und wieder dieses irre Kichern zu hören war, fiel auch von ihm die Starre ab. Vorsichtig ließ er sich hinter den Hauklotz sinken.
Alexa, schrie es in ihm. Alexa!
Und dann: Mein Gott, was wollen die? Warum Alexa?
Dann nur noch Zittern und krampfartiges Schluchzen.
Simon Jörgens schlug die Hände vor's Gesicht. Dann riss er sie wieder runter, wandte gehetzt den Kopf und schaute am Hauklotz vorbei zum Haus. Der Anruf fiel ihm ein.
Mein Gott, dachte er, die suchen mich! Mein Gott, schrie es ängstlich in ihm. Warum? Was mache ich nur?
Alexa! Ist sie tot?
Was mache ich? Die Polizei rufen!

Er suchte fieberhaft in seinen Hosentaschen. Verdammt, das Handy lag auf dem Küchentisch. Wieder spähte er zum Haus. Taschenlampen funzelten hinter den Fenstern. Schnell zog er den Kopf zurück.

Panik. Sein Herz raste, pumpte und pumpte. Er bekam keine Luft. Vor seinen Augen begann es zu flirren. Blitze huschten über die Netzhäute.

Nein, nein ... Ich muss mich beruhigen, dachte er, sonst ... Was mache ich nur?

Er schloss die Augen und versuchte, langsamer zu atmen.

Dieses Scheiß Herz, dachte er. Sei doch still!

Wieder schaute er am Hauklotz vorbei. Einer kam jetzt aus dem Haus und leuchtete den Hof ab. Dann ging er nach links zur Werkstatt, wo die Tür offen stand. Er sah, wie der Mann (ja, bullig war er und wie er sich bewegte, musste es ein Mann sein) die Taschenlampe und noch etwas vor sich hielt. Wie er in die Werkstatt leuchtete und sich dann seitlich hineinschob. Einen Augenblick später kam er wieder heraus und sah sich um. Jetzt leuchtete er zur Scheune.

Verdammt! Alexa ist doch tot – was wollen die denn noch? Warum, Herrje, suchen sie mich?

Simon zog den Kopf zurück und rührte sich nicht mehr.

Scheiße. Wenn er hierher kommt, findet er mich.

Nun kam der andere aus dem Haus gestolpert. Dessen gurgelndes Kichern klang schrill.

„Such im Auto, ob dort jemand ist", rief der erste von der Werkstatt her. Nicht besonders hoch, nicht besonders tief, aber eine Männerstimme. Er kannte sie nicht. Hatte sie noch nie gehört.

„Nun mach schon, schau dort nach."

Die Tür zum Laderaum wurde aufgezogen. Etwas polterte.

Mein Gott, war der besoffen? Wieder dieses irre Kichern.
„Wo steckt der Mistkerl bloß?", fragte die Stimme wieder, aber eher zu sich selbst. Die Stimme war näher gekommen.
Scheiße, er musste weg hier. Hinten raus. Schnell!
Langsam schob Simon Jörgens sich rückwärts, bemüht, hinter dem Hauklotz zu bleiben, falls der Kerl in seine Richtung leuchtete. Er stieß gegen Metall. Die Schubkarre. Weiter. Nach links, wo die alte Dreschmaschine stand. Dort hatten sie angefangen, die ehemals zugemauerte Tordurchfahrt wieder aufzureißen.
Jemand betrat die Scheune, Licht funzelte von dort, wo er gerade noch gehockt hatte. Auf Knien rutschte er weiter. An dem Mauerdurchbruch, der noch nicht bis zum Boden reichte, stand er auf. Steckte das linke Bein hindurch und den Kopf.
Da wurde er von hinten angestrahlt.
Als er zurückschaute, sah er nur blendendes Licht. Dann ließ er sich nach vorn fallen. Schüsse peitschten hinter ihm. Trafen das Mauerwerk.
Schmerz explodierte in seiner Wade.
Er zog die Beine an den Körper, rappelte sich auf und zwängte sich zwischen Holundersträuchern hindurch.
Fünf Meter entfernt standen die ersten Bäume. Wieder fielen Schüsse.
Dann der Birkenhain.

3

Franz Xaver Bullrieder war einiges gewöhnt, doch heute empfand er es als besonders ungemütlich auf seinem Hochsitz. Kalt war es und über die Wiese, auf die er blickte, jagten abwechselnd Regenschauer und Niesel.
„Hoffentlich breche ich mir nicht den Hals beim Abstieg", murmelte er vor sich hin, denn auf dem hölzernen Geländer hatte sich inzwischen eine dünne Eisschicht gebildet.
Seit zwei Stunden saß er hier, um Rotwild zu beobachten. Die Brunftzeit war angebrochen. Doch ob stattliche Zwölfender oder von vorn herein chancenlose Kronenhirsche, sie sammelten sich offenbar auf der anderen Seite des Waldes. Hier jedenfalls ließ sich nicht einmal ein Spießer sehen. So dass sich Franz Xaver Bullrieder inzwischen fragte, was er hier wollte.
Mit dem Bayerischen Wald ließ sich Brandenburg nicht vergleichen. Sicher nicht. Aber wenigstens hatte ihm sein neuer Nachbar erlaubt, dessen Hochsitz zu benutzen. Das war anständig von ihm, fand er.
Na ja, er würde sich hier schon noch irgendwie einleben.
Wenn er erst seine eigene Pacht hatte, würde alles anders werden. Überhaupt viel heimischer würde er sich fühlen. Schließlich war der Hof billig gewesen und besser als in Nürnberg war es hier allemal. Als größten Vorteil empfand er jedoch, dass man ihn hier nicht kannte. Und zwar aus gutem Grund.
Dass er hoffte, hier eine neue Heimat zu finden, weil es billiger war, das würde er anderen gegenüber niemals zugeben. Einem Eingeborenen, einem Preußen, gegenüber erst recht

nicht. Er war zwar nie soweit gegangen, sie als *Saupreiß* zu bezeichnen, nicht einmal am Stammtisch, aber freundschaftliche Gefühle konnte er sich auch nicht abringen, wenn er zum Beispiel an die Beamten vom Bauamt dachte.

Plötzlich knallte es ganz in der Nähe. Franz Xaver Bullrieder schrak auf. Drei Schüsse, links von ihm.

Drei? Und wie eine Jagdwaffe hatte es auch nicht geklungen.

Er nahm sein Fernglas vor die Augen und schaute aufmerksam nach links. An dem Bauernhof am Ende der Wiese war er vorhin vorbeigefahren. Aber wer schoss hier wild um sich?

Der Hof, dessen vordere Ecke noch gerade so hinter den Bäumen hervorlugte, lag im Dunkeln. Nein, da funzelte jemand herum. Er nahm das Fernglas herunter und versuchte, sich zu orientieren.

Fünf Minuten später: Wieder Schüsse, diesmal zwei.

Sie klangen irgendwie gedämpfter als die vorigen und zumindest die letzte Kugel schlug in ein Mauerwerk ein. Jedenfalls glaubte er, das gehört zu haben.

Jesus, was trieben die da? Was soll nur diese Ballerei? Kein Wunder, dass sich hier kein Wild blicken ließ.

Egal, hier noch länger herumzusitzen hatte keinen Zweck. Dann ging er doch lieber ins Bett oder las noch etwas. Der Krimi, den er sich gekauft hatte, soll ja angeblich gut sein und hier in der Gegend spielen. Warum nicht damit den Abend beschließen? Die richtige Einstimmung dafür hatte er ja gerade erlebt.

Einen Moment lauschte er noch in die Nacht. Alles war still. Dann packte Franz Xaver Bullrieder seine Thermoskanne zurück in den Rucksack, erhob sich vom harten Sitz und kletterte vorsichtig die Leiter hinunter. Unten angelangt überlegte er, ob er quer über die Wiese gehen sollte oder doch lieber am

Waldrand entlang bis zu dem Hof. Er entschied sich für letzteres. Unter den Bäumen war es bestimmt nicht so glatt.

Mit der rechten Hand hielt er das Fernglas fest, damit es nicht immer gegen seinen Bauch schlug, und machte sich auf den Weg. Und wie immer war er bemüht, sich dabei möglichst lautlos zu bewegen.

Dieses schleichende Gehen war ihm längst in Fleisch und Blut übergegangen. Einmal, als er in Nürnberg zwischen Wohnung und Bierstübl gewechselt war, hatte er sich dabei ertappt, so durch die Straßen zu laufen. Sah bestimmt komisch aus, dachte er und lächelte in sich hinein.

Von dem Hof war jetzt nichts mehr zu sehen. Er musste erst um die Waldnase herum, die ihm die Sicht versperrte. Sollte er außen herum gehen? Nein. Sie konnte ja höchstens zwanzig Meter breit sein. Also quer durch.

Vorsichtig trat er zwischen die ersten Bäume und blieb stehen. Finster wie im Arsch eines bayerischen Problembären. Er wartete, bis sich seine Augen an die veränderten Lichtverhältnisse gewöhnt hatten.

Plötzlich schien der Wald vor ihm zu explodieren, sinngemäß gesprochen natürlich. Jemand bahnte sich rücksichtslos einen Weg zwischen Bäumen, Büschen und Brombeeren hindurch. Äste brachen. Dann Schnaufen.

Mein Gott, das klang ja wie die Elchkuh, die er damals in Norwegen hatte jagen dürfen. Aber nein, das war ein Mensch, der dort rannte.

Dann peitschte ein Schuss. Die Kugel schien nur fünf Meter neben ihm in einen Baum einzuschlagen.

Franz Xaver Bullrieder ging in Deckung.

Verdammt, wer rennt hier durch den Wald und schießt wild um sich? Das gibt es doch gar nicht. Er war doch hier nicht in den Ukrainischen Wäldern, sondern in Brandenburg.

Der Wilddieb, oder was immer es war, lief vorbei. Dahinter kam noch einer. Wieder knallte es, dass Franz Xaver Bullrieder die Ohren klingelten.

Was soll das bloß? Selbst ein Wilddieb hat sein Anrecht auf Leben, dachte er, ging in die Hocke und tastete über den Waldboden vor sich. Da, ein Arm starker, morscher Ast.

Soll ich? Ja.

Er schleuderte den Ast von sich, direkt in die Laufbahn des Verfolgers. Und er hatte Glück: Der Ast prallte nicht gleich gegen den nächsten Baum, sondern flog mehrere Meter. Noch einmal krachten zwei Schüsse, Pistolenschüsse, er hatte es deutlich erkannt, und diesmal wirklich genau in seine Richtung. Aber wenn er richtig gezählt hatte, müsste jetzt selbst beim größten Pistolenmagazin die Munition alle sein. Und da hörte er auch schon das Klicken.

Still blieb er sitzen.

Ob ich heute Nacht schlafen kann, fragte er sich. Bei so einer Aufregung? So einer Räuberpistole?

Jedenfalls würde er die Polizei anrufen. Denn das hier ging ja nun wirklich nicht. Von dem Wilddieb, oder wer immer davongelaufen war, war nichts mehr zu hören. Der Verfolger fluchte leise und machte kehrt.

Franz Xaver Bullrieder zog sein Handy hervor und drückte die 110.

4

„Butterbrod. Polizeirevier Gransee", meldete sich Jörg Butterbrod, nachdem die Leitstelle das Gespräch an ihn weitergeleitet hatte.

Die sollten Weiterleitstelle heißen, dachte er böse. Sitzen in Potsdam und haben keine Ahnung, was hier los ist. Glauben die, wir hätten nichts zu tun?

Gerade waren auf der Bundesstraße wieder zwei Irre bei Glatteis in die Bäume gerast.

„Bullrieder."

„Was? Wollen Sie mich beleidigen?", fragte Butterbrod zerstreut zurück.

„Na Ihr Name ist ja auch nicht viel besser, gä? Entschuldigung, ich heiße Franz Xaver Bullrieder und möchte eine Straftat melden. Wo bin ich denn gelandet?"

Jörg Butterbrod atmete tief durch.

„Auch Entschuldigung. Hier ist im Moment ein wenig Stress. Also, Sie sind im Polizeirevier Gransee gelandet. Was kann ich für Sie tun? Was für eine Straftat?"

„Gransee? Das ist gut. Also, stellen Sie sich das vor: Ich sitze auf meinem Hochsitz gleich hinter Wolfsruh und da ballert jemand in der Gegend herum. Mit einer Pistole, gä? Ich bin runter vom Hochsitz und im Dunkeln rennt dann einer an mir vorbei. Dahinter ein Zweiter und hat geschossen. Was ist denn hier bloß los in Brandenburg?"

„Wurde jemand getroffen?"

„Nein, ich denke nicht. Es wurden acht Schüsse abgegeben.

Dann war das Magazin leer und der Schütze ist umgedreht."
„Und wo genau war das?", hakte Jörg Butterbrod nach, der immer noch nicht sicher war, ob ihn da jemand auf den Arm nehmen wollte.
„Kennen Sie die Straße von Wolfsruh nach Schulzendorf? Da steht auf der rechten Seite ein einzelner Bauernhof. Von diesem Hof kamen die ersten Schüsse. Ich bin jetzt ein paar hundert Meter hinter dem Hof im Wald."
„Okay, ich komme. Aber es wird ein Weilchen dauern. Bei dem Glatteis sind alle Streifenwagen im Einsatz. Wollen Sie zu Hause warten? Wo wohnen Sie?"
Jörg Butterbrod legte auf, als er sich alles aufgeschrieben hatte, und lehnte sich in seinem Bürostuhl zurück.
Sollte da wirklich etwas dran sein, überlegte er. Die Jörgens, die dort wohnen, kannte er, zumindest mit Simon hatte er sich schon ein paar Mal unterhalten, wenn der ein Paket brachte.
Ein bisschen verrückt sind diese Alternativen ja. Aber eins glaubte er auf gar keinen Fall: Dass Simon Jörgens eine Pistole besaß und damit in der Gegend herumballerte.
Im Treppenhaus summte das elektronische Türschloss. Jörg Butterbrod schaute auf die Uhr. Tatsächlich. Seine Ablösung war da.
„Moin, Moin", rief da auch schon Stanislaus Kern von der Tür her. „So eine Sauglätte aber auch. Da will man doch eigentlich gar nicht vor die Stalltür treten."
„Hallo Stan. Böcke und Zippen wohlauf?" Butterbrod grinste. Er kannte Stans Leidenschaft für Kaninchen.
„Nee, habe geschlachtet. Die übrigen sitzen in den Ecken und hoffen, dass das Schicksal diesmal an ihnen vorbeigeht."
„Wie lange musst du denn noch Innendienst schieben?", fragte er dann laut. Stan zog sich nebenan die Uniform an.

„Präzisiere bitte deine Frage. Wenn's nach Muttern geht oder nach dem Amtsarzt oder nach mir?" Stan ließ seine Aktentasche ins Spind fallen und knallte es zu.

„Im Ernst, Stan, wie geht's? Merkst du es noch?"

„Sagt Mutter auch immer."

Stan klopfte auf die Tischplatte, als er ins Büro trat.

„Toi toi toi, vielleicht kann ich nächste Woche wieder auf meinen Wagen. Hab Sehnsucht nach Olli, dieser Lachgummi-Fressmaschine. So ein kleiner Lungenschuss bringt mich schließlich nicht um."

Jörg Butterbrod lachte. Jetzt ging das wieder. Nach dem Banküberfall, bei dem Stan zufällig dazwischengeplatzt war, war niemandem zum Lachen zumute gewesen.

„Okay, Stan, ich hab's eilig. Gerade kam ein Anruf, dass jemand im Wald bei Wolfsruh herumballert. Ich will dort jetzt noch hin. Die Streifenwagen sind auf der B 96. Zwei Unfälle. Ich rufe dich an, wenn noch etwas ist."

Er stand auf und zog seine Uniformjacke über. Sie gaben sich die Hand und draußen war er.

Obwohl er langsam fuhr, brauchte er nur zwanzig Minuten bis Wolfsruh. Die Hausnummer fand er schnell und klingelte.

Nichts rührte sich.

Schnell stieg er wieder ins Auto und gab Gas. Fast am Ende des Dorfes bog die Straße links nach Schulzendorf ab. Es sah schon von weitem glatt aus. Der kalte Wind hatte offenbar ganze Arbeit geleistet. In Schrittgeschwindigkeit fuhr er in die Kurve. Der Suzuki begann sofort, sich zu drehen.

Jörg Butterbrod saß entspannt da und wartete, bis es aufhörte. Dann gab er vorsichtig Gas und bemühte sich, den Wagen auf der Fahrbahnmitte zu halten. Zum Glück kam ihm niemand entgegen. Aber schlussendlich rutschte ihm die Karre doch von der Straße. Schotter und Gras brachten ihn zum Stehen. Fluchend schaltete er die Zündung aus, griff sich die Taschenlampe und stieg aus. Wald, Finsternis, Wind und Regen erwarteten ihn.

Bis nach *Birkenhain* müssen es noch ungefähr 500 Meter sein, überlegte er und ging los. Immer schön im Gras neben der Straße. Da war es noch am ungefährlichsten.

Unterwegs versuchte er sich zu erinnern, ob *Hof Birkenhain* vor oder hinter der Bahntrasse lag, die früher zur Muna geführt hatte, inzwischen aber demontiert war. Nur der Damm markierte noch den alten Streckenverlauf zur Munitionsfabrik, die jeder Granseer zumindest dem Namen nach kannte.

Hinter der Trasse, etwas versteckt, lag auch der Tümpel, von dem er in einem Kinderbuch gelesen hatte. Dieses Buch hatte ihn als als Zwölfjährigen so fasziniert, dass er eines Tages losgezogen war, um die *Käuzchenkuhle* zu suchen. Aber gefunden hatte er sie erst viele Jahre später, als er dorthin musste, weil ein Kind darin ertrunken war.

Mit langen Schritten passierte er die Senke, in der der Bahndamm verlaufen war. *Hof Birkenhain* lag ein Stück dahinter. Licht brannte nicht und alles schien ruhig. So sehr, als wären die Jörgens bereits schlafen gegangen. Aber an einem Sonntag? Unwahrscheinlich. Und spät war es ja auch noch nicht.

Hinter einem der Straßenbäume blinkte es rhythmisch. Wahrscheinlich der Anrufer.

Jörg leuchtete kurz mit seiner Taschenlampe über die Fenster des Hauses. Doch noch immer regte sich nichts.

„Hallo?", rief jemand aus Richtung der Warnblinkanlage.

„Herr Bullrieder? Hier ist die Polizei."

Er ging der Stimme entgegen.

„Glatt heute, nicht wahr?", fragte er, als sie sich auf halbem

Weg zwischen Auto und Jörgens Hof trafen.

„Ja, ich werde mein Auto wohl stehenlassen und es morgen holen. Gä?", sagte sein Gegenüber in deutlich bayerischem Akzent. „Gestatten, Bullrieder."

„Butterbrod. Bei Ihnen sagt man wohl Bemme. Sie kommen doch aus dem Süden – oder?"

„Was Sie meinen, ist Sachsen. Ich bin aus Nürnberg. Das sind die mit den Würstchen. Passt gut zu Bemme, gä?"

Franz Xaver Bullrieder röhrte laut und tief.

„Okay. Jedenfalls scheine ich ja hier richtig zu sein. Haben Sie noch jemanden gesehen, seit Sie hier warten?"

„War alles ruhig, Herr Wachtmeister."

„Hauptkommissar", verbesserte Butterbrod automatisch, während er darüber nachsann, ob er sich so in den Jörgens getäuscht haben sollte.

Er zog noch einmal sein Handy hervor. Gerade erst neun. Dann ließ er sich erklären, wo die Ballerei stattgefunden hatte, und versicherte, dass er sich melden würde wegen der Aussage.

„Gehen Sie am besten nach Hause. Ich werde mal klingeln."

Sie gaben sich die Hand. Dann schlitterte er vorsichtig auf Jörgens' Haus zu.

5

Mein Gott, wer bin ich?, schoss es Simon Jörgens durch den Kopf. Und warum ballert der hinter mir her?

Eine Art Jaulen oder Heulen entfuhr seiner Kehle. Und links von ihm im Gebüsch machte sich irgendjemand oder etwas davon. Oder nicht? Es raschelte kurz, dann trat wieder Stille ein und die fühlte sich an, als würde jemand auf ihn zielen und habe jetzt die richtige Schussposition gefunden.

Wo ich bin? Im Wald. Wenn er die Umgebung auch noch nicht genau einordnen konnte. Ein Holunderbusch, mehrere niedrige Birken ringsum. Jedenfalls den Umrissen nach. Und er saß auf einem Baumstumpf, wahrscheinlich südlich von Wolfsruh, und kam nicht weiter, weil sein krankes Herz wilde Tänze aufführte und das Bein nicht minder schmerzte. Und sein angekratztes Hirn schien auch einen Schuss abbekommen zu haben.

Was genau den Schmerz in der Wade verursachte, konnte er in der Dunkelheit nicht erkennen. Vorsichtig tastete er an der Wunde herum. Jedenfalls war da so viel Blut, dass das Hosenbein daran festklebte.

Er richtete sich auf und schaute nach oben zu dem, der angeblich immer zuschaut und penibel das Geburten- und Sterberegister führt. Angeblich, dachte er. Oder fälscht der da oben auch seine Statistik? Machen wir die Probe:

„Habe ich schon immer Simon Jörgens geheißen? Du da oben: Bin ich nicht in Fürstenberg, nur ein paar Kilometer von hier, zur Schule gegangen und habe dann studiert?", flüsterte er und wusste irgendwie, dass es der Schock war, der ihn das fragen ließ.

„Simon Jörgens. Ja, das bin ich", sagte er wiederum laut, als wolle er prüfen, ob sein Gehör noch funktionierte.

„Und Alexa?", fragte er dann.

Im Jahr der Wende hatten sie sich kennengelernt und gleich geheiratet. Verrückt waren sie beide. Aufeinander. Das wusste er noch genau. Verrückt war auch, hierher zu ziehen. Ans Ende der Welt, wo die Wölfe ruhen. Fünf Jahre war das her.

Und jetzt war Alexa … tot?

„Hey du, schau mal nach. Ist sie bei dir dort oben angekommen?", rief er laut und stach mit dem Finger in den Himmel, damit der dort oben auch wusste, dass er gemeint war.

Er stellte sich den grauhaarigen beamteten Petrus am Himmelstor vor, im dunklen Anzug aus der Boutique *Sternenlicht* und einer blauen Fliege mit silbernen Punkten. In der Hand hielt er Klemmmappe und Gänsekiel.

„Und wenn sie da ist", fuhr er dann flüsternd fort, „dann, dann wüsste ich gern, ob es ihr gut geht und warum sie sterben musste."

Aber ob es ihr gut geht, überlegte er dann, kann sie mir doch auch selbst berichten. Oder? Jedenfalls, wenn sie wirklich dort oben angekommen ist und neben dem alten Griesgram am Tor steht, neben dem, der noch nie geantwortet hat.

„Alexa, sag was. Blinzle wenigstens mal."

Simon Jörgens spähte angestrengt nach oben.

Kann es sein, dass der eine etwas größere Stern, der plötzlich zwischen den Wolken auftauchte, ihm zublinzelt?

Gleich daneben sah er noch einige, die aber stillhielten.

„Bist du das, Alexa?"

Danke, für dein Blinzeln. Ja, ich bin froh, dass es dir gut geht.

Er mochte den Blick nicht von ihr abwenden. Und ihr ging es wohl genauso.

„Die anderen neben dir – wer sind die?", fragte er leise.

Doch im gleichen Moment schoben sich wieder die Wolken heran und es begann erneut zu regnen.

Ob sie nun auch nass wird, fragte er sich unwillkürlich und zog den Kopf zwischen die Schultern. Bestimmt ist sie durch die Pforte gegangen. Zusammen mit den anderen.

Aber warum haben diese Fremden Alexa erschossen? Gibt es einen Grund? Und wenn es einen gab, muss der doch mit ihm selbst zu tun haben. Mit wem sonst? Hat der eine nicht erwähnt, dass sie eigentlich ihn suchten? Sicher war er nicht.

Oder konnte eine Lehrerin eine Bedrohung für jemanden darstellen? Das war doch Quatsch. Eine Lehrerin der Grundschule. Nein. Aber tot ist nun mal sie.

Und er selbst? War er auch tot? Es fühlt sich so an. Sein vernageltes Hirn schien tot zu sein, oder betäubt oder beides.

Aber wenn sein Bein schmerzt, dann lebte er doch, oder? War das Rasseln in seiner Brust der Beweis? Das Rasen seines Herzens, das seit 25 Jahren für Alexa geschlagen hatte? Okay, für ein paar andere auch. Aber die zählen jetzt nicht. Waren längst vergessen.

„Alexaaa!", schrie er und ob die Mörder es hörten, war ihm scheißegal. Nie wieder würde sie auf der Bank draußen neben ihm sitzen und dem Sonnenuntergang zuschauen. Oder ihm liebevoll über die Wange streichen, wenn sie sonntags nebeneinander beim Frühstück saßen und auf den Hof schauten, ihrem späten Lebenswerk.

Die körperliche Nähe war ihnen immer wichtiger gewesen, als sich in die Augen zu schauen oder sich stundenlang über die Ereignisse des Tages auszutauschen.

Plappern kann ich in der Schule, hatte sie mal gesagt.
Auch das, was man jetzt über dieses *körperliche Nähe* denken mochte, ja. Aber er meinte das anders. Er meinte Händchen halten, wie man so schön sagt. Sich anlehnen, sich helfen bei den Arbeiten, die auf dem Hof zu erledigen waren. Das meinte er.
Als sie dabei waren, das Haus für sich einzurichten, hatte Alexa den Küchentisch ganz selbstverständlich vor das Fenster gestellt, das zum Hof zeigte. Ohne dass sie vorher darüber gesprochen hätten. Und ihre Lieblingsstühle stellte sie nebeneinander vor den Tisch, damit sie Seite an Seite sitzen und aus dem Fenster schauen und die Abendsonne genießen konnten.
Sie hatte ihn nur kurz angeblickt, als sie das tat, und er hatte genickt.
Es war ein wirklich schönes Leben gewesen mit Alexa. Obwohl sie keine Kinder hatten. Irgendein Gendefekt. Es war nicht wichtig gewesen ab einem gewissen Punkt.
Einmal, noch in Berlin, hatte er sie von der Schule abholen wollen und draußen unter dem Klassenfenster auf sie gewartet. Es war Sommer gewesen. Die Fenster standen groß offen, so dass er die Stimmung auffangen konnte, die während des Unterrichts in der Klasse herrschte. Ausgelassenes Lernen. Sage keiner, das ginge nicht.
Er hatte es gesehen, gespürt. Und er hatte begriffen, dass sie gern ein Kind gehabt hätte. Wirklich gern.
Die Schule, ihre Klasse, das waren ihre Kinder geworden.
„Niemand hat so viele Kinder wie ich", hatte sie geantwortet, als er ihr nach diesem Erlebnis vorschlagen wollte, ein Kind zu adoptieren.
„Und jetzt bist du tot, liebste Alexa", flüsterte er.
Warum bin ich nur weggerannt, fragte er sich. Wir wären jetzt

im Himmel wieder vereint. Ich hätte nur aufstehen müssen und dem Mann mit der Taschenlampe entgegengehen.
Die Pistole hätte den Rest erledigt.
Und jetzt? Was soll ich jetzt anfangen? Soll ich mich selbst umbringen? Das kann ich nicht. Doch wenn ich mich nicht mehr verstecke, finden sie mich vielleicht. Bestimmt sogar.
Aber zuerst müssten sie ihm erklären, warum Alexa sterben musste. Das wüsste er zu gern.
Verdammt! Sie hat doch niemandem etwas Böses getan.
„Ihr verdammten Hurensöhne!", schrie er in die Nacht und schüttelte seine Faust, drohend, in irgendeine Richtung. Dann kam der nächste Weinkrampf.
Es dauerte lange, bis er sich beruhigt hatte. Irgendwie hielt ihn der Schock wach. Und noch immer saß er auf diesem Baumstumpf. Er fühlte sich zwar müde, vielleicht vom Blutverlust, aber noch hatte er sich nicht ganz in sich selbst verkrochen. Obwohl er, wenn das mit dem Blutverlust denn stimmt, einfach nur sitzen bleiben und warten brauchte. Das Leben würde aus ihm hinausrinnen. Und, wie zum Trost, neuem Leben Nahrung geben.
Langsam schüttelte er den Kopf. Nein, er durfte nicht aufgeben. Wenn er diese Mörder finden würde, wäre sein Weiterleben wenigstens nicht umsonst. Zuerst musste er zurück zum Hof. Handy, Geld, warme Sachen holen. Dann würde er auf die Suche gehen, in den Kampf ziehen sogar.
Und vielleicht ... schoss es ihm plötzlich durch den Kopf ... vielleicht ist Alexa ja gar nicht tot. Schließlich hat sie nicht geantwortet, nicht wirklich, und der dicke Alte mit seiner komischen Fliege dort oben auch nicht.

6

Wieso sollte Jörgens auf seinem Hof herumballern, fragte sich Jörg Butterbrod, als er erfolglos an der Vordertür rüttelte.
Seit über zwanzig Jahren tat Butterbrod Dienst in Gransee, aber ein solches Schauermärchen war ihm noch nie zu Ohren gekommen. Jedenfalls nicht in Gransee. Außerdem war anscheinend überhaupt niemand zu Hause. Er hatte geklingelt und geklopft, ohne dass sich etwas rührte. Jetzt würde er es am Hoftor probieren. Vielleicht auch noch auf dem Hof nach ihnen rufen.
Vorsichtig tastete er sich wieder die glatten Stufen hinunter. Im Licht der Taschenlampe entriegelte er die kleine Pforte neben der Hofeinfahrt und öffnete sie.
Zwischen Bauernhaus, Schleppdach und dem ersten Stallgebäude war es noch dunkler als auf der Straße.
Der Transporter stand da, der, mit dem Simon Jörgens immer seine Pakete ausfuhr. So geparkt, dass er am Morgen bloß hineinspringen brauchte und gleich losfahren konnte. Aber die Fahrertür schien nicht ganz geschlossen zu sein; die Innenraumbeleuchtung brannte.
Das sah dem Jörgens, den er kannte, gar nicht ähnlich. Der war sonst immer so genau mit seinen Paketen. Prüfte alles dreimal, bis er zufrieden war.
Hatten die Jörgens einen Hund?
Jörg Butterbrod zögerte, trat dann zwei Schritte vor.
Nein, wohl nicht.
„Simon", rief er laut. Niemand antwortete.

Er war kein ein Angsthase, aber heute schien ihm doch, als drohe eine Gefahr. Der dunkle Hof. Das dunkle Haus. Die Stille. Nicht zu vergessen die Schüsse, von denen Bullrieder erzählt hatte. Aber an diese Geschichte wollte er nicht glauben. Simon musste einfach zu Hause sein.

Zumal die Innenraumbeleuchtung des Transporters laut und deutlich sagte: Ich bin nur schnell in den Keller gerannt! Oder in die Werkstatt. Ich komme gleich wieder.

Aber wo war er?

„Simon Jörgens, wo steckst du? Alexa, hier ist Jörg Butterbrod, der Polizist aus Neulögow!"

Er schaute kurz vorne in den Transporter hinein. Nichts Auffälliges. Aber die Seitentür des Laderaums stand auch offen und zwei Pakete lagen davor auf dem Pflaster. Das war wirklich merkwürdig.

Nun leuchtete er hinüber zum Haus und ging, vorsichtig, um nicht auszugleiten, um die Hofpumpe herum. Die Hintertür stand offen. Gähnende Schwärze dahinter. Im Licht der Taschenlampe sah er nur die Kellertür und ein Stück der Treppe ins Hochparterre.

Langsam wurde ihm nun doch mulmig in der Magengegend.

Er wechselte die Taschenlampe in die linke Hand und nestelte an der Pistolentasche, bis sie offen war. Dann legte er die Hand so auf den Pistolengriff, dass er schnell zufassen und ziehen konnte, falls dies notwendig wäre.

Bis auf drei Schritt näherte er sich der Hintertür und hob langsam die Hand mit der Lampe, um den Flur hinter der Treppe besser auszuleuchten.

Da lag jemand! Am Ende des Flurs.

Mit einem Ruck hatte er die Pistole draußen. In einer fließenden Bewegung glitt er auf das Haus zu und drückte sich mit dem Rücken an die Hauswand. Dort blieb er stehen, direkt links neben der Hintertür, und hielt den Atem an.

Verdammt, was war hier passiert? Dieser Bullrieder hatte offenbar doch nicht gesponnen.

Vorsichtig lugte er um die Ecke in den Flur hinein. Nichts hatte sich dort drinnen gerührt.

Licht aus!, schalt er sich. Knipste die Taschenlampe aus und setzte in einem Sprung vor zur Kellertür. Zwei Meter gewonnen. Etwas höher als vorher stand er jetzt auch.

Eine halbe Minute. Eine Minute. Stille.

Vor sich neben der Haustür sah er das Glimmen eines Lichtschalters. Das Flurlicht? Er streckte den Arm danach aus.

Das Flurlicht ging an. Sonst geschah nichts.

Ob ich lieber gleich im Revier anrufe, überlegte er. Nein. Die lachen mich noch die nächsten zehn Jahre aus, wenn das eine Gummipuppe ist.

Vorsichtig spähte er um die Ecke in den Flur.

Keine Gummipuppe. Es war Alexa Jörgens, die dort lag. Halb auf dem Rücken.

Jörg Butterbrod nahm sichernd Stufe für Stufe ins Hochparterre. Im Vorbeigehen leuchtete er die Bodentreppe hoch, dann in den kurzen Flur, der links abging.

Was war hier nur passiert?

Vor Alexas Leiche kniete er nieder und legte zwei Finger an ihren Hals. Tot. Er hatte nichts anderes erwartet, nachdem er das Loch in der Stirn und den Blutfleck auf dem löchrigen Stonewashed-Rosa des Pullovers gesehen hatte.

Zwei lose Blätter linierten Papiers lagen neben ihr auf dem Boden, bekritzelt mit Kinderschrift. Er ließ sie liegen, erhob sich und trat vorsichtig zwei Schritte zurück. Zum einen um keine Spuren zu verwischen, vor allem aber weil er das Gefühl hatte, etwas Kaltes krieche ihm den Rücken hinauf. Die kalte Hand des Todes, des Mörders.

Er zwang sich zur Ruhe.

Wo ist Simon, fragte er sich. Ist er der Schütze gewesen? Der Mörder? Aber dieser Bullrieder hatte etwas von einer Verfolgungsjagd durch den Wald erzählt.

Er griff zum Handy und drückte die Notruf-Taste. Die Leitstelle. Ein warmes Gefühl von Heimat durchströmte ihn.

Er meldete, was er vorgefunden hatte und unterbrach die Verbindung. Dann schaute er noch einmal zu Alexa.

Sie lag direkt vor einer Zimmertür und blockierte sie. Dort konnte niemand rein oder raus. Auf der linken Seite des Flurs war eine weitere Tür.

Er wollte wenigstens wissen, ob auch Simon Jörgens hier irgendwo lag. Obwohl das eigentlich nicht sein konnte, wenn auch der Rest von Bullrieders Geschichte stimmte.

Er öffnete die Tür und schaltete das Licht ein. Das Wohnzimmer. Dahinter weitere Räume. Aber kein Simon Jörgens.

Plötzlich war da vom Flur her eine Bewegung. Ein Geräusch, das wie das Heulen eines Hundes klang. Schnell machte er kehrt und rannte zurück zum Flur.

Ein Sessel war im Weg.

7

Ein kleiner Funken Hoffnung glomm noch in Simon Jörgens, wenn er sich auch eingestehen musste, dass dieses Nachglimmen nur so lange anhielt, wie sein Schock, denn der hatte das rationale Denken in ihm komplett ausgeschaltet.

Er war kein Sprinter und doch hatte er sich beeilt. Eigentlich war er vollkommen unsportlich. Aber er hatte Ausdauer, jedenfalls bei Alexa und beim Stall ausmisten und beim Unkraut jäten. Und so war er innerhalb von 15 Minuten soweit zurückgelaufen, dass er *Hof Birkenhain* sehen konnte.

Aber dass er ihn trotz der Finsternis überhaupt sehen konnte, lag nur daran, dass anscheinend jemand im Haus war. Im Flur brannte Licht. Er sah es durch das Oberlicht der Hintertür, das gerade noch über das Wellblech der Gartentüre zwischen Stall und Scheune hinwegschimmerte.

Natürlich konnten es nur die eingeschaltet haben, die auch hinter ihm her geschossen hatten. Wer sonst? Jedenfalls wusste er sicher, dass das Flurlicht nach zehn Minuten automatisch aus ging. Er hatte es ja selbst so eingestellt. Außerdem parkte ein Auto hundert Meter links vom Haus. Die Mörder. Wer sonst, dachte er weiter, obwohl er sich wenige Schritte zuvor eingeredet hatte, Alexa sei nicht tot ... Ob sie etwas suchten? Quatsch. Was sollte das sein? Jedenfalls musste er sich irgendwie hineinschleichen, ohne erwischt zu werden.

Wieder durch die Lücke in der Scheunenwand zu kriechen, traute er sich nicht. Konnte ja sein, dass sie gerade dort auf ihn warteten. Das Gartentor war vom Hof her verriegelt. Also kletterte er stattdessen die eisernen Sprossen am Schornstein hoch, die der Schornsteinfeger wahrscheinlich früher immer benutzt hatte. So kalt seine Füße auch waren, und so glatt die Sprossen – dass er nur Socken trug, kam ihm jetzt zugute.

Der Schornstein gehörte zur ehemaligen Waschküche und war nicht mehr benutzt worden, seit sie hier lebten. Aber auf der Hofseite führten ebensolche Sprossen wieder hinunter. Diesen Weg hatte er schon einmal bei Tageslicht ausprobiert und so fand er die Sprossen problemlos. Sogar die Wunde an der Wade hatte sich wieder leidlich beruhigt. Wahrscheinlich auch wegen der Kälte, die seine Füße regelrecht gefühllos gemacht hatten. Leise schlich er zur Haustür.

Als er vorsichtig um die Ecke lugte, sah er, dass die Wohnzimmertür offenstand und dort Licht brannte. Auf Zehenspitzen stieg er die Stufen zum Flur hinauf. Dort blieb er wie erstarrt stehen.

Keine zehn Meter entfernt lag Alexa auf den alten Fliesen.

„Meine Alexa", flüsterte er stimmlos. „Meine Liebste."

Er hörte, wie hinten im Haus eine weitere Tür geöffnet wurde. Weg hier! Er musste die Sachen holen und dann verschwinden. Doch unwiderstehlich zog es ihn zu Alexa. Nur noch einmal über das lange Haar streichen. Sie bitten aufzustehen und mit ihm zu kommen.

Selbst wenn sie wirklich tot war, musste er dies tun. Irgendetwas in seinem Innern zwang ihn dazu.

Als er neben ihrem Kopf hockte und über ihre Wange strich, konnte er die Tränen nicht mehr zurückhalten.

Meine Liebste, komm und steh auf, flehte er stumm. Komm doch. Bitte. Und schenke mir noch einmal dieses Lächeln. Ich kann doch nicht ohne dich weiterleben.

Aber Alexa rührte sich nicht. Ihre Haut fühlte sich kalt an und das Loch in ihrer Stirn irritierte ihn. Ein klagendes Heulen entfuhr seiner Kehle. Sicherlich hätte es in dieser Situation niemand unterdrücken können.

Er schlug noch seine Hand auf den Mund, doch es war zu spät. Aus dem hinteren Zimmer kamen hastige Geräusche.

Ein letzter Blick zu Alexa. Dann sprang er auf und wandte sich eilig dem Ausgang zu. Riss die Küchentür auf, griff nach Handy und Geldbeutel. Für Schuhe oder Regenjacke oder irgendwas war einfach keine Zeit mehr. Vom Wohnzimmer hörte er ein Poltern, dann war er auch schon draußen.

Gleich nach links zum Hoftor – das war der schnellste Weg.

Simon rannte, überquerte die Straße, stolperte Ackerfurchen entlang und rannte. Fünfzig Meter, die sich anfühlten wie hundert, dann erreichte er den Wald. Hinter dem ersten dicken Stamm blieb er stehen und bemühte sich, seinen Atem zu beruhigen. Das Herz pochte wie wild, die Wunde an der Wade war wieder erwacht.

Würde der andere ihn verfolgen? Wenn das einer der Mörder war, wo saß der zweite? Der eine, der das Haus durchsucht hatte, stand jetzt draußen auf der Straße. Simon hörte ihn sprechen, sah aber durch die Regenschleier und die Dunkelheit nur einen Schatten. Mehr nicht.

Weiter, Simon, du musst weiter. Der andere sitzt sicher im Auto und will dir den Weg abschneiden.

Einmal atmete er noch durch, dann begann er zu laufen.

Nein, sie würden ihn nicht erwischen.

Mörder!, dachte er und glaubte, es zu schreien.

8

Schweiß verklebte seine Augen, Panik schnürte ihm die Kehle zu. Der Albtraum des Mörders, dessen Denken zurückkehrt ...

Fluchend trat er auf die Bremse. Der VW-Bus schleuderte, dann holperte er über die abgesenkte Bordsteinkante. Den Feldweg am Haus vorbei nahm er viel zu schnell und die Räder blockierten, bevor er den Bus endlich zum Stehen brachte. Den Motor würgte er ab.
Sein Atem ging viel zu schnell. Schweiß stand auf der Stirn und einzelne Tropfen liefen ihm über die Wangen in seinen Bart, als wäre er von Wolfsruh bis hierher gelaufen. Allerdings konnte er sich wirklich nicht genau erinnern, wie er es bis hierher geschafft hatte, ohne irgendwo gegen zu fahren. Schnaufend lehnte er sich gegen die Rückenlehne und fuhr sich mit der Hand übers Gesicht und durch den dichten Bart. Als er nach unten schaute, sah er die dunkle Schweißspur, die sich vom Halsausschnitt seines Pullovers bis zum vorquellenden Bauch ausbreitete.
Wie der strahlende Held, den Franzi immer in ihm gesehen hatte, sah er nicht aus. Versagt hatte er. Obwohl alle Vorteile in seiner Hand gelegen hatten. Sogar die alte Knarre hatte funktioniert, die seit bestimmt 50 Jahren nicht mehr benutzt worden war. Jörgens war gelaufen wie ein Hase. Gejagt hatte er ihn, hatte geschossen, und doch war Jörgens entkommen. Es lag nicht an der Pistole, sondern nur an ihm selbst.
Als er mit der linken Hand vergeblich die Tasche seiner Le-

derjacke abtastete, packte ihn Panik. Hastig begann er zu suchen. Rechte Tasche, Mittelkonsole. Handschuhfach.

Wo war die Pistole geblieben? Er hatte sie doch in die Jackentasche gesteckt und beim Einsteigen in Wolfsruh hatte er sie noch gehabt. Oder nicht?

Er tastete neben sich den Sitz ab. Nichts. Er öffnete die Fahrertür und durchsuchte den Fußraum. Erleichtert atmete er aus, als er sie unterm Sitz liegen sah. Glück gehabt. Das hätte ihm gerade noch gefehlt, wenn sie ihm möglicherweise aus der Tasche gefallen wäre. Der Alte hätte ihn windelweich geprügelt, obwohl das eigentlich nicht seine Art war. Schließlich war die Pistole ein Erinnerungsstück an seinen Großvater.

Schnell schloss er den Bus ab, brachte die Pistole zum Versteck und legte den Autoschlüssel an seinen Platz. Doch als er seinen Wohnungsschlüssel aus der Hosentasche zog, um die Tür aufzuschließen, waren die Bilder wieder da.

Das entsetzte Gesicht der Frau. Er hörte ihr ängstliches Kreischen. Die Schüsse wie Donnerschläge. Dann sah er wieder dieses Gesicht, diese Augen.

Warum war sie ihm in die Quere gekommen? Sie hätte Jörgens vorschicken sollen, wie sich das gehört. Doch was macht der? Versteckt sich, dieser Feigling.

Mistkerl! Vergewaltiger! Geiler Bock!

Ob der überhaupt verstanden hat, weshalb seine Frau sterben musste? Es war so nicht geplant gewesen, aber im Nachhinein hatte er diesem Jörgens ein Zeichen gesetzt. Ein Brandzeichen, ein Schandmal.

Als er den Schlüssel ins Türschloss stecken wollte, musste er die andere Hand zu Hilfe nehmen. Drinnen lehnte er sich gegen die Tür und blieb lange so stehen.

Von der Nachbarwohnung hörte er Gepolter. Cindy, Franzis

Mutter, mit der er zusammen zur Schule gegangen war, die jetzt soff wie ein Loch, die Franzi geschlagen und angebrüllt hatte.

Franzi, so tapfer bist du gewesen, meine liebe Franzi. Und ich schaffe es nicht einmal, dich zu rächen. Die Sünde von dir zu nehmen.

Ja, die Sünde! Verzeih mir, geliebte tote Franzi!

9

„Aahh, aahh, Anne!", stöhnte er, als er kam und den Gummi mit allem vollpumpte, was er hatte.

„Halt, halt, Markus, halt!", schrie sie zurück und arbeitete auf ihm wie besessen weiter. Ihr Gesicht hatte rote Flecken und das kurze Strubbelhaar war schweißig wie ihre Brüste und Schenkel auch.

„Ja, ja, ja, jaaa!", kam auch gleich darauf die Erlösung. Sie kniff ihn in die Oberarme, so dass er vor Schmerz beinahe aufgeschrien hätte. Morgen sah das sicherlich aus, als hätte er sich geprügelt. Aber zum Glück nur an den Armen.

Sie ließ sich auf seinen Oberkörper fallen und keuchte. Ganz entfernt hörte er ein Handy klingeln. Es störte seine Wahrnehmung. Nervte.

Nein, er wollte jetzt nichts anderes, als mit geschlossenen Augen hier liegen, bis Anne endlich von ihm herunterkam und er wieder Luft holen konnte. Sich dann auf die Seite drehen und sich hinübertreiben lassen in einen wohltuend entspannenden Schlaf.

Aber ein bisschen hielt er noch aus. Denn schließlich war er ein Held. Auch noch mit vierzig und selbst dem Namen nach: Heldt, Markus, ehemaliger Beischlafexperte, jedenfalls bei den jungen Katzen in Oranienburg. Obwohl letzteres auch schon ein Weilchen her war, und er erinnerte sich nur ungern daran, wie sie ihn abserviert hatten.

Strafversetzt nach Eberswalde. Wegen, wegen ...

Nein, er wollte sich jetzt nicht daran erinnern.

Anne sprang auf.

Ohne nach Latschen oder Slip zu suchen, rannte sie hinüber ins Bad, wo das Klingeln herkam. Er schaute ihr neugierig hinterher.

Ihre zierliche Gestalt sah von hinten beinahe aus wie die einer Dreißigjährigen. Denn von ihren Falten war aus dieser Perspektive nicht mehr viel zu sehen. Auch die kleinen Brüste nicht. Sie hatte fast etwas Männliches. Breite Schultern, schmales Becken, trainierte Oberschenkel.

So eine hatte er bisher nicht gehabt.

Jetzt hörte er ihre Stimme und Plätschern nebenher. WC-Telefonieren nannte man das wohl, oder auch klo-fonieren. Er selbst tat das nie. Wenigstens dort wollte er seine Ruhe, sonst ging es nicht.

Als ihm langsam die Augen zufielen, ließ ihn das Scheppern des Handys im Waschbecken wieder aufschrecken.

Hoffentlich war das nicht mein eigenes, dachte er und hoffte gleich darauf, dass sie nicht fort musste. Schließlich war dies ihr erster gemeinsamer Sonntag in Annes Wohnung. Angeblich die gleiche, in der sie schon früher gewohnt hatte. Partiell allein, wie sie sich ausdrückte. Und nun partiell mit ihm?

Jedenfalls Probezeit.

Er hörte die Toilettenspülung, kurz darauf die Dusche. Das hieß dann wohl, dass sie arbeiten musste. Mit spitzen Fingern zog er den Gummi ab, stand auf und sah sich um.

Nein. Er musste wirklich runter in die Küche zum Mülleimer.

Als er wieder die Treppe hochlief, merkte er, wie seine Knie zitterten. Anne kam aus dem Bad.

„Komm, mein Schlappschwanz, wir müssen arbeiten", sagte sie und suchte einen ihrer selbstgestrickten Pullover hervor, von denen sie nicht wenige im Schrank hatte. Pullover in den unmöglichsten Farben. Geringelt wie gestreift, gefleckt und gelöchert. Diesmal wählte sie den giftgrünen mit beigefarbenen Dreiecken und eine Jeans.

„Nun starr nicht. Geh duschen, aber hopp", rief sie, als sie sich zu ihm umdrehte. „Kannst dich gleich dran gewöhnen."

Irritiert ging er ins Bad.

Anne war anders als die Mädchen, die er früher bei der LESE und sonst wo aufgerissen hatte, ging es ihm durch den Kopf. Nicht nur, dass die jünger waren. Sie hatten ihn angehimmelt und keiner einzigen wäre es in den Sinn gekommen, aus seinem Bett zum Telefon zu rennen.

Ja, das waren noch Zeiten.

Anne war natürlich eine reife Frau, sogar älter als er selbst. Auch das musste er erst einmal verkraften. Doch trotz dieser leichten Bodybuilder-Figur – ob sie ihn auf Dauer befriedigen konnte? Er würde es bald wissen.

Diese Aktion eben hatte ihn jedenfalls abgeschreckt. Jedoch würde er das ihr gegenüber niemals zugeben können.

Nachdenklich und ein wenig verletzt stellte er die Brause an, die *Children of the revolution* übertönte, das Anne im Schlafzimmer mitträllerte.

Zehn Minuten später waren sie unterwegs. Mit Annes rosarotem Käfer. Normalerweise wäre er niemals dort eingestiegen. Man bekam ja Augenkrebs bei dieser Farbe. Aber sein BMW stand in Eberswalde. Außerdem, sagte sie, befände sich im Kofferraum des Käfers alles, was sie für den Tatort schlechthin brauchte. Worum es eigentlich ging, würde sie ihm unterwegs erzählen, meinte sie noch. Dieses *Unterwegs* sollte allerdings eine ganze Weile dauern.

Es hatte angefangen zu regnen und die sowieso schon glatten Straßen waren zu Eisbahnen geworden. Die Kurve am Krankenhaus war zum Glück gestreut, die unten an der Oranienburger Straße aber nicht.

Sie schlitterten dem Streufahrzeug sozusagen direkt vor die Füße. Und bevor er sich wegen ihrer Unvorsichtigkeit aufregen konnte, stand Anne schon an dem Riesen-Salzstreuer und instruierte den Fahrer offenbar, wohin sie dringend, wirklich dringend, mussten. Mit 20 km/h ging es weiter.

Als sie in die Ruppiner Straße einbogen, erklärte sie ihm, was sie über den Tatort wusste. Eine tote Frau. Eine Ballerei im Wald. Das konnte heiter werden, oder eher düster bei dem Wetter. Annes Erklärung dauerte jedenfalls, bis sie nach Menz abbogen, also etwas mehr als zwei Minuten. Nach weiteren fünf Minuten griff sie nach seinem Oberschenkel und kniff ihn. Er schlug ihr spielerisch auf die Finger und sie lachte. Dann schaltete sie das Radio ein und sang mit.

Was ist das nur für eine Frau?

Erst als sie von der Landstraße abbogen zu einem Ort, der Wolfsruh hieß, hörte sie auf zu singen und wurde ernst. Aber dieses Wolfsruh war wohl auch noch nicht ihr Ziel. Und so langsam fragte er sich, ob sie dem Fahrer vor ihnen wirklich erklärt hatte, wohin sie wollten, dass sie überhaupt ein Ziel hatten und nicht etwa einen abgelegenen Platz suchten, wo sie diese Schrottkarre von VW abstellen konnten.

Innerlich seufzend schaute er auf seine vergoldete, wasserdichte und stoßfeste Taucher-Weltzeit-Armbanduhr, die er im Jemen gekauft hatte und auf die er sehr stolz war. Seine Mutter hatte ihm den Urlaub geschenkt und er war allein geflogen. Wie immer.

Es war zehn, als Anne hupte und der Salzstreuer zurück hupte. Sie fuhr vor einem Bauernhof an den Straßenrand.

„Komm. Wir sind da", sagte sie und stieg aus.

Er merkte sofort, dass es im Auto zu warm gewesen oder draußen zu kalt war für die Jeansjacke, die er trug. Aber sein langer Mantel wäre für einen Tatort auf dem Acker oder im Wald genauso unpassend gewesen. Schließlich wollte er ihn nicht bis zum Kragen einsauen.

Aber er war ja eigentlich auch nicht zum Arbeiten nach Gransee gekommen, sondern um sich mit Anne zu vergnügen. Vorwiegend im Bett, so hatte er es sich vorgestellt. Sein Dienst sollte erst morgen beginnen.

Als er neben Anne an den offenen Kofferraum trat, schaute sie sich gerade prüfend um.

„Okay", sagte sie dann, „Stiefel und Latschen."

Keine Ahnung, was sie meinte.

Durch die kleine Pforte neben der Toreinfahrt trat jetzt ein uniformierter Kollege und kam näher.

„Anne Pagels, da bist du ja schon. Seit ihr eben mit dem Streuwagen gekommen?", fragte er.

„N'Abend, Jörg. Ja, wir hatten Glück. Ich konnte den Fahrer überreden. Das hier ist Markus Heldt", stellte Anne ihn vor. „Den wirst du künftig öfter sehen."

„Jörg Butterbrod."

Sie gaben sich die Hand. Aber bevor er ein paar ausgesuchte Worte hervorkramen konnte, bat Anne auch schon, ihr alles zu zeigen. Er selbst stand daneben wie ein Praktikant.

Na, was soll's, dachte er. Das wird sich schon noch ändern. Nicht lange, dann läuft sie in meinem Windschatten.

Er schlug den Kragen seiner Jeansjacke hoch und hörte zu, wie Butterbrod die Situation vorgefunden hatte. Der Hausherr, oder wer auch immer, sei jedenfalls zurückgekehrt und hier über den Acker gerannt und im Wald verschwunden.

„Fährtenhund?", fragte er.

„Angela?", fragte Anne.

Und beide meinten das gleiche, erfuhr er, und dass Butterbrod ihn angefordert hatte. Es würde allerdings dauern. Und ob das bei dem Eisregen überhaupt Sinn machte, wussten sie alle drei nicht.

Sie gingen durch die Pforte auf den Hof und er fragte, warum sie nicht die Vordertür benutzten.

„Die Leiche liegt davor", lautete Butterbrods Antwort.

Als sie in den Flur kamen, sah er, was der Uniformierte gemeint hatte: Die Frau lag zwar nicht vor der Haustür, sondern blockierte eine Zimmertür, aber die war ziemlich dicht dran.

Ob sie versucht hat, durch die Vordertür zu fliehen? Zumindest eine Option, die für einen Angreifer von innen sprach.

Dann schaute er sich kurz die Leiche an, drehte den Kopf aber schnell wieder weg und wanderte durch die Räume, während er von weitem *des Revierleiters Erzählungen* lauschte.

„Anne, hast du noch eine Taschenlampe für mich?", unterbrach er Butterbrod. „Ich will mich auf dem Hof umsehen."

Draußen musste er zumindest nicht dauernd die Leiche sehen. Da lobte er sich doch die eher nicht so blutrünstigen Diebe und Betrüger.

„Im Kofferraum liegt meine alte. Die müsste noch gehen."

Als er die Stufen zur Hintertür hinunterging, sah er neben der Tür ein paar Gummistiefel, die ihm passen könnten. Er zog sie einfach an. Dabei fragte er sich, warum der Hausherr bei diesem Dreckwetter das Haus ohne Stiefel verlassen hatte.

Bauern eben, dachte er. Die ticken anders. Erdiger oder (bei diesem Wetter) schlammiger.

Er lachte trocken auf. Verstummte aber sofort wieder, als er auf dem überfrorenen Kopfsteinpflaster ausglitt. Einen Sturz konnte er gerade noch verhindern, aber die Hüfte sandte kurz-

wellige Schmerzen aus. Fluchend holte er sich die Taschenlampe und umkreiste zuerst den Transporter, während er sich das Hinterteil rieb, das immer noch zwackte.
Der Transporter war so ein älterer mit viel Rost, der früher wahrscheinlich zum Fahrzeugpark der Deutschen Post gehört hatte. Das Logo war jedenfalls neu.
Im Laderaum lagen die Pakete wild durcheinander. Er beugte sich etwas vor, um den ganzen Laderaum zu überblicken, ließ dann aber davon ab. Das war Aufgabe der Spurensicherung.
Besondere Lust hatte er sowieso nicht bei diesem Wetter. Eine Mütze trug er nie (wegen der Haare) und der Wind war eisig.
Schnell ging er die einzelnen Hofgebäude ab. Schleppdächer, wo eine alte Haustür, Schrott und Gerümpel lagen. Anschließend Schweinestall mit Schwein, Schweinestall ohne Schwein, Rinderstall ohne … na ja.
Auf der anderen Seite eine Waschküche, eine Werkstatt, ein Pferdestall. Hinten eine Scheune ohne Tor. Zwischen Scheune und Pferdestall eine kleine Gartenpforte. Butterbrods Schilderung nach mussten zwei Männer irgendwie den Hof verlassen haben. Entweder vorn durch die Hofeinfahrt oder hinten durch die Gartenpforte, vielleicht.
Er versuchte, die Pforte zu öffnen. Erst klemmte der Riegel und als er den endlich gelöst hatte, lag unten noch ein Ziegelstein davor. Der war festgefroren durch den Eisregen und ließ sich nicht wegschieben. Er gab auf. Hier also nicht. In der Scheune Brennholz, ein alter Pferdewagen, ein Dreschkasten.
Was wollen die Leute nur mit dem alten Plunder, dachte er. Ist doch alles Sperrmüll. Altes Zeug, an dem er seine guten Klamotten eindreckte. Oder besser gesagt: einsaute, um im Stalljargon zu bleiben. Missmutig schüttelte er den Kopf.
Nein, das war nichts für ihn. Absolut nicht. Eberswalde ist ja

auch nicht groß, aber wenigstens eine Stadt. Gegen dieses Kuhnest Gransee sowieso. Da konnte Anne widersprechen, so viel sie wollte.

Hinter dem Dreschkasten entdeckte er eine Mauerlücke in der Rückwand der Scheune, durch die der kalte Wind hereinzog. Er schaute fröstelnd nach draußen und stützte sich dabei mit den Handballen ab. Irgendwelche Sträucher, nichts sonst. Schnell zog er den Kopf zurück, klemmte sich die Taschenlampe unter den Arm und steckte seine Hände in die warmen Hosentaschen.

„Mir reicht's erstmal", knurrte er, zog den Kopf zwischen die Schultern und stiefelte eilig über den Hof zurück.

Kaum hatte er die Scheune hinter sich gelassen, riss ihm plötzlich etwas die Beine weg. Er schrie auf.

Der Aufprall war hart, sehr hart. Also wirklich sehr hart.

Stöhnend wälzte er sich nach links und zerrte seine Hand aus der Hosentasche. Dann die andere Hand und versuchte, sich aufzurichten. Er schaffte es nicht. Es fühlte sich an, als hätte die Taschenlampe ihm den Arm gebrochen und irgendwie war er wohl auch mit dem Kopf aufgeschlagen.

Als er sich erneut hochstemmen wollte, rutschte ihm die linke Hand weg und er fiel noch einmal auf die Taschenlampenseite. Jetzt musste er warten, bis der Schmerz nachließ und dann … es stank jämmerlich nach Mist und Gülle.

„Na toll. Verdammte Scheiße!", brüllte er und robbte auf allen Vieren ein Stück vorwärts, bis das eklig Warme unter seinen Händen von gefrorenem Gras abgelöst wurde. Dort erst kam er auf die Füße. Als er sich aufrichtete, strahlten ihn zwei Taschenlampen an.

„Eins sag ich dir: Zurück läufst du!"

Das war Anne. Dann hörte er ihr Gelächter und das von dieser

Stulle Butterbrod. Es war verletzend. Wirklich. Und überhaupt nicht der Situation angemessen, fand er.

Nun gut, jetzt wusste er wenigstens, wie Anne wirklich war und dass seine Mutter Recht gehabt hatte. „Markus", hatte sie immer gesagt, „wenn du wirklich bis ins Innerste glücklich werden willst, dann halt dich von den Frauen fern. Sie wollen dich heiraten und dann schuftest du bis an dein Lebensende, um sie zufriedenzustellen." So hatte sie gesagt und wenn er an seine Versetzung nach Eberswalde dachte und dieses hämische Gelächter jetzt hörte, konnte er ihr nur Recht geben. Obwohl er in dieser Hinsicht immer widersprochen hatte, ihre Meinung sei doch antiquiert.

Nein! Nein, war sie nicht! Kein bisschen.

Er merkte, wie erst seine Ohren rot wurden und dann das ganze Gesicht zu glühen begann. Und das, verdammt nochmal, machte ihn nur noch wütender. Am liebsten wäre er dieser Hexe an die Gurgel gegangen.

Er ballte seine Fäuste und presste sie ganz fest zusammen. Wortlos ging er an den beiden vorbei, schmiss die Gummistiefel in die Ecke und zog seine Slipper wieder an.

Ich erwürge diese Missgeburten, ging es ihm durch den Kopf. Alle beide! Jetzt!

Doch dann hatte er die Schuhe endlich an, schleuderte noch die Taschenlampe fort und als er sie auf dem Hofpflaster aufschlagen hörte, war er schon auf halbem Weg zum Tor.

Er empfand es jetzt nur noch als Glück, dass sie sich auf *Auf Probe* geeinigt hatten. All seine Sachen waren in Eberswalde geblieben. Und er musste nur noch ein Taxi finden.

Mitten auf der frisch gesalzenen Straße marschierte er los.

Verreck' doch, du elende Schlampe!

10

Seit zwei Stunden kämpfte sich Simon Jörgens den schmalen Pfad entlang durch einen Wald voller Finsternis.
Fichten, Kiefern und Laubbäume standen so dicht und es regnete in einem fort, dass er das Gefühl hatte, hier niemals herauszufinden. Was natürlich Blödsinn war, denn es handelte sich um den Wildwechsel, den er mit Alexa oft gegangen war. Vielleicht deshalb konnte er die Gedanken an Alexa nicht vertreiben, so sehr er auch die Zähne zusammenbiss.
Plötzlich glaubte er, ihr fröhliches Lachen zu hören, blieb stehen und schaute sich um, woher es kam. Dort, unter den Ästen einer Tanne, schimmerte etwas im Dunkeln. Er hob den Ast an und sah dieses Bild ihres toten Körpers, halb verscharrt im Unterholz. Verdreht, als würde Alexa nach hinten schauen. Beinahe so, wie sie es manchmal beim Sex getan hatte, wenn sie nach hinten griff, um sein Becken fester an sich heranzupressen, damit er tiefer in sie eindrang. Nur ihr Gesicht hatte dabei nie so friedlich ausgesehen wie vorhin, als sie auf dem Boden lag.
Verwirrt ließ er den Zweig fahren und ging weiter.
Die Wunde an der Wade zerrte an seinen Nerven. Immer noch. Nach den ersten zehn Minuten seines Marsches hatte er es bereits nicht mehr ausgehalten und sein Hosenbein hochgekrempelt, um sie zu untersuchen. Das hatte die Schmerzen jedoch nur verdoppelt, weil die Hose inzwischen an der Wunde festgetrocknet war.
Aber keine Pistolenkugel steckte in seiner Wade, sondern Ge-

steinssplitter. Er hatte so lange blind in der Wunde herumgewühlt, bis er einen fand und ihn entfernen konnte.

Mit den nassen, dreckigen Socken hatte er sich anschließend verbunden. Inzwischen war ihm aber klar geworden, dass da noch mehr in seinem Bein steckte als dieser eine Splitter. Es mussten hunderte sein, oder tausende. Und die wanderten auch noch.

Die Wade brannte, die Fußsohlen ebenso vom ungewohnt langen barfuß gehen. Und so war er nicht nur einmal zu Boden gegangen, als er im Dunkeln auf einen Stein oder einen abgebrochenen Ast getreten war.

Da eine gewisse Taubheit an die Stelle der vorherigen Pein getreten war, sah er jetzt nur noch das erstarrte Gesicht Alexas vor sich. Sein Gehirn schien abgestumpft gegenüber dem schrecklichen Bild, das seine tote Frau geboten hatte. Gerade als er sich dies klar machte, kehrte alles wieder zurück. Die Ängste, die Panik. Doch das Schlimmste überhaupt war, dass er sich so verloren fühlte, ohne Alexa an seiner Seite. Er stellte sich plötzlich vor, wie sie nebeneinander nach Rauschendorf und dann nach Gransee wanderten, wie damals. Hand in Hand. Er spürte ihre zarten Finger, und auch diese andere Verbindung war da, die geistige, die in seinem Kopf summte wie der Lüfter seines alten Computers, wie eine elektrische Aufladung. Und es war wie damals, nach der ersten Nacht im neuen Haus, als sie den gleichen Weg gegangen waren. Und diesem Tag waren noch viele Samstage und Sonntage gefolgt.

Langsam sank er auf die Knie und schlug seine Hände vor's Gesicht. Schluchzend flehte er:

„Bitte, Alexa, bitte lass los. Ich kann nicht denken. Weiß nicht, was ich tun soll, wenn du mich so fest an dich drückst. Bitte!", heulte er noch einmal auf. Weinte und weinte.

Dabei liefen seine Erinnerungen rückwärts: Sein Burnout, während sie an dieser Schule in Kreuzberg unterrichtete und ihn nachmittags zur Psychotherapeutin brachte. Während der Studienzeit hatte sie ihn mitgeschleppt zu den Demos, zu den Alternativen, zu den Aktivisten. An einem 1. Mai war er festgenommen worden, als er bei der Demo in den Pulk mit den Steinewerfern geraten war und sich hatte mitreißen lassen von der Wut und dem Hass auf die Spießer, und die Bullen, die sich schützend vor sie stellten.

Noch einmal sah er Alexas wütendes Gesicht, umrahmt von dunklen, absichtlich verfilzten Haaren. Wie sie um sich schlug und, auf dem Boden liegend, mit den Füßen nach den Bullen trat, die sie festzuhalten versuchten.

Irgendwann stand er auf, wischte seine Tränen mit dem Ärmel ab und ging weiter. Vor fünf oder zehn Minuten hatte er auch die letzten Lichter von Wolfsruh aus den Augen verloren. Und der Regen peitschte die Nacht und seinen Rücken.

Plötzlich gabelte sich der Weg vor ihm. Er blieb stehen und versuchte, leicht wankend, in die Wirklichkeit und ins Jetzt zurückzufinden. Lange brauchte er nicht, bis er sich orientiert hatte. Links nach Wolfsruh, rechts nach Rauschendorf und Gransee. Rechts.

Das Handy zeigte, Mitternacht war vorbei. Fast eins.

„Aber wo will ich überhaupt hin?", flüsterte er mit sich selber. Er wusste es nicht.

11

Er sah die Zeit ungenutzt verstreichen. Das Gefühl, dass bald etwas passieren würde, beunruhigte ihn ...

Hagen Brandt klappte das Buch zu. Diesen Krimi las er nun bestimmt zum vierten Mal. Nicht nur, weil die Handlung wirklich spannend war. Pro Woche las er selten mehr als ein Kapitel. Der springende Punkt war, dass dieses Buch in ihm etwas auslöste, das er nicht verstand.
Es war nicht die Spannung, die ein guter Krimi oder Thriller erzeugt, sondern eher eine Art Abdruck davon im Jetzt. Ein Gefühl der Erwartung. Nur wusste er nicht recht, was er erwarten sollte. Lediglich die Ahnung von etwas Kommendem schwappte in seinem Kopf hin und her.
Manchmal glaubte er auch, es sei gerade anders herum. Nämlich, dass ein Geschehnis oder auch nur ein Abdruck davon in ihm etwas auslöste, das ihn zwang, dieses Buch in die Hand zu nehmen. Aber auch das verstand er nicht.
Er nahm dann das Buch und las ein Kapitel. Oder auch nur einen Absatz. Was sollte er sonst auch tun?
Hagen stand auf und ging in die Küche, um sich ein Glas Milch aus dem Kühlschrank zu holen. Als die Kühlschranktür zuklappte, war es ihm, als hätte er seine Spannung mit der angebrochenen Milchflasche zusammen im Kühlschrank eingesperrt. Eine Art Totenstille breitete sich aus.
Doch sie hielt kaum einen Herzschlag lang an. Dann prasselte der Regen heftiger denn je gegen das kleine Nordfenster über

dem Herd und ließ Hagen zusammenzucken.

Zögernd trat er näher an das Fenster heran und beugte sich vor, damit er die Straßenlaterne sehen konnte, die zehn Meter nördlich des Hofes stand.

Sie wackelte im Wind, dass er glaubte, ihr Klappern durch das geschlossene Fenster zu hören. Die Böen peitschten den Regen fast waagerecht gegen die kleinen Scheiben, die die Energiesparlampe der Laterne schützen sollten.

Als er seine Hand ausstreckte und auf die weiß gestrichenen Ziegelsteine der Wand legte, spürte er ihre Kälte und wie sie bebten unter der Wucht des anstürmenden Winds und Regens.

Dann jagte Böe auf Böe unter die Dachziegel. Flattern und Knattern von Folie, Klappern der Dachziegel. Das Raunen des Gebälks, solche Geräusche, nein, solches Leben konnte nur von den Häusern einsamer Gehöfte ausgehen. Dieser Wind, dieses Stöhnen und Pfeifen ringsum klang genau richtig für einige weitere Buchkapitel oder für das wirkliche Leben. Hier in Mühlhof wie anderswo. Voller Erwartung trat er vom Fenster zurück, trank er seine Milch aus und steckte die Hände in die Hosentaschen.

Ihn fröstelte.

Mit hochgezogenen Schultern schlurfte er zurück ins Wohnzimmer, wo Silke auf der Couch lag und schlief.

Im Fernsehen lief leise irgendeine Talkshow. Er drehte den Ton ganz weg. Talkshows interessierten ihn nicht. Eigentlich gab es für ihn kaum etwas, das einschläfernder war, als wenn Leute über sich selbst redeten. Über Themen, die sie nur selbst interessierten.

Silke hatte wohl für heute das gleiche Urteil gefällt, nur hätte sie zum Einschlafen den Ton laufen lassen. Talkshows waren ihr Standard-Einschlaf-Programm.

Unter der gelben, warmen Decke schaute nur ihre Nase hervor, ein paar Falten ihrer Stirn und die neuerdings wieder kurzen, leicht nachgedunkelten Haare. Ihr flüsterndes Schnarchen vermischte sich mit dem Knarren des Dachstuhls.

Sein Blick fiel aufs Handy, das vor ihm auf dem Tischchen lag. Es war ungewöhnlich still geblieben, wie es im ganzen Hause inzwischen stiller geworden war. Das lag nicht unbedingt am Advent oder gar am Wetter.

Carla war zu Knut gezogen, Anne mit Markus Heldt zurück in das Haus auf dem Hügel. Ihre Mühlhof-Kommune war zerfallen. Nach sieben Monaten. Und zumindest was Anne betraf, hatte er selbst dies ausgelöst, als er ihr erzählte, dass Silke und er heiraten wollten. Anne war geflohen. Vor ihm und mit dem Gefühl, nicht mehr willkommen zu sein.

Er seufzte.

Silke hatte heute Apfelkuchen und Mohnstollen gebacken und dann gemalt. Beinahe Vorweihnachtsstimmung. Advent. Nur eben vom Wetter her zu feucht und etwas zu warm.

Wie mochte es Anne gehen heute Abend? An sie musste er oft denken in der letzten Woche. Und an ihren Neuen. Markus Heldt schien verliebt. Hoffentlich noch lange. Aber etwas war falsch hinter Heldts Tünche, hinter seiner Freundlichkeit, seiner Verbindlichkeit gegenüber ihr und ihren Kollegen. Auch Fernando schien es bemerkt zu haben.

Er hatte Fernandos Blick gesehen. Mürrisch, misstrauisch. Als ahne er einen Hinterhalt.

Vielleicht war es auch Eifersucht, die in Fernando wütete? Nein, da lief nichts zwischen den beiden, aber Hagen spürte, dass sie sich näher gekommen waren während des gemeinsamen Dienstes. Eine Freundschaft vielleicht, die würde beiden sicher gut tun.

Er nahm das Handy vom Tisch und schaltete es ein. Mitternacht vorbei. Fast eins.

Versonnen betrachtete er die digitale Anzeige. Seine Finger fanden ganz automatisch den richtigen Kontakt. Dann hörte er, wie die Verbindung zustande kam. Er hielt den Atem an.

Annes Stimme, unwillig: „Nicht jetzt, Hagen."

Er wurde weggedrückt und steckte das Handy in seine Hosentasche.

Jedenfalls hat sie noch nicht geschlafen, überlegte er. Und den Hintergrundgeräuschen zufolge war sie auch nicht zu Hause gewesen. Sein Gefühl hatte ihn nicht getäuscht.

Nicht nur das Haus bebte, eine Vorahnung vibrierte in ihm. Ein bisschen, als säße er still in seinem Zimmer, während nebenan eine Party in vollem Gang war. Und sofort fürchtete er sich vor dem Augenblick, in dem sie sich an ihn erinnerten und die Party über ihm hereinbrach. Wuchtig und ohne dass er sie aufhalten konnte. Aber er glaubte, dass er nun vorbereitet war auf das, was sich näherte.

Es war ein Fehler gewesen, Anne anzurufen und damit diese Tür einen Spalt zu öffnen. Er spürte es. Denn seit sieben Jahren (oder acht?) war es immer so gewesen. Seitdem er seinen Dienst bei der Kripo quittiert hatte. Mal hielt er die Tür fest zu, mal linste er durch einen Spalt und hoffte, dass niemand es bemerke.

Und jetzt war es wieder soweit.

12

Das Klingeln des Handys riss Anne Pagels aus ihrer Erstarrung. Markus Heldt verschwand hinter der Hausecke und mit einem Schlag war auch der peitschende Regen wieder da.
Markus, du kannst doch nicht einfach abhauen, dachte sie. Halb enttäuscht und halb empört wollte sie nicht glauben, dass er jetzt einfach davonging. Sie verstand es nicht. Sie hatte doch nur einen Spaß gemacht. Es war ein Spaß unter Kollegen. Unter Freunden. Vielleicht unter Liebenden?
Nein. Sie schüttelte den Kopf. Soweit war sie noch nicht gewesen. Aber warum hatte er ihr nicht einmal die Chance gegeben, das aufzuklären? Ihre Gefühle ...
Das Klingeln irritierte sie. Schnell zog sie das Handy aus der Tasche und schaute auf's Display. Ein trockenes Lachen kam aus ihrer Kehle. Sie hatte es nicht im Griff.
Hagen. Der immer mit seinen Ahnungen, schoss es ihr durch den Kopf. Wäre ich noch mit Markus im Bett, würde er nicht anrufen. Wie macht er das nur?
„Nicht jetzt, Hagen!", rief sie laut ins Handy, bemüht, den Wind zu übertönen.
Nein, sie wollte ihn jetzt nicht sehen oder sprechen. Erst recht nicht, seit es Markus gab. Oder gegeben hatte? Aber darüber musste sie in Ruhe nachdenken.
Manchmal glaubte sie, jedenfalls in letzter Zeit, dass da etwas anderes aufkeimte. Sie hatte von Fernando geträumt, schon zum zweiten Mal. Auch vorhin, im Bett mit Markus, hatte sie plötzlich an ihn denken müssen. Das war verrückt.

War Markus von vorn herein nur ein Notanker für sie gewesen? Wo mag er nur hingegangen sein? Wütend war er, als er ging. Aber warum gleich wegrennen?
Anne horchte in sich hinein.
War Markus wirklich ihr Notnagel? Gewesen?
Ganz so war es nicht, ging es ihr durch den Kopf, als sie an die Stunden zu Hause dachte. Trotzdem versuchte sie jetzt, sich abzuschotten gegen ihre Gefühle. Egal, ob es um Hagen ging oder Markus oder … Was auch immer dabei herauskommen mochte, jetzt war der falsche Zeitpunkt.
Verflucht, Anne, dachte sie. Reiß dich zusammen und mach deine Arbeit. Sie steckte das Handy ein, machte kehrt und rannte zurück ins Haus. Am Fuße der Treppe blieb sie stehen, um nachzudenken.
Was brauchte sie jetzt? Der Fährtenhund würde natürlich umsonst kommen. Aber sie brauchte Hilfe bei der Spurensuche im Haus, auf dem Hof und im Wald und … einen Kollegen mit der richtigen Nase.
Wieder griff sie zum Handy.
„Fernando, kommst du? Aber fahr vorsichtig", sprach sie ins Handy und erklärte ihm, worum es ging.
Er klang verschlafen, als er zusagte, sich zu beeilen.
Anschließend bat sie die Leitstelle, die Spurensicherung zu schicken. Das große Team, bitte, mit Scheinwerfern, den Arzt und die Bestatter mit Schwimmwesten.
Der Kollege am Telefon lachte und es war nicht mehr ganz so schlimm für sie hier draußen.
Jörg Butterbrod hatte nicht mehr gelacht, seit Markus … Sie sah Jörg dankbar an. Der zuckte nur mit den Schultern und tat es noch einmal, als sie ihm sagte, dass er nach Hause könne, sowie Ersatz da sei.

Kaum hatte sie das gesagt, drang blau blinkendes Licht durch das Glas der Vordertür.

„Geh ins Bett, Jörg", sagte sie und er nickte, als sie hinzusetzte: „Ich komme jetzt alleine klar."

Er gab ihr die Hand und sprintete los, ums Haus herum, als kräftig an der Vordertür gerüttelt wurde. Dann kam Herbert auf dem gleichen Weg.

„Angela kann im Auto bleiben", begrüßte sie den Hundeführer. „Ich brauche erst einmal nur jemanden, der aufpasst, dass ich nicht verloren gehe."

„Keine Sorge, Anne. Du bekommst Rundumbetreuung", antwortete er und verschwand in der Nacht.

Sie seufzte und machte sich an die Arbeit. Auf dem Fußboden war eine einzelne feuchte Fußspur, die wahrscheinlich von demjenigen stammte, der Jörg entwischt war.

Jörg hatte gesagt, die Küchentür habe plötzlich weit offengestanden, als er in den Flur zurückkam. Merkwürdig fand sie es trotzdem, dass da draußen offenbar jemand barfuß durch den Wald rannte.

Dann Fingerabdrücke auf dem weiß gestrichenen Küchentisch. Schwierig wegen der vielen Unebenheiten des mehrfach übereinander aufgetragenen Lacks, aber erfolgreich. Immerhin. Obwohl sie sich nichts vormachte: Wenn sie nur die Abdrücke von Alexa und Simon Jörgens fand, sagte das gar nichts. Nicht, dass es sich um ein Familiendrama handelte, und nicht, dass es keins war.

Sie wusste einfach zu wenig über den Tatablauf. Es gab keine genau bezeichnete Stelle, wo der oder die Täter Spuren hinterlassen haben mussten. Bis auf diesen einen Abdruck eines Fußes eben. Und an dieser Stelle fehlte ihr eindeutig die Hilfe eines versierten Ermittlers, dessen Fantasie groß genug war,

Aussagen und Spuren zu einem Netz zu verflechten und den wahrscheinlichsten Tatablauf zu rekonstruieren. Ihr Ding war das nicht. Das hatte sie erst kürzlich wieder bei der Brandserie erfahren müssen, wo Hagen Brandt erneut ausgeholfen hatte.

Von draußen hörte sie Getrampel auf dem Fußabtreter. Gleich darauf Fernandos Stimme. „Anne? Bist du hier drinnen?"

„Komm rein", rief sie zurück. „Flur und Küche sind fertig."

Sie steckte den Kopf aus der Küche. „Nur die Leiche ist noch unverändert. Die überlasse ich meinen Kollegen. Guten Morgen", begrüßte sie ihn dann und gab ihm die Hand.

„Tut mir leid ..."

Fernando winkte ab und setzte sich auf einen der beiden Küchenstühle. „Dann erzähl mal. Wir haben also eine Leiche. Was noch?"

Sie setzte sich neben ihn und betrachte ihre beiden Spiegelbilder in der Fensterscheibe. Dann besann sie sich darauf, dass Fernando wartete, zog ihr Notizbuch hervor und rollte die ganze Geschichte noch einmal ab, wie sie sich nach Jörg Butterbrods Bericht über dessen eigene Feststellungen und über die Aussage eines Zeugen namens Franz Xaver Bullrieder abgespielt hatte. Eigentlich also eine Geschichte über stille Post und Hörensagen. Bis jetzt jedenfalls.

„Die Frage, ob der Ehemann nun der Flüchtende oder der Verfolgende war, ist nicht geklärt. Das müssen wir im Wald versuchen zu beantworten. Ich habe hier in der Küche einen Fußabdruck gesichert, der eventuell von Simon Jörgens stammt. Wer sollte sonst hier barfuß herumlaufen?", beendete sie ihren Bericht und klappte ihr Notizbuch zu.

„Aber warum sollte sich dieser Simon Jörgens verstecken, wenn er nicht der Schütze war?", fragte nun Fernando nach-

denklich. „Das will mir echt nicht in den Sinn. Wenn Jörg Butterbrod auch etwas anderes vermutet. Aber du hast natürlich Recht: Warten wir lieber mit den Schlussfolgerungen. Hat schon jemand den Hof abgesucht?"
„Markus. Aber der ist ..." Sie unterbrach sich. „Nein, auf dem Hof war noch niemand."
Fernando sah sie erstaunt an. Sie spürte die Musterung und erwiderte kurz seinen Blick. Schaute aber gleich wieder zum Fenster. Nein, sie wollte das jetzt nicht erklären.
„Gut, dann seh' ich mich mal um."
Fernando stand auf und verschwand nach draußen. So war Fernando eben. Er hatte mehr Einfühlungsvermögen als der andere, der 15 Jahre älter war als Fernando und bei dem sie gerade innerlich dabei angelangt war, ihn in die Wüste zu schicken.
Sie lehnte sich auf ihrem Stuhl zurück. Ihr Spiegelbild in der Fensterscheibe zeigte genau das ... und wie sie sich fühlte: nämlich verbraucht, verwirrt, ver-irgendwas, das ihr alles nicht weiter half.
Hastig wendete sie sich ab.
Den Rest der Nacht bitte keine Spiegel mehr, bitte.

13

Gegen halb zwei hatte Simon Jörgens endlich Rauschendorf erreicht und war neben der Landstraße weitergelaufen. Offenbar lag die Temperatur wieder leicht über null. Es stach nicht mehr unter seinen Füßen wie zuletzt, als er aus den Wald getreten war. Als er jetzt an der Straße ankam, die von Menz nach Gransee führt, hoffte er, dass er weit genug von Wolfsruh entfernt war und man ihn hier nicht mehr suchte. Vor ihm gab es nur noch vereinzelte Straßenbäume, hinter denen er sich verstecken konnte.
Er schaute in Richtung Menz. Dort war alles dunkel. Von Gransee her passierte gerade ein Auto die Kurve an dem einzeln stehenden Haus. Die blauen Lichter waren weithin zu sehen. Bullen!
Schnell schlug er sich in die Büsche, die es auf seinem Weg nach Gransee nur noch hier gab, und wartete, bis der Streifenwagen vorbei war. Dann ging er am Straßenrand weiter, so schnell er konnte.
Das Laufen fiel ihm immer schwerer. Seine Füße waren ja einiges gewöhnt, aber kilometerlang ohne Schuhe und ohne Socken nun doch nicht. Die Wunde an der Wade hatte zwar aufgehört zu bluten, trotzdem wollte er nicht daran rühren. Die Socken mussten bleiben, wo sie waren.
Er suchte nach einer anderen Lösung und fand sie, als er gerade dieses einsame Haus am Straßenrand erreichte. Nach vorn und hinten sichernd zog er Pullover und Unterhemd aus, streifte den klitschnassen Pullover wieder über und zerriss

sein Unterhemd in zwei Teile. Diese wickelte er sich als Fußlappen um die Füße. Es war eine gute Idee gewesen, stellte er nach wenigen Schritten fest. Nun kam er überhaupt wieder vorwärts. Allerdings fror er inzwischen ganz jämmerlich.
Und noch immer hatte er keine Entscheidung getroffen, was er tun sollte. Die Mörder würden ihn suchen. Wozu sonst war einer im Haus zurückgeblieben? Und der andere würde ihn wahrscheinlich vor dem Polizeirevier abpassen und dann einfach niederschießen, wenn er versuchte hineinzukommen und sich zu stellen.
Das hielt er schon für sehr wahrscheinlich.
Aber er hatte ja sein Handy. Er konnte doch einfach den Notruf der Polizei wählen. Sie würden ihm helfen – oder auch nicht. Schließlich hatte er, wenn auch nur ein einziges Mal, zu denen gehört, die mit den Kumpels von der Wagenburg zum 1. Mai die Bullen mit Steinen bewarfen.
Die Bullen kannten ihn also und würden ihm nicht glauben. Letztlich konnte er dann froh sein, wenn sie nicht ihm den Mord an Alexa anhängten.
Verdammt, beinahe hätte er zu spät reagiert.
Mit einem Satz sprang er von der Straße und landete mit dem Bauch auf dem aufgeweichten Boden. Er spürte den Lehm an seinen Händen, Füßen und im Gesicht.
Das Auto fuhr vorbei. Schon wieder Bullen. Aber sie hatten ihn nicht gesehen.
War es möglich, dass sie Alexa schon gefunden haben, fragte er sich. Eigentlich konnte es nicht sein – oder sie steckten mit den Mördern unter einer Decke.
Im Radio hatte er von einem Bürgermeister und korrupten Polizisten gehört, die man eingesperrt hatte, weil sie eine Studentenrevolte niedergeschlagen und die Studenten erschossen

hatten. Südamerika war weit weg – oder gab es das auch hier? Der NSU-Prozess. Eine Reportage hatte er gehört, in der Beweise zusammengetragen und erörtert wurden, dass Geheimdienste, Polizei und Bundesanwaltschaft Mittäter deckten.
Vor dieser Reportage hätte er das nie für möglich gehalten. Aber auf einen einzelnen Mann machen sie sicherlich Jagd, wenn es gut bezahlt wurde.
Korruption gibt es überall und wie hieß es so schön: Jede Berufsgruppe ist auch nur ein Querschnitt der Bevölkerung. Egal, ob Bullen, Politiker oder Banker.
Noch einmal schaute er die Straße in beide Richtungen entlang. Dann erhob er sich mühsam und ging weiter.
In einer Pfütze in der Nähe der ersten Granseer Straßenlampe wusch er sich die Hände. Gegen den klebrigen Dreck an seiner Hose und dem durchgeweichten Pullover konnte er jetzt nichts tun.
Als er auf die Ruppiner Straße einbog in Richtung Innenstadt, zwang er sich zum Laufschritt. Hier würde er sich nirgends verstecken können, wenn der nächste Streifenwagen kam. Er hätte besser hinter den Häusern bleiben sollen, aber jetzt umzudrehen, war Blödsinn.
Doch er hatte wieder einmal Glück: Gerade als er auf den Weg zur Nordpromenade einbog, sah er von weitem das nächste Blaulicht kommen, diesmal aus der Richtung, woher er gekommen war. Es fuhr vorbei, ohne dass ihn die Bullen bemerkten.
Er verließ die Nordpromenade. Vor ihm tauchte die Marienkirche auf. Sollte er sich in den Schutz der Kirche begeben?
Lächerlich. Er würde zufrieden sein können, wenn sie nicht verschlossen war und er sich ein wenig ausruhen konnte. Auch eine Wolldecke gegen die Kälte wäre jetzt schön, dach-

te er und klinkte.

Die Kirchentür war abgeschlossen. Natürlich. Die Kirche war schließlich auch keine Wartehalle. Wartehalle? Ein gutes Stichwort, überlegte er.

Er sollte zum Bahnhof gehen und dort auf den ersten Zug nach Berlin warten. Wenn er richtig großes Glück hatte, würde man ihn bei den alten Kumpels vom Studium oder von der Wagenburg noch wiedererkennen.

Er schaltete das Handy ein. Beinahe drei.

Noch fast zwei Stunden bis zum ersten Zug.

14

Beinahe drei. Hagen Brandt stand von seinem Schreibtisch auf und öffnete das Fenster. Der Wind war schwächer geworden, es regnete auch nicht mehr so stark. Und das Außenthermometer war wieder aus dem Nullbereich gerutscht.
Eine seltsame Nacht. Selbst wenn man nur das Wetter betrachtete.
Eigentlich hätte er längst im Bett liegen können, doch der Gedanke an Anne ließ ihm keine Ruhe. Als er vor Stunden bei ihr angerufen hatte, waren irgendwelche diffusen Ahnungen dafür verantwortlich gewesen, die niemand erklären konnte. Nicht einmal er selbst. Erklären nicht, selbst wenn er sich irgendwas ausdachte, und verstehen schon gar nicht.
Was war los mit ihm? Warum wanderte er die ganze Nacht umher? Warum grübelte und wartete er, anstatt ins Bett zu gehen und zu schlafen?
Immer wieder diese Ahnungen. Wie ein Schatten waren sie, der ihm folgte und folgte, wohin er auch ging. Nein, schlimmer noch. Sie kamen und gingen – einmal von hier, einmal nach dort. Eine Ursache konnte er nicht erkennen. Waren diese Ahnungen das richtige, reale Leben? Oder losgelöst davon? Schwebten sie in einer anderen Dimension? War er selbst eine Art Schwarzes Loch, das sie aufsaugte, wenn sie ihm zu nahe kamen?
Das ist doch Irrsinn! Selbstzerstörerischer, selbstmörderischer Irrsinn, der vielleicht in der Zwangsjacke endet? Würde Silke dann da sein (oder Anne) um sie ihm hinten zuzubinden?

Nein, das war natürlich Blödsinn.
Sicherlich bin ich nur ein wenig angeschlagen, überlegte er dann nüchtern. Er zog sein Handy aus der Hosentasche, schaltete es ein und starrte gedankenverloren auf die Digitalanzeige der Uhr.
Immer noch nicht viel später als drei. Er schaltete es wieder aus und steckte es zurück in die Hosentasche.
In den letzten drei Wochen war er von diesen Ahnungen verschont geblieben. Aber heute suchten sie ihn heim, wie eine Bedrohung, die er beinahe greifen konnte.
Mit dem Wetter hing diese Bedrohung jedenfalls nicht zusammen, wenn sie zu Beginn des Abends vielleicht auch der Auslöser gewesen sein mochte. Wenn man es mal realistisch betrachtet.
„Verdammt, das ist doch nicht normal", knurrte er. „Werde ich wirklich langsam irre?"
Ein ganzes Leben hatte er bei der Kripo verbracht und dieses Leben in ständigem Stress schließlich nach einem Herzinfarkt aufgegeben, aufgeben müssen, als das Gefühl in ihm übermächtig wurde, dem nicht mehr gewachsen zu sein.
Von da an hatte er von zu Hause als Makler gearbeitet. Und trotzdem hatte ihn die Kripo-Arbeit nie ganz losgelassen. Das war wie eine Sucht, eine Hassliebe.
Er nahm die schon mehrmals benutzte Kaffeetasse vom Schreibtisch und machte sich in der Küche einen weiteren starken Kaffee.
Die fünfte Tasse in dieser Nacht? Eher die sechste. Sein übliches Pensum hatte er damit in jedem Fall längst überschritten. Und das halbe Glas Milch zwischendurch machte es auch nicht besser.
Auf dem Rückweg ins Büro fragte er sich, wer im Revier heu-

te Nacht Dienst haben könnte. Jörg Butterbrod? Oder Stan? Vielleicht auch jemand, den er nicht so gut kannte. Ob er einfach anrief? Bei Anne würde er es jedenfalls nicht mehr probieren. Sie lag vielleicht längst mit Markus im Bett.

Während er an dem Kaffee nippte, dabei an Anne dachte, wie sie jetzt vielleicht mit Markus im Bett Spiele trieb, und während er durch die Fensterscheibe in die Dunkelheit starrte, spielte er in der Hosentasche mit seinem Handy herum.

Entschlossen wählte er die Nummer des Polizeireviers.

„Polizeirevier Gransee. Hauptmeister Kern."

Er musste einen Moment überlegen, wer Hauptmeister Kern nun wieder war.

„Ach Stan, guten Morgen. Hast du also heute Nachtdienst. Hier ist Hagen Brandt."

„Ja, Hagen, ich habe deine Stimme schon erkannt. Kannst du nicht schlafen oder was?"

„Ja, so ungefähr. Wie sieht es denn aus: Ist alles ruhig bei euch? Anne kam mir vorhin so komisch vor am Telefon."

„Anne ist immer noch draußen in Wolfsruh. Wir haben eine Tote. Herbert meint, bei dem Mistwetter hätte er seine Angela ohne weiteres schlafen lassen können. Aber ich sitze ja hier im Trockenen."

„Also hat jemand nachgeholfen. Kein Suizid oder Unfall", stellte er fest. „Und den Täter habt ihr gefasst?"

„Noch nicht. Kann aber nicht mehr lange dauern. Der Ehemann anscheinend. So, genug geplaudert. Ich muss arbeiten. Ruf am besten Anne an, wenn du mehr wissen willst."

„Ja, danke Stan. Gute Nacht."

Er unterbrach die Verbindung und steckte das Handy in die Tasche. Nein, Anne würde er trotzdem nicht anrufen. Ein Korb reichte erstmal.

Er löschte das Licht im Büro und tappte durch die Dunkelheit des Flures erst zur Toilette, dann zu seinem Bett.

Eine Beziehungstat also, überlegte er. Wie bei 95 Prozent aller Tötungsdelikte. Sollte ein simples Familien- oder Eifersuchtsdrama seine Ahnungen hervorgerufen haben?

Eigentlich unwahrscheinlich.

15

Hof Birkenhain. Anne Pagels schaute auf die Küchenuhr.
Drei durch. Draußen fuhr schon wieder ein Streifenwagen mit Blaulicht vor. Was war denn nun wieder? Jemand trampelte auf den Fußabtreter wie Fernando vorhin.
„Anne Pagels? Ist sie hier irgendwo?", rief jemand.
„Hier", rief sie zurück. „Küche. Erste Tür rechts."
Ein langer, ziemlich junger Uniformierter steckte den Kopf herein. „Frau Pagels?"
„Was gibt es denn?"
„Wir haben an der Landstraße jemanden aufgelesen, der sich heftig gewehrt hat, als wir ihn mitnehmen wollten. Wir dachten, es sei vielleicht der Mörder. Er wollte nicht sagen, wie er heißt, und Hauptmeister Kahnes, mein Streifenführer, hat ein blaues Auge davongetragen."
Anne überlegte einen Moment.
„Direkt auf der Landstraße?"
Der Polizist nickte.
„Wo?"
„Am Abzweig nach Wendefeld. Er lief mitten auf der Straße, hat aber nicht versucht wegzurennen."
„So so, mitten auf der Straße. Das ist echt lustig", sagte sie dann trocken. „Ich komme mit raus."
Sie stand auf und zog ihre Regenjacke über. Dann treckte sie ihre Stiefel an und folgte dem Kollegen, der schon vorausgeeilt war. Als sie um die Hausecke kam, hörte sie noch die Wiederholung ihres Kommentars.

„Das ist lustig, hat sie gesagt."
„Lustig?", fragte Olli zurück, brach dann aber ab. Wahrscheinlich hatte er sie kommen sehen.
Ohne Olli eine Erklärung zu geben, riss sie die Hintertür auf, schaute kurz hinein und sagte dann laut: „Ach, Kollege Heldt. Sind Sie zurückgekommen, um Ihren Dienst fortzusetzen?"
„Leck mich!", kam die Antwort vom Rücksitz.
Sie lachte nur. Trockener noch, als vorhin, wenn man das so sagen kann. Ätzend trocken.
Er will verletzen, dachte sie, dann verdient er nichts anderes als verspottet zu werden. Trotzdem bemühte sie sich nun um Sachlichkeit. Abstand und Sachlichkeit, die es ihr ermöglichen sollten, ihn in die Wüste zu schicken. Ihr Bauernopfer, damit sie sich später keine Vorwürfe machen musste.
„Okay, Olli, macht ihm die Handschellen ab und lasst ihn gehen. Das ist Markus Heldt, ein Kollege. Oder besser gesagt: ein ehemaliger Kollege. Und dass er ein Arschloch ist, weißt du selbst. Vergreif dich also nicht. Er ist es nicht wert."
Sie trat zurück und schaute zu, wie Heldt umständlich ausstieg. Er drehte Olli den Rücken zu und ließ sich die Handfesseln abnehmen. Sein Gesicht war krebsrot.
Scham? Wut? Er schaute nicht ein einziges Mal auf.
Als Olli ihn sozusagen freigelassen hatte, stieß Heldt ihn einfach zur Seite und ging davon, zurück in Richtung Wolfsruh.
„Soll ich ihm ein Taxi rufen?", hörte sie Olli fragen.
Sie gab keine Antwort.

16

Fernando Lucio trat aus dem Hoftor und schaute Markus Heldt hinterher.

Was macht der denn hier, fragte er sich. Rannte der große Weiberheld davon? Warum?

Nicht dass er ihm eine Träne nachweinen würde. Aber irgendwas war vorgefallen, so viel stand fest.

Anne stand mit dem Rücken zu ihm, so dass er ihrer Miene nichts entnehmen konnte. Ollis Gesicht zeigte genauso Unverständnis wie wahrscheinlich sein eigenes auch. Doch dann begann Olli zu grinsen.

Nun drehte Anne sich um und kam auf ihn zu.

„Fernando, wie weit bist du?", fragte sie.

Wütend? Es klang so. Jedenfalls ging sie an ihm vorbei, ohne auf eine Antwort zu warten.

Er sah noch kurz zu Olli. Der hob jedoch nur die Schultern und zeigte ihm seine leeren Handflächen. Olli wusste auch nicht, was hier abging. Also hob auch er die Schultern, machte dann kehrt und ging Anne hinterher.

Er konnte sich denken, wo das Problem lag. Der erste Krach. Anscheinend recht heftig. Aber er selbst hatte Anne ja gewarnt, vor Wochen schon, dass Heldt ein Stinkstiefel und Weiberheld ist. Sie wollte es damals nicht wissen.

Nein, schadenfroh war er nicht. Das hatte Anne nicht verdient. Er war einfach nur froh, dass er mit Heldt nun offenbar nichts mehr zu tun bekommen würde. Dagegen tat Anne ihm nur leid.

Aber zurück zur Arbeit, dachte er und blieb unter dem Schleppdach neben der Einfahrt stehen, wo der Wind nicht ganz so stark wehte. Er steckte die Hände in seine Hosentaschen und versuchte zusammenzufassen, was er bisher erreicht hatte.

Mehr als zwei Stunden hatte er gebraucht, um systematisch den Hof abzusuchen. Und er musste sich eingestehen, dass das Ergebnis teilweise verwirrend, aber insgesamt mehr als dürftig war.

Zwischen Werkstatt und Haus waren Metallsprossen in die Wand eingelassen, die wahrscheinlich dafür gedacht waren, dass der Schornsteinfeger auf's Dach kam. Irgendwelche Fasern hatten an den Sprossen gehangen. Keine Ahnung, woher die kamen oder wie lange sie dort schon an den winzigen Rosthaken festhingen.

Am interessantesten war noch die Scheune. Gleich vorn beim Brennholz hatte er eine Schleifspur gefunden, die so aussah, als wäre jemand in den hinteren Teil der Scheune gezogen worden oder gekrochen. So genau war das nicht auszumachen. Er brauchte hierfür definitiv mehr Licht.

Aber seinen größten Fund hatte er an der Scheunenrückwand gemacht. Irgendwer war durch ein Loch in der Mauer geklettert. Denn er hatte Schlamm auf dem unteren Rand des Mauerdurchbruchs gefunden. Und nicht nur das. Auch Blut. Jedenfalls sah es so aus wie Blut. Und bevor der Regen es gänzlich abwaschen konnte, hatte er sich von Anne ein Glasröhrchen geben lassen und das Zeug gesichert.

Und dann waren im Mauerwerk außerdem zwei Krater gewesen. Beide knapp links des Durchbruchs. Er könnte wetten, dass das Einschusslöcher waren.

Jedenfalls war durch dieses Loch in der Rückwand der Scheune jemand geflohen und ein anderer hatte ihn verfolgt. Die Frage war: Wer war geflohen und wer hatte ihn verfolgt? Und ... wo waren die beiden geblieben?

Fernando ging ins Haus, wo außer Anne nun noch zwei weitere Kriminaltechniker an der Arbeit waren. Eigentlich müssten sie hier drinnen bald fertig sein. Die Leiche der Frau war jedenfalls inzwischen untersucht und abgeholt worden.

Die Einschusslöcher hatte er sich angesehen. Wie die Frau gelegen hatte, war sie nicht auf der Flucht gewesen, sondern dem Schützen, ihrem Mörder, entgegengegangen. Oder hatte ihm zumindest gegenübergestanden.

Was hieß das? Sie hatte ihren Mörder überrascht oder, was wahrscheinlicher war, ihn gekannt. Natürlich hat sie ihn gekannt, überlegte er nun, als er wieder auf die Stelle starrte, wo sie gelegen hatte. Natürlich. Sonst wäre sie doch geflohen. In unmittelbarer Nähe befanden sich drei Türen – drei Möglichkeiten zu entkommen. Dreimal die Frage: Warum hat sie diese Möglichkeiten nicht genutzt? Und dann noch die nach dem Mordmotiv. Aber dazu würden sie Jörgens befragen müssen ... wenn sie ihn denn gefunden hatten.

Anne saß in der Küche und vervollständigte offenbar ihre Notizen. Er blieb in der Tür stehen und musterte sie ein ganzes Weilchen.

Eine bewunderungswürdige Frau, fand er. Sie wusste genau, was sie wollte. Jedenfalls meistens. Obwohl sie bei Männern offenbar keine glückliche Hand hatte. Erst schickte Hagen Brandt sie in die Wüste, jetzt tat sie das Gleiche mit Markus Heldt.

Und er selbst? Er mochte sie sehr gern, das stand fest. Und sie reizte ihn, wenn sie auch 15 Jahre älter war als er. Aber das Alter schreckte ihn nicht.

Lange betrachtete er ihren schlanken Hals, die für seinen Geschmack etwas zu breiten Schultern. Ihr Rücken war jetzt, da sie sich über den Tisch gebeugt hatte, gekrümmt. Die Hüften schmal und ihre Jeanshosen, die sie heute trug, hatten eine aufreizende Form. Der Bubikopf machte sie jünger und wenn sie lachte, erinnerte er sich, sah sie aus wie ein junges Mädchen. Ein begehrenswertes Mädchen.
Bei ihrer Observation in den Hellbergen vor Wochen hatten sie heftig geflirtet. So sehr, dass er sich gefragt hatte, ob sie es ernst meinte. Jetzt jedenfalls hätte er keine Einwände.
Anne sah auf, als er das Standbein wechselte, und lächelte ihn an. Er räusperte sich.
„Ich habe in der Scheune einige Spuren gefunden. Kann sich darum jemand kümmern? Ich würde gern hinter der Scheune weitersuchen."
Anne nickte und stand auf.
„Wenigstens einer, der hier mitarbeitet", sagte sie. „Dann zeig mal, was du gefunden hast."
Fernando ging vorneweg und zeigte ihr jeden einzelnen Fund.
„Ja, und hier irgendwo müssen noch die Patronenhülsen herumliegen. Dazu fehlt mir jetzt das Licht."
„Ehrlich, Fernando, da warst du erfolgreicher, als wir alle zusammen. Gut gemacht. Aber warte auf mich. Ich sage den Kollegen Bescheid und komme dann mit nach hinten."
Langsam schlenderte Fernando zur Hofeinfahrt und machte dabei einen großen Bogen um die Mistplatte. Vor der Hofeinfahrt lehnte Olli an der Beifahrertür seines Streifenwagens.
„Olli, gibt es etwas Neues?", rief er.
Olli drehte sich um und kam näher.
„Außer dass die Fahndung nun auf den gesamten Nordbereich ausgedehnt ist, wohl nicht. Jedenfalls sind sämtliche verfüg-

baren Fahrzeuge auf den Straßen. Vor Rheinsberg, Lindow, Gransee und Fürstenberg stehen Straßensperren. Eigentlich dürfte er uns nicht durch die Lappen gehen. Willst du?" Olli hielt ihm eine Tüte Lachgummis entgegen.
Fernando schüttelte den Kopf.

17

Diese Dunkelheit und der Regen waren definitiv seine Freunde. Deshalb hatte Simon Jörgens minutenlang draußen gestanden, bevor er sich getraute, das Bahnhofsgebäude zu betreten. Er wollte sichergehen, dass sich niemand darin befand.
Dann erst hatte er sich für ein paar Minuten auf eine der alten Holzbänke gesetzt, die man in der Wartehalle aufgestellt hatte. Es waren nicht die Originalbänke, aber einige Geschäftsleute der Stadt hatten Geld gegeben, als diese Bänke im Internet zum Verkauf angeboten wurden.
Die Wartehalle war nicht beheizt, natürlich nicht, und er fror auch hier drinnen erbärmlich. Trotzdem war er froh, dem Regen und dem kalten Wind für ein paar Minuten entronnen zu sein. Er kämpfte gegen die Müdigkeit. War das noch immer der Schock oder war es ein Zeichen dafür, dass der nachließ? Jedenfalls fühlte er sich alles in allem besser als vor Stunden. Er hatte einen Entschluss gefasst und sah nun irgendwie wieder Land. Ja, er würde nach Berlin fahren und dort untertauchen. Dort konnte er in Ruhe nachdenken, was er weiter unternehmen sollte.
Als er sich dabei ertappte, wie ihm die Augen zufielen und er drauf und dran war einzuschlafen, stand er auf, steckte seine Hände in die Hosentaschen und ging auf und ab. Vor dem Papierkorb neben der Tür blieb er plötzlich stehen. Aus der Zeitung, die obenauf lag, lächelte ihn ein Gesicht an, das ihm bekannt vorkam. Er bückte sich und nahm die Zeitung in die Hand. Sie war über eine Woche alt. Aber als er die Bildunter-

schrift gelesen hatte, wusste er, dass er nicht nach Berlin fahren würde.
Wieder machte er sich auf den Weg.
Die Wartehalle blieb verwaist zurück. Eine alte Zeitung wurde von dem Windzug quer durch den Raum geweht, als die Bahnhofstür mit lautem Krachen zuschlug.
Zwischen den Bäumen hindurch sah er Scheinwerfer näher kommen. Ein Polizeiauto bog auf den Bahnhofsvorplatz ein.
Glück gehabt.
Mit langen Schritten eilte er über den Bahnsteig und verschwand im Fußgängertunnel, durch den er auf die andere Seite der Bahngleise kam. Dann die Straße nach Kraatz.
Zweihundert Meter weiter, gleich hinter der Firma für Landmaschinen verschluckte ihn die Dunkelheit.

18

„Mist, um das Paketauto müssen wir uns ja auch noch kümmern", knurrte Anne, als sie daran vorbei zum Hoftor ging. Aber für Fingerabdrücke an den beiden offenstehenden Türen war es nach dem vielen Regen sowieso zu spät. Das war es von Anfang an gewesen. Also später. Sie hängte sich die Digitalkamera um den Hals und ging zum Streifenwagen, wo Fernando und Olli angeregt plauderten.
Fernando – oder der Junge, wie sie ihn manchmal nannte – hatte sich wirklich gut eingelebt. Inzwischen kam sie an den Tatorten selten ohne ihn aus. Und sie fand ihn auch sonst sehr … angenehm? Nein, das Wort war viel zu schwach. Gefühlvoll und lustig im Privaten, ernsthaft und ideenreich im Dienst. Manchmal aber auch richtig stur. Das traf es eher, so zu differenzieren. Sie mochte ihn mit ziemlicher Sicherheit in jeder Woche mehr, die sie zusammenarbeiteten.
Jaja, zusammenarbeiten, meldete sich plötzlich ihre innere Zweitstimme, mit der sie schon lange nicht mehr gestritten hatte. Er hat dich vorhin beobachtet, als du über deinen Notizen gegrübelt hast. Und du hast es bemerkt und bist nicht eingeschritten. Warum wohl?
Keine Ahnung. Warum?
Ach Anne, stell dich nicht so dumm. Er hat dich taxiert – was sonst. Und jetzt beobachtest du ihn ebenso aus dem Hintergrund. Also tu nicht so, als wüsstest du nicht, worauf das hinausläuft. Du altes Mädchen.
Meinst du? Ich habe doch Markus gerade zum Teufel ge-

schickt. Glaubst du, da würde ich jetzt sofort etwas Neues anfangen?
Warum streitest du denn sonst mit mir, Anne?
Du bist Anne.
Die Stimme in ihrem Kopf lachte laut und verschwand dann allmählich. Und sie hatte immer gedacht, dass nur Hagen diese Stimmen kannte, die ihm sagten, was Sache war.
Kopfschüttelnd ging sie auf Fernando zu und legte ihm ihren Arm um die Hüfte, als sie neben ihn trat.
„Kommst du, Schatz? Wir müssen arbeiten", sagte sie leichthin. Ihre Hüften berührten sich. Es war angenehm.
Olli lachte laut. Fernando verschluckte sich an irgendwas und musste husten. Dann stolperte er voraus.
Als Fernando die rechte Hausecke erreichte, schaltete er seine Lampe ein und leuchtete den Weg vor sich aus, der unmittelbar an der Hauswand entlang nach hinten führte. Anne folgte vorsichtig. Die Giebelwand ging nach zehn oder elf Metern in die Rückwand der Waschküche über. Hier hatte einer der früheren Besitzer einen Schornstein angebaut.
Fernando blieb plötzlich stehen.
„Hier sind Fußeindrücke. Wer rennt denn bei dem Wetter barfuß herum? Die Spur kommt von dort hinten."
„Lass mich mal durch", antwortete sie, fasste wieder nach seinen Hüften, schob sich dicht an ihm vorbei und bemühte sich, ihn dabei nicht vom Weg zu schubsen. Vermied aber auch den Augenkontakt zu ihm.
Aha, die Anne, lachte die Stimme in ihr, sie ist auf Körperkontakt aus.
Quatsch nicht, drängte sie die Stimme zurück. Ich muss arbeiten. Du störst.
Sie besah sich die Stelle, die Fernando ausleuchtete.

„Leider schon sehr verwaschen vom Regen, aber immerhin. Er ist hier hochgeklettert."

„Dann wissen wir jetzt auch, woher die Faserspuren auf der Hofseite der Waschküche stammen. Da gibt's auch solche Sprossen", erklärte Fernando hinter ihr.

Sie machte ihre Fotos, dann nahm sie ihm die Lampe ab und ging nun selbst voraus.

Ungefähr auf Höhe der Scheune gabelte sich der Trampelpfad. Einer führte weiter an der Hofgrenze entlang, der andere zweigte nach rechts ab. Die Spur kam von rechts. Sie fotografierte und folgte der Spur zwischen den abgestorbenen hohen Unkräutern hindurch. Zwanzig Meter weiter kamen die ersten Birken. Und dann folgten auch bald andere Laubbäume, durchsetzt von Nadelbäumen. Sie hatte den Blick fest auf den Pfad geheftet.

Da, eine gute Spur.

Sie blieb abrupt stehen. Von hinten bekam sie einen Schubs von Fernando, der sie aber sofort festhielt, damit sie nicht nach vorn kippte.

Wie eine elektrische Entladung funkte die Berührung in ihrem Rücken und tiefer und in der Gegend ihres Bauchnabels, wo er sie festhielt. Schnell machte sie sich frei.

Nicht jetzt!, schrie die Stimme in ihr und lachte laut, da sie eigentlich das Gegenteil meinte.

Nach einigen Fotos richtete Anne sich auf und leuchtete Fernando ins Gesicht.

„Wir sollten zurückgehen", sagte sie. „Bei Tageslicht zerlatschen wir nicht alle Spuren."

Ihre Stimme zitterte etwas. Sie merkte es selbst und hoffte, dass die Fotos nicht genauso aussahen wie ihr Inneres.

Die Stimme in ihrem Hinterkopf meinte gelassen: Da bist du

aber schnell über Markus hinweggekommen.
Fernando sah sie prüfend an, als sie wortlos die andere in sich niederkämpfte.
„Ich würde trotzdem gern weitersuchen. Ich meine, vielleicht liegt dieser Jörgens doch irgendwo im Wald – oder eben der andere. Meinst du nicht?"
Ob er etwas gemerkt hat, fragte sie sich und antwortete mit einem Krächzen in der Stimme: „Dann geh. Ich muss zurück und mich um die Scheune kümmern."
Wieder tauschten sie die Plätze, wobei sie diesmal absichtlich weit zur Seite trat. Dann sah sie ihm hinterher, bis er im Wald verschwunden war.

19

Seit einer Stunde ungefähr lag Silke wach in ihrem Bett und konnte nicht wieder einschlafen. Zuerst war es Hagen gewesen, den sie gehört hatte, als er vom Büro in die Küche schlich. Dann zurück ins Büro, dann wieder zum Bad, dann in sein Schlafzimmer.

Bestimmt war es der Wind, der ihn so unruhig umherstreifen ließ, dachte sie. Doch jetzt herrschte schon seit geraumer Zeit Stille. Selbst der böige Wind hatte aufgehört, ums Haus zu jaulen. Wie ein Wolfsrudel hatte es sich angehört.

Sie lauschte wieder. Von Hagen war nun nichts mehr zu hören. Sicher war er sofort eingeschlafen. Er konnte das. Schaltete innerlich alles ab und schnarchte los.

Sie seufzte und drehte sich auf die andere Seite.

Das sind bestimmt die ganzen Vorbereitungen für die Hochzeit, die mich nicht schlafen lassen, ging es ihr durch den Kopf. Ist echt eine Qual, woran man alles denken muss.

Schon allein die Frage nach dem passenden Hochzeitstermin. Zwar mussten sie auf keinerlei Verwandte Rücksicht nehmen – weder Hagen noch sie selbst legten darauf Wert – und ihre Clique, die praktisch fast nur aus den Kollegen bei der Kripo bestand, konnte eigentlich immer oder niemals, je nachdem, was anlag. Aber außerdem mussten sie damit rechnen, dass irgendwelche Prominenz zur Feierlichkeit erscheinen wollte. Schließlich war Hagen inzwischen eine kleine Berühmtheit im Lande. Und der gedachte, es ihnen so schwer wie möglich zu machen.

Aber dann noch die wichtigste Frage: Was soll man anziehen? Ganz in weiß kam nicht in Frage. Schließlich war sie weder Jungfer noch Prinzessin. Ach ja, und das Essen. Das war überhaupt das größte Problem. Auf irgendwelche Caterer hatte sie keine Lust. Indisch, das wäre mal was, hatte Hagen gesagt. Der wünscht sich immer solche Sachen, die unmöglich zu erfüllen sind. Eine Hilfe war er jedenfalls nicht.
Sie seufzte wieder und schaute auf den Wecker.
Dreiviertel vier.
Also gut, dann schau ich eben mal ins Internet, was es so gibt. Entschlossen schlug sie die Bettdecke zurück und setzte ihre Füße auf die Holzdielen, die sich unangenehm kühl anfühlten. Hagen würde laut lachen, wüsste er, dass sie wegen der Hochzeitsvorbereitungen nicht einschlafen konnte. Aber der kümmert sich ja auch nicht darum, dass alles klappt.
Als sie sich erhob und durch die Türöffnung ins Wohnzimmer schaute, schien es ihr auf einmal, als sei es plötzlich heller als noch vor ein paar Minuten.
Nein, der Fernseher war aus.
„Quatsch", knurrte sie. Woher soll denn hier Licht kommen?
Trotzdem durchquerte sie Wohn- und Esszimmer ohne Licht zu machen und trat in die Küche. Dort blieb sie mit einem Ruck stehen.
Obwohl die Küchenlampe nicht eingeschaltet war, konnte sie Herd und Spüle erkennen. Ganz langsam kam ihr die Erkenntnis ins müde Hirn: Durch das Küchenfenster, durch das man Hof und Garten überblicken konnte, drang Licht.
Sie trat noch einen Schritt vor und verharrte.
Der Bewegungsmelder in der Hofeinfahrt war angegangen.
Silke atmete sachte aus. Vielleicht eine Katze oder ein Kaninchen. Sogar Rehe waren schon durchs Tor hereinspaziert und

hatten ihre ganzen Mangoldpflanzen klein gemacht. Sie ängstigte sich bestimmt ganz umsonst.

Als sie den nächsten Schritt tat, erstrahlte der ganze Hof im Licht des nächsten Bewegungsmelders. Sie sah einen großen Schatten am Tor stehen, der sich nicht mehr rührte, als wolle er sich vergewissern, dass ihm keine Gefahr drohe.

Hund!, dachte sie. Er wartet darauf, dass ein Hund anschlägt oder ihm gleich an die Kehle springt. Und er hat Recht, dieser Schatten: Wer so weit draußen wohnt, sollte einen Hund haben. Leider hatten sie vor dem Anschaffen eines Hundes von ausreichender Größe und Bell-Lautstärke bisher abgesehen, weil Carla immer dagegen gestimmt hatte. Sie war da ein wenig ängstlich. Dagegen könne sie sich, wie sie argumentiert hatte, gegen Menschen ganz gut selbst wehren.

Außerdem, hatte sie dann weiter erklärt, koppelt der moderne Hausherr heutzutage das elektronische Hundegebell mit dem Bewegungsmelder. Das sei viel effizienter.

Jedenfalls hatten sie weder Hund noch Hundeersatz.

Nach ungefähr fünf Minuten, die der Schatten herein- und sie selbst hinausstarrte, trat dieser Jemand einen Schritt vor und wurde zu einer beinahe menschlichen Gestalt.

Sie erschrak. Nicht weil diese Gestalt, dieser Schatten, so bedrohlich gewirkt hätte.

Der Mann in der Einfahrt war eher schmächtig. Vielleicht um die fünfzig. Das dunkle, klatschnasse Haar hing ihm in Strähnen ins Gesicht. Die Jeans erschien ihr schwarz vor Nässe und der Pullover hing wie ein Sack an ihm herunter.

Als er den nächsten Schritt auf den frisch gepflasterten Weg machte, sah sie, dass er an den Füßen irgendwelche hellen Lappen trug.

Ein Asylbewerber? Osteuropa? Die gab es hier doch gar nicht.

Das Asylbewerberheim war noch im Bau. Vielleicht ein Zigeuner, dachte sie, egal ob das nun politisch korrekt war oder nicht. Diese schulterlangen, dunklen Haare würden jedenfalls dazu passen.

Beim nächsten Schritt schien er einen Teil seiner Angst abgelegt zu haben. Er musterte jedes einzelne Gebäude. Vielleicht suchte er die richtige Tür, an der er klopfen konnte. Jedenfalls machte der Eindringling auf sie nicht den Eindruck, als wolle er sie berauben oder schlimmeres.

Noch immer zögernd öffnete sie die Hintertür. Aber nur einen Spalt. Und sie blieb zunächst im Dunkeln. Er hatte wohl trotzdem die Bewegung bemerkt und zuckte zurück.

„Was wollen Sie?", blaffte sie barsch, um ihre eigene Unsicherheit zu übertünchen. Kraft und Wagemut waren jetzt gefragt. Denn Hagen schlief offenbar den Schlaf der Gerechten (wenn das bei Immobilienmaklern möglich war) und selbst ihre laute Stimme schien ihn nicht zu wecken, obwohl das eine Schlafzimmerfenster angeklappt war.

Ihr Gegenüber schaute eingeschüchtert in ihre Richtung. Dann ging sein Kopf zur Vordertür, dann zu den Stalltüren. Eine Antwort erhielt sie nicht.

Hatte er sie nicht verstanden? Vielleicht doch ein Ausländer. Kein normaler deutscher Arbeitsloser würde bei diesem Wetter ohne Jacke und ohne Schuhe durch die Nacht ziehen und hier anklopfen. Solche gab es gar nicht. Solche ohne Jacke und ohne Schuhe. Da sei das *Jobcenter* vor.

„Was wollen Sie? Sagen Sie mir endlich, was Sie wollen – oder verschwinden Sie von meinem Hof!"

So langsam wurde sie immer nervöser und die Furcht kroch ihr den Rücken hoch.

„Los, verschwinden Sie! Runter von meinem Hof. Los!", rief

sie nun, trat aus dem Schatten des Flurs hervor und wies mit der Hand zum Tor.

Der Mann schien sich zu ducken unter ihrem Verbalangriff. Sein Gesicht bekam etwas Gehetztes. Er wandte sich ab und rannte zurück zum Tor. Dort blieb er noch einmal stehen und sah sie an.

„Es tut mir leid, dass ich Sie erschreckt habe. Ich ... ich wollte zu Hagen Brandt. Ich brauche Hilfe."

Silke sah plötzlich eine Bewegung an der Vordertür. Hagen hatte anscheinend doch nicht geschlafen, sondern sozusagen in Bereitschaft gestanden. Sie war erleichtert, obwohl sie ihn im Nachhinein eigentlich erwürgen könnte.

„Ich bin Hagen Brandt", sagte er, trat langsam ins Licht und erklärte dann stotternd: „Ich ... ich habe die ganze Nacht auf Sie gewartet."

Sie starrte Hagen an. Auch der Fremde starrte. Fast eine Minute rührte der sich nicht, in seinem Kopf schien es zu arbeiten. Dann begann er zu schluchzen. Mit dem Rücken gegen den Torpfeiler gelehnt rutschte er langsam zu Boden.

„Dann bin ich verloren", kam seine Stimme wie aus einer Gruft zwischen seinen Händen hervor, von einem jämmerlichen Aufheulen gefolgt.

Als Hagen an ihn herantrat, legte der Fremde schützend die Unterarme über seinen Kopf, als erwarte er die Schläge, vor denen er sich die ganze Zeit schon gefürchtet hatte.

Sie selbst konnte auch nur dabeistehen und zuschauen. Sie wurde das Gefühl nicht los, angewachsen zu sein. Wie in einem Alptraum.

Aber was konnte sie denn tun? Auch sie wusste nicht, was Hagen mit seinem orakelhaften Spruch gemeint hatte. Wieso hatte er diesen Fremden in seiner zerlumpten Kluft erwartet?

Der muss doch schon Stunden wenn nicht Tage unterwegs gewesen sein.
Was will der hier?
„Silke?", fragte Hagen nun leise. „Tust du mir den Gefallen und suchst bitte ein paar trockene Sachen von mir heraus? Hm, und den Sani-Kasten. Und ich glaube, einen heißen … Tee braucht er auch. Wir setzen uns inzwischen in die Gästewohnung."
Bevor sie sich abwandte, um Hagens Wunsch zu erfüllen, hörte sie noch, wie er sich an den Fremden wandte:
„Sie trinken doch lieber Tee als Kaffee?"
Und als der keine Antwort gab, legte ihm Hagen die rechte Hand auf die Schulter und fragte: „Herr Jörgens, Tee?"
Der Fremde ließ langsam die Hände sinken, hob den Kopf und sah Hagen genauso verständnislos an, wie sie selbst.
Dann nickte er.

20

Anne kniff die Augen zusammen, als die Scheune von *Hof Birkenhain* mit einem Schlag in grelles Licht getaucht wurde. Zwei große Scheinwerfer hatten sie aufgestellt, nachdem Anne einsehen musste, dass es dort drinnen auch bei Tageslicht nur unwesentlich heller sein würde. Jetzt, es war gerade acht vorbei, hingen die Wolken so bleischwer über ihnen, dass sie sich fragte, wie die es schafften, oben zu bleiben.
Fernando, der, ohne etwas Bedeutsames gefunden zu haben, längst von seinem Streifzug durch den Wald zurückgekehrt war, hatte recht behalten: Es waren zwei Einschüsse an dem Mauerdurchbruch und einer der Kriminaltechniker würde nun bestimmt ein ganzes Weilchen auf dem Boden umherkriechen müssen, um die Patronenhülsen zu finden. Reste der Geschosse konnten sie jedenfalls in den Kratern im Mauerwerk sichern. Ob ihnen dies nützen würde, musste sich später zeigen, wenn sie möglicherweise Patronen beim Mörder fanden.
Und dann waren da noch Schuhspuren gewesen. Direkt unter dem Mauerdurchbruch. Ein Schuheindruck überlagerte einen Fußeindruck, bei dem man gerade noch die Zehen erkennen konnte. Und damit nicht genug: Der Schuheindruck selbst wurde wiederum durch einen dritten Eindruck überlagert.
Ist Markus hier gewesen, fragte sie sich. Die Antwort würden sie wohl draußen im Wald finden. Oder? Sie schaute sich um.
Wie zur Erklärung der merkwürdigen Spurenansammlung lag einen halben Meter weiter ein alter, ausgelatschter Hausschuh. Den zweiten fanden sie unter dem Dreschkasten. Den

hätten sie dort ohne Scheinwerfer nie gefunden. Der Hausschuh passte nicht zu dem Schuheindruck, aber zumindest ahnte sie nun, dass hier mindestens zwei Menschen durchgeklettert waren. Einer sogar zweimal.
Anne ließ die Kamera klicken, immer und immer wieder. Fernando stand nachdenklich daneben und schien aus einem Traum zu erwachen, als sie ihn ansprach.
„Fernando, ich brauche den Gips und die Rahmen", sagte sie.
Kurz darauf war Fernando wieder da und suchte die Einzelteile für einen relativ großen Rahmen zusammen. Den legte er um die Eindruckspuren herum, nahm dann den ersten Beutel mit fertig gemischtem Gips, schnitt eine Ecke ab und ließ den Gips vorsichtig in die Spur fließen.
Schnell griff er zu einem zweiten Beutel und wiederholte die Prozedur, um die Gipsplatte noch ein wenig zu verstärken.
Sie stand daneben und sah ihm aufmerksam zu. Doch sie musste nicht eingreifen. Selbst hätte sie das auch nicht besser gekonnt.
Zusammen suchten sie anschließend den Scheunenboden ab. Zwei Patronenhülsen fanden sie dicht neben einander unter dem alten Pferdewagen, unter den Fernando gekrochen war. Eine dritte lag dann dicht an der Rückwand der Scheune, drei Meter rechts des Mauerdurchbruchs.
Eine halbe Stunde später gaben sie auf und setzten sich in die Küche. Während sie Tee von den getrockneten Kräutern kochte, die in rauen Mengen über dem alten Kohleherd aufgehängt waren, spürte sie Fernandos Blick im Rücken. Er saß am Tisch und hatte seinen Notizblock vor sich liegen.
„Anne?", fragte er. „Kannst du dir einen Reim auf die ganze Sache hier machen? Für mich ist das alles so konfus, dass ich zu keinem Ergebnis komme, was hier nun wirklich vorgefal-

len ist." Als sie nicht gleich antwortete, da sie auch keine Antwort hatte, fuhr er fort: „Ich glaube, der Hausherr wurde bei irgendwas überrascht. Er war in Hauslatschen in die Scheune gegangen. Das scheint mir der Schlüssel zu sein. Warum sonst lagen die in der Scheune? Ich habe mal die Schuhgröße verglichen mit den Gummistiefeln, die vor der Kellertür lagen. Die Stiefel waren eine Nummer kleiner. Aber sie waren nass und stanken bestialisch. Das ist wieder so ein Punkt, der nicht passt."

Anne hielt inne mit dem Wasser aufgießen, wandte sich erstaunt zu Fernando um.

„Die Stiefel hat Markus angehabt. Die standen vorher trocken im Flur. Aber dass dieser Jörgens mit Latschen in die Scheune gegangen war, das würde auch zu der Schleifspur passen und dem halb vollen Korb am Hauklotz. Und das hieße", erwiderte sie nachdenklich, „dass der Hausherr geflohen ist und nicht er es war, der geschossen hat."

„Heißt es das wirklich?", unterbrach er sie, beugte sich vor, griff nach der Kunststofftüte, die auf dem Tisch lag, und nahm einen Hausschuh heraus. Während er ihn hin und her wendete, sagte er: „Aber wahrscheinlich hast du recht. Jedenfalls lag der nicht schon seit Wochen oder Jahren in der Scheune, weil niemand mehr eine Verwendung dafür hatte."

„Jemand betritt also den Hof, geht ins Haus und erschießt die Hausherrin. Der Hausherr, der Holz holen wollte, versteckt sich und flieht dann, als der Mörder die Scheune durchsucht. Aber warum das Ganze?"

Fernando hob die Schultern und erklärte im Brustton der Überzeugung: „Die Post war zu langsam. Jemand brauchte dringend sein Paket."

Sie lachte auf, verstummte aber gleich darauf und versank in

Nachdenken.

„Komisch ist das schon", sagte sie dann, „dass das Auto offenstand und Pakete herausgefallen waren, meine ich. Und wenn da wirklich eins fehlt?"

Fernando sprang auf und eilte hinaus. Sie ergriff die Teekanne und bevor sie fertig war mit dem Einschenken, kam Fernando wieder herein und legte vorsichtig etwas auf den Küchentisch, das aussah wie früher die Handys. Also ganz früher, als man sie noch mit zwei Händen anfassen konnte.

„Das werden wir feststellen", sagte er und setzte sich. „Das Unterschriftenpad lag auf dem Beifahrersitz."

Dann rückte er ein Stück zur Seite, als auch die beiden Kriminaltechniker die Küche betraten.

„Gut, dann noch einmal von vorn: Was haben wir bis jetzt? Und warum kann Jörgens die Pistole nicht in der Scheune versteckt und damit seine Frau erschossen haben?"

21

„Es waren zwei, sagt er. Aber nur einer mit Pistole und der hat ihn auch verfolgt", sagte Hagen Brandt ins Telefon.
„Und wie kommt ... auf dich? ... Ahnungen?"
Hagen lauschte angestrengt.
„Nein, Anne, ich weiß nicht, wieso er hierher gekommen ist. Er stand unter Schock, hatte Angst. Inzwischen geht's anscheinend wieder. Ihr könnt ihn gern abholen. Seid ihr fertig in Wolfsruh?"
„Ja ... Pakete im Transporter?"
„Anne, ich verstehe nur die Hälfte. Komm her."
Er trennte die Verbindung und sah Silke an, die ihn neugierig musterte.
„Sie saßen im Auto", erklärte er und steckte das Handy weg.
„Dann kommen sie bestimmt jetzt her – oder?", fragte sie.
„Bestimmt. Aber es wird ihm nicht gefallen."
Er wies mit dem Kopf zum Fenster, wo Jörgens zu sehen war, der irgendwie verloren auf dem Hof stand und die Trainingshose festhielt, die ständig drohte herunterzurutschen.
„Mit deiner Hose kann er jedenfalls nicht so schnell abhauen", sagte Silke grinsend. „Die verliert er sonst. Glaubst du, er hat seine Frau umgebracht?", fuhr sie dann ernst fort.
„Ich glaube es nicht. Aber ich frage mich, ob er eine Mitschuld daran trägt, dass sie tot ist. Eine Ursache muss der Überfall ja haben. Dazu hat er jedenfalls keine Erklärung geliefert."
Er sah Silke zu, wie sie die Bratkartoffeln wendete und dann

die Eier in die Pfanne schlug.

Wer haut hier wen in die Pfanne, fragte er sich.

Zwei Männer überfallen einen alten Bauernhof, erschießen die Frau, jagen den Mann, bis das Magazin leer ist. Was war der Grund? Jörgens? Oder etwas anderes?

Aber warum haben sie das Postauto durchsucht, jedoch nicht jede Stalltür geöffnet? Nein, Jörgens hat nicht alles erzählt, was er weiß. Oder es ist ihm nicht bewusst, dass er den Grund kennt. Dann ist Geduld gefragt.

Silke stellte drei Teller auf den Küchentisch und legte Besteck dazu. Er stand auf, ging hinaus und rief Jörgens zum Essen.

Als er ihn an sich vorbeigelassen und die Tür geschlossen hatte, stand Jörgens wie verloren mitten in der Küche. Er schob ihn zu dem Stuhl, von dem aus er nicht direkt auf die Hofeinfahrt schauen konnte.

„Jetzt essen wir erst einmal, dann sehen wir weiter", sagte er mit ruhiger Stimme. „Immer schön eins nach dem anderen."

Hagen nahm sich den anderen Stuhl, während Silke ihren Teller in die Hand nahm und im Stehen aß. Ein kurzer Blickkontakt hatte genügt, dass Silke verstand: Er wollte vorbereitet sein, falls Jörgens in Panik geriet.

Doch der schien nichts zu bemerken. Allerdings aß er auch nicht, sondern starrte nur zum Küchenfenster.

„So haben wir zu Hause auch immer gesessen", sagte Jörgens plötzlich, beugte sich nach vorn und musterte den Hof. Jedenfalls den Teil, den er von seinem Platz aus sehen konnte. Hagen hoffte, dass der Streifenwagen, der gerade in der Einfahrt parkte, im toten Winkel lag. Doch dann kamen Anne und Fernando direkt auf die Hintertür zu, die zur Küche führte.

Als Hagen beruhigend seine Hand auf Jörgens Arm legte, merkte er, wie sehr Jörgens unter Druck stand. Seine Hand war zur Faust geballt, dass Knöchel und Handrücken ganz weiß wurden und die Muskeln zitterten.

„Bleiben Sie sitzen", sagte er ruhig und drückte ihn wieder auf den Stuhl, als Jörgens aufspringen wollte. „Sie können sich nicht ewig verstecken."

„Hallo zusammen", sagte Fernando von der Tür her. „Ach ja, jetzt essen und einen Kaffee, das wäre schön."

So freundlich dessen Worte auch geklungen hatten, für Jörgens waren sie das Signal zur Flucht. Der Stuhl polterte zu Boden als Simon Jörgens aufsprang und sich zur Esszimmertür hinter ihm wandte. Doch die rutschende Trainingshose und die Stuhlbeine verhakelten sich miteinander und zwangen ihn schon nach zwei Schritten zu Boden.

Fernando war sofort über ihm. Während er ihn wieder auf die Beine zog, redete er auf ihn ein, wie auf einen hufkranken Gaul, der zum Schlachter soll. Doch es dauerte einige Zeit, bis sie Jörgens mit Schieben und Ziehen und Reden endlich in den Streifenwagen bugsiert hatten.

„Fernando, bleib du am besten hier und nimm das Protokoll auf", rief Anne noch, dann sprang sie auf den Beifahrersitz neben Olli und schlug die Tür zu. Olli gab Gas.

Hagen musste lachen, als Fernando missmutig zurückblieb.

„Komm schon", rief er ihm zu. „Du wolltest Kaffee? Dann setz dich."

Fernando schaute noch einmal kurz die Straße hinunter nach Mühlhof, wo gerade der Streifenwagen verschwand, dann kam er lächelnd auf Hagen zu und legte ihm die Hand auf die Schulter. „Na, Chef, du willst mich doch nur aushorchen. Richtig?", fragte Fernando lächelnd.

„Genau wie du mich. Komm, gehen wir in die Gästewohnung. Da stören wir Silke nicht."

22

„Und du meinst, dass Silke nichts dagegen hat, wenn Jörgens noch ein paar Tage bei euch bleibt?"
Anne stützte ihre Arme auf den Konferenztisch und griff ihren Notizblock. Draußen im Treppenhaus des Polizeireviers polterten Stiefel. Dann schlug eine Tür.
Diese Geräusche waren Hagen immer noch so vertraut, dass er kaum darauf achtete. Sicherlich wieder irgendein Einsatz, der in die Pause hineingeplatzt war.
„Natürlich denke ich, dass das geht. Auf *Hof Birkenhain* ist er euch doch nur im Weg", erwiderte er, als es draußen wieder ruhig war und er seinen Kaffeebecher abstellte. „Mach dir darum keine Sorgen."
Außerdem sagte ihm seine Ahnung, dass Jörgens noch nicht alles gesagt hatte und heute auch nicht sagen würde. Vielleicht wusste Jörgens gar nicht, was er da verschwieg. Aber von dieser Vermutung sagte er jetzt lieber nichts. Auch wenn Anne misstrauisch zu ihm herüberschaute, er konnte es sowieso nicht erklären.
So war es doch am Anfang immer: Sein Kopf glich einem Kettenkarussell voller Ahnungen und Schatten. Erst wenn er – oder sonst jemand – im richtigen Moment die Bremse betätigte, hielt es an und die möglicherweise richtige Idee plumpste schwankend und mit von Übelkeit gelbem Gesicht aus dem Sitz. Wobei die Wahrscheinlichkeit hoch war, dass bei den ersten Runden nur Nieten herausgeschleudert wurden, die sich aber genauso übergaben wie die echten Ideen.

Vorher wusste man das nie und konnte mitunter nur zur Seite springen.

„Nach dem, was ihr am Tatort vorgefunden habt, bestätigt das Jörgens Aussagen?", fragte er nun nachdenklich.

„Die Antwort hängt wahrscheinlich davon ab, wen du gerade fragst. Wir sind noch nicht ganz durch", sagte Anne zerstreut, während sie in ihrem Block herumblätterte.

„Die Kriminaltechnik ist noch im Wald unterwegs. Die Spuren auf dem Hof sprechen jedenfalls nicht dagegen – aber mit letzter Sicherheit auch nicht dafür."

„Und das Postauto?", hakte er nach.

„Ein paar Fingerabdrücke, sonst nichts", entgegnete nun Fernando, als Anne nicht antwortete. „Und ob da etwas fehlt, wissen wir noch nicht. Unwahrscheinlich."

„Wieso unwahrscheinlich?", fragte Hagen zurück. „Ich finde, das sollten wir zuerst prüfen. Habt ihr eine Firmenanschrift?"

„Nur eine Telefonnummer", antwortete Anne und las laut vor, während er wählte.

„Der Chef, ein Robert Schwellnuss, ist nicht da", sagte er, als er aufgelegt hatte. „Er wird wohl zu Hause sein, meint die Sekretärin."

Fernando war inzwischen an den Schreibtisch getreten und beugte sich über die PC-Tastatur.

„Buchholz. Jörgens Chef wohnt in Buchholz. Hagen, wir fahren hin. Dann kann sich Anne in Ruhe um Jörgens kümmern. Bis sie fertig ist, sind wir zurück."

Hagen nickte und stand auf.

„Wartet mal, Jungs." Anne ging zu dem Regal, wo sie immer die Spuren und Aservate ablegte.

„Hier ist das Gerät, wo die Leute den Empfang bestätigen. Das werdet ihr brauchen. Und Hagen, du denkst bitte daran, dass der Chef deine Mitwirkung nicht abgesegnet hat? Also halt dich zurück."

Hagen nickte wage, als Fernando das Gerät entgegennahm. Diese oder eine ähnliche Bemerkung musste ja kommen. Ein Hauptkommissar a.D. blieb eben ein Hauptkommissar a.D. und bestenfalls noch ein Ahnungsträger.

Wenn er in den letzten zwei Jahren auch mehrmals als Sonderermittler für die Polizei tätig gewesen ist, musste er doch froh sein, wenn man seine Mithilfe akzeptierte und ihn nicht einfach vor die Tür setzte. So war das eben.

„Hagen?", hakte Anne noch einmal nach, als er nicht antwortete.

Er lächelte. „Ja, Anne. Ich bin gar nicht da. Wo ist Jonas eigentlich? Noch am Tatort?"

„Nein, der Kripo-Chef meinte", sagte Fernando schief grinsend, „Jonas soll sich jetzt allein bewähren. Irgendein Unfall oder sowas. Ein totes Mädchen. Gehen wir?"

Als Hagen die Tür zum Hof aufriss, fuhr gerade ein Streifenwagen vor. Der Fahrer, den er nicht kannte, sprang raus und riss die Hintertür auf. Die Art, wie er in den Wagen griff und „Raus jetzt" brüllte, zeigte, wie wütend er war.

Derjenige, der von der Rückbank gezerrt wurde und auf den Knien neben dem Auto landete, war Hagen allerdings gut bekannt. Wenn Markus Heldt auch ein leuchtendes Veilchen und eine Platzwunde an der Stirn entstellten.

Hagen spürte, wie Fernando neben ihn trat, und schaute ihn an. Er war sich nicht sicher, ob es nur Schadenfreude war oder ob da nicht auch eine Spur Hass in Fernandos Augen glomm. Aber wenn, dann nur für einen Moment. Fernando trat sofort vor und sprach den Uniformierten an.

„Wo habt ihr den denn her?"
„Straßensperre Fürstenberg. Wollte seinen Ausweis nicht zeigen und hat sich der Festnahme widersetzt. Kennst du ihn?"
Der Uniformierte schaute erst Fernando und dann Hagen an.
Hagen schüttelte langsam den Kopf und sagte dann laut: „Nein, ich glaube nicht, dass wir den kennen."

23

Albträume sind keine reine Fantasie, sondern ein Abdruck des Realen ...

Er rennt.
Die armstarken Fichtenstämme einer Schonung huschen vorbei, obwohl er nur ihre Nachtschatten sieht. Die spitzen trockenen Stümpfe abgebrochener Äste kratzen ihm die Oberarme auf.
Er springt.
Und lässt so ein umgestürztes Fichtenstämmchen hinter sich. Eine Lichtung mit Brombeersträuchern. Nass. Regen gießt ihm ins Gesicht, dass er kaum atmen kann.
Er spürt.
Vor ihm läuft immer noch der Andere. Der Bock! Er sieht manchmal dessen Schatten. Zu hören ist jedoch nichts. Da ist der Andere. Schnell streckt er die Pistole vor.
Er schießt.
Zielen ist unmöglich im Lauf. Der Schatten verschwindet kurz. Das Magazin ist leer.
Er strauchelt.
Beinahe wäre er gestürzt und bleibt stehen. Von dem Anderen ist nichts mehr zu sehen. Er dreht sich um, ist völlig außer Atem und sieht den Anderen plötzlich in der entgegengesetzten Richtung davonlaufen. Dort, wo er gerade noch über das Stämmchen gesprungen ist.
Wieder dreht er sich in die Richtung, wo er den Schatten eben

noch gesehen hat. Und er ist wieder da und kommt näher. Der Andere hat eine Pistole. Er kann sie deutlich erkennen und fängt nun selbst an zu laufen.

Der Andere läuft vor ihm und hinkt. Er selbst rennt hinterher, dreht sich im Lauf um und sieht den Anderen. Der hinkt auch und kommt trotzdem immer näher. Spiegelschatten?

Achte nicht auf den vor dir, denkt er. Der ist ein Trugbild, schreit er sich selbst an. Feuert ihn – sich – an, schneller zu laufen.

Der Hof! Die Scheune kommt näher. Der vor ihm strauchelt, springt dann durch das Loch in der Rückwand der Scheune. Strauchelt wieder. Er hat ihn fast erreicht. Hechtet durch dieses Loch. Fürchtet, dass es zuschnappt und ihn mitten durch schneidet. Schneller. Schneller!

Er hört den Atem des Anderen hinter sich.

Der Andere vor ihm rennt über den Hof, rüttelt an der Hintertür, reißt sie dann auf.

Auf der Treppe streckt er die rechte Hand aus nach dessen Rücken. Wirft ihm dann mit der linken die Pistole an den Kopf. Der Andere bleibt stehen und ...

Sie verschmelzen.

Wer ist jetzt der Bock? Wer der Sünder? WER?

Er spürt, wie er in den Anderen eindringt. Er zittert. Dreht sich um. Dort steht noch der andere Schatten. Der mit der erhobenen Pistole. Er schießt!

Er selbst spürt die Kugel in sich eindringen, wie sie den Schock auslöst, der sein Herz erstarren lässt.

Und er fällt ... fällt ... fällt ...

*

Ich bin hier, dachte er. Hier.

Er lag auf dem Rücken, starrte reglos an die Decke, von der

ein dicker, völlig verschwitzter, bärtiger Mann auf ihn zurückstarrte. An den Bildrändern waberten schwarze Schatten, die ihn zu verschlingen drohten.

Er blinzelte, erkannte, dass es sein eigenes Spiegelbild war, das ihn von dem Deckenspiegel über seinem Bett entgegensah. So vollkommen bleich, verschwitzt und zitternd.

Langsam hob er den Kopf. Sah den Fernseher, die Musikbox und den Kleiderschrank.

Erleichtert ließ er den Kopf auf's Kissen sinken, schloss die Augen. Kurz fiel ihm noch ein, dass er eigentlich in der Werkstatt anrufen müsste. Doch es war ein zu flüchtiger Gedanke, was zählte war nur noch eines:

Ich muss ihn erwischen, dachte er, den Anderen.

Diesen Vergewaltiger! Den SÜNDENBOCK!

Ja, Mutter, ich werde ihn kriegen.

24

Der Dienstwagen schleuderte leicht, als Fernando Lucio ihn auf die Landstraße nach Großwoltersdorf lenkte. Hagen wurde zur Fahrzeugmitte gedrückt und schaute zu ihm hinüber.
„Was ist los, Fernando? Warum bist du so wütend?", fragte er und hielt ihm seine Zigarettenschachtel hin. „Dieser Heldt ist es nicht wert, dass du uns in den Straßengraben fährst."
Fernando nahm ohne zu antworten den Fuß vom Gas. Mit Blick auf die Zigarettenschachtel schüttelte er den Kopf.
Als sie am Granseer Sägewerk vorbei waren, gab er vorsichtig wieder Gas.
„Anne tut mir leid", antwortete Fernando, als sie den Abzweig nach Rauschendorf passierten und sie zwischen Wiesen auf der einen Seite und Spargelfeldern auf der anderen hindurchfuhren. „Der Kerl ist so ein Stinkstiefel, dass ich ihm am liebsten eins auf's Maul geben würde!"
Fernando schlug mit der Faust auf's Lenkrad, fuhr dann aber ruhiger fort.
„Heute Nacht ist irgendwas vorgefallen zwischen den beiden. Jedenfalls ist er vom Tatort abgehauen und hat Anne allein gelassen. Hat Olli erzählt, als sie den Mistkerl irgendwo aufgelesen und als vermeintlichen Mörder zurückgebracht hatten."
„Ja, kein angenehmer Zeitgenosse", erwiderte Hagen. „Aber ich bin da wohl etwas befangen."
Er schaute zum Seitenfenster hinaus. Fernando fuhr schon wieder zu schnell. Das kleine Waldstück flog nur so an ihnen

vorbei. Als nächstes würde die S-Kurve kommen.
„Fernando, halt mal an. Ich muss pinkeln. Halt an, sag ich."
Am Ende des Wäldchens lenkte Fernando Lucio den Wagen auf einen Feldweg und stellte den Motor ab. Dann sprang er aus dem Auto, knallte die Fahrertür zu und begann zu rennen. Hagen blieb ruhig sitzen und schaute zu, wie Fernando über den Feldweg mit den tiefen Fahrspuren dahinstolperte, bis er nach vielleicht fünfzig oder sechzig Metern stehen blieb, die Hände in die Hosentaschen stopfte und sich gegen einen der schräg gewachsenen Apfelbäume am Wegrand lehnte.
Mein Gott, dachte er, Fernando hat es aber erwischt. Das war definitiv keine Freundschaft mehr zwischen ihm und Anne. Da musste er seinen bisherigen Eindruck revidieren. Fernando war einfach verliebt und wusste es nicht. Und auch nicht, wohin er mit seinen Gefühlen sollte.
Hagen stieg aus und lehnte sich gegen die Motorhaube.
Wie wohl Anne darüber denkt, ging es ihm durch den Kopf. Ob sie es bemerkt hat? Bestimmt.
Er zündete sich eine Zigarette an und wartete. Fernando konnte er nicht helfen, so viel war ihm klar. Der konnte seine Chance nur selber nutzen, wenn mit Heldt wirklich etwas vorgefallen war.
Fernando schien jetzt zu einem Entschluss gekommen zu sein. Er hatte sich von dem Baumstamm gelöst und kehrte langsam zurück.
Hagen schnippte seinen Zigarettenkippen ins nasse Gras und stieg ein. Dann sah er zu, wie Fernando mit hängenden Schultern auf das Auto zukam. Einen Moment blieb er noch neben der Fahrertür stehen und stieg dann ein.
„Hagen, ich ...", setzte er an.
„Mir musst du nichts sagen. Manchmal muss man einfach

warten können, bis der richtige Zeitpunkt kommt."
„Und wenn ich den verpasse?", fragte Fernando. Dabei schaute er unverwandt nach vorn durch die Scheibe.
„Was soll sein? Dann lädt Anne dich zum Abendessen ein."
Er grinste, als Fernando ihn ansah.
„Glaub mir, sie schlägt sich nicht wochenlang mit Herzdrücken herum. Wenn sie dich liebt, hängt sie schneller an deinem Hals, als du Paff sagen kannst."
Fernando lachte laut auf. „Paff?", fragte er dann.
„Wer sollte das denn besser wissen als ich?", erwiderte er. Und als Fernando nichts mehr entgegnete, sagte er ruhig: „Los, ab geht's. Wir haben Arbeit."
Fernando nickte nachdenklich. Dann startete er den Motor und fuhr vorsichtig rückwärts auf die Landstraße.
Die S-Kurve nahm er in vernünftigem Tempo und fuhr dann auch in vorgeschriebener Geschwindigkeit durch Großwoltersdorf. Kurz darauf bogen sie von der Landstraße nach Zernikow ab, das zwischen fruchtbaren Wiesen lag. Der historische Gutshof am Dorfausgang, wo das Maulbeerfest jedes Jahr hunderte Besucher anzog, lag wie ausgestorben da. Montag eben. Und als sie den Berg dahinter hochfuhren, hatte Hagen wieder einmal den Eindruck, das Ende der Welt liege nun direkt vor ihnen. Das war immer so, wenn er hier entlang kam, was selten genug der Fall war.
Vor ihnen tauchte unvermutet das Dörfchen Burow auf. Allerdings sah der Ortseingang eher aus, als wäre es der Eingang zu einem Bauernhof und nicht zu einem Straßendorf mit fünfzig Einwohnern. Aber dass hier früher Schmuggler gewohnt hatten, glaubte er auf's Wort, seit er das Foto auf der Webseite des Amtes Gransee gesehen hatte.
„Hier rechts", rief er.

Fernando bremste scharf und bog rechts ein.

„Und da kommt wirklich noch etwas?", fragte er dann.

Hagen nickte. „Nur weiter."

Ein paar Minuten später rollten sie einen weiteren Hügel hinunter auf das Dörfchen Buchholz zu.

„Fahr langsam, sonst rollst du hinten wieder raus. Buchholz hat nur gut 30 Einwohner."

„Echt? Und das hier rechts ist der Friedhof?"

Fernando zeigte auf die wunderschöne Feldsteinmauer mit dem geschmiedeten Tor.

„Nein. Da hat jemand anstelle einer alten Scheune seinen Neubau hingestellt. Aber die historische Fachwerkkirche kommt gleich dahinter. Fahr hier einfach an den Straßenrand. Dann schauen wir mal."

Nein, es war nicht der Neubau, zu dem sie wollten. Sie steuerten auf eins der alten sanierten Backsteinhäuser zu. Durch die offene Hofeinfahrt drang Baulärm auf die Straße. Hagen trat durch die Hofeinfahrt. Fernando dicht hinter ihm.

Rechts vor dem Stallgebäude lief ein Betonmischer. Ein Maurer turnte auf dem Gerüst herum, neben dem Betonmischer stand ein Hüne in Hagens Alter. Jeans und Jacke sahen aus, als hätte dessen Träger im letzten Jahr zwanzig Kilo abgenommen. Und als der sich umdrehte und sie heranwinkte, wusste er, dass er Recht hatte mit seiner Vermutung.

„Herr Schwellnuss?", rief er, bemüht, den Lärm zu übertönen, der von einem Winkelschleifer herrührte, den der Maurer auf dem Gerüst gerade eingeschaltet hatte.

Schwellnuss nickte. Er kam ihnen entgegen, fasste ihn am Ärmel und zog ihn mit sich. Weg vom Lärm.

Als sie wieder auf der Straße standen, zeigte Hagen seinen Dienstausweis, der ihn als Sonderermittler der Polizei auswies, und stellte sie vor. Das Gesicht von Schwellnuss verdüsterte sich augenblicklich. Er verschränkte die Arme vor der Brust und sah nun aus wie der Riese aus *Das steinerne Herz*.

„Gibt es hier eine ruhige Ecke, wo wir uns kurz unterhalten können?", fragte er ihn.

Schwellnuss bewegte sich kein Stück, sondern blickte nur finster. Hagen seufzte, dann setzte er ein freundliches Lächeln auf und erklärte:

„Einer Ihrer Transporter wurde offen aufgefunden. Pakete lagen davor. Wir müssen wissen, was fehlt. Aber Sie können Ihren Transporter gern auch bei uns abholen, wenn es Ihnen jetzt nicht passt."

Schwellnuss entspannte sich.

„Schon gut. Hätte ja auch eine Anklage wegen Steuerhinterziehung oder so sein können." Schwellnuss lachte. „Dann kommen Sie mal mit. Hier versteht man sein eigenes Wort nicht. Außerdem brauche ich jetzt meine Zuckerration."

Kurz darauf saß ihm Schwellnuss Zucker lutschend auf einer edlen Ledercouch gegenüber, während Fernando sich vor das große zum Hof hinausgehende Fenster gestellt hatte und Notizen machte.

„Was, bei Jörgens schon wieder? Das macht langsam keinen Spaß mehr", erwiderte Schwellnuss auf Hagen Brandts Eröffnung und versank dann in Schweigen.

„Was macht keinen Spaß mehr, Herr Schwellnuss?", hakte er nach. „Klingt ja, als würde Simon Jörgens Ihnen nur Sorgen bereiten."

„Na ja, ganz so ist es nicht. Aber vorigen Monat hat schon jemand die Frontscheibe demoliert, als der Transporter auf seinem Hof stand. Jörgens zahlt in Raten die Reparaturkosten."

„Ist das üblich bei Ihren Dienstwagen?", fragte Fernando vom Fenster her.

Schwellnuss drehte sich zu ihm um.

„Nur, wenn der Schaden außerhalb des Dienstes und außerhalb des Firmengeländes passiert. Die Fahrer sind angehalten, ihre Fahrzeuge auf dem Betriebshof abzustellen, wenn sie ihre Arbeit beenden. Aber manche nehmen es eben über Nacht mit nach Hause. So auch Jörgens."

„Haben Sie Anzeige erstattet – oder Jörgens?", fragte wieder Fernando.

„Nein, wozu? Um Sachbeschädigung kümmert sich doch kein Schwein. Aber warum kommen Sie nun eigentlich her? Das war doch keine Sachbeschädigung – oder?"

Während Schwellnuss von einem zum anderen schaute, schüttelte Hagen den Kopf. „Nein, keine Sachbeschädigung. Alexa Jörgens, die Frau von Simon Jörgens, ist erschossen worden."

„Mein Gott", war alles, was Schwellnuss herausbrachte. Dann versank er in Nachdenken.

Hagen sah, wie Schwellnuss blass geworden war und schwer atmete. Jedenfalls war das nicht die Reaktion eines schauspielernden Mörders, sondern eher die eines von Blutdruckproblemen geplagten Zuckerkranken, der das Opfer kannte.

„Woher kannten Sie Alexa Jörgens?", fragte er.

Jetzt seufzte Schwellnuss. „Das gibt ein Drama heute Abend. Alexa Jörgens war die Lehrerin meiner Tochter Philine. Philine würde am liebsten gar nicht mehr nach Hause kommen, seit Frau Jörgens ihre Klassenlehrerin ist … war."

Schwellnuss schob sich das nächste Stück Zucker in den Mund.

„Also, wie kann ich Ihnen helfen? Nein, warten Sie. Ich habe da vielleicht etwas." Er stand vorsichtig auf und ging ins

Nachbarzimmer.

Als er zurückkam, hatte er eine Hand zur Faust geballt, in der anderen hielt er einen Zettel.

„Ich hatte erzählt, was vor einem Monat passiert war. Mein Werkstattmeister hat dann unter dem Beifahrersitz das hier gefunden. Seitdem ist es mein Briefbeschwerer."

Schwellnuss öffnete die Hand und zeigte einen Stein vor.

„Aha", sagte Hagen. „Und der Zettel?"

„Darin war der Stein eingewickelt. Sehen Sie", sagte Schwellnuss und wollte ihm den Zettel reichen.

„Legen Sie ihn bitte auf den Tisch", bat Hagen, beugte sich darüber und las:

Jörgens!
Ich kriege dich, du verficktes Schwein!

Als er wieder aufschaute, sah er in Fernandos finsteres Gesicht. Einen Moment schauten sie sich wortlos an, dann meinte Fernando: „Da ist einer auf einem Rachefeldzug."

Hagen nickte.

„Ja, und Alexa Jörgens ist ihm nur zufällig in die Quere gekommen", antwortete er und wandte sich dann an Schwellnuss: „Hat Jörgens das irgendwie kommentiert?"

Doch der schüttelte nur den Kopf.

„Sie hätten zu uns kommen sollen, Herr Schwellnuss. Vielleicht hätten wir es verhindern können", fuhr Hagen fort.

„Glauben Sie das wirklich?", fragte nun Schwellnuss. „Ich denke, Sie hätten auf diese Drohung hin auch nichts unternommen. Wahrscheinlich wäre dann nur der Schwarze Peter nicht bei mir geblieben."

„Okay, mit Schuldzuweisungen kommen wir nicht weiter.

Herr Schwellnuss, eine Bitte habe ich noch: Können Sie uns kurz nach Wolfsruh begleiten und feststellen, ob von den Paketen etwas fehlt? Sie können den Transporter dann gleich mitnehmen."
Sie erhoben sich, als Schwellnuss nickte. Der gab auf dem Hof noch einige Anweisungen und stieg dann mit in den Dienstwagen.

25

Anne Pagels lehnte sich grübelnd in ihrem Bürostuhl zurück. Gerade hatte sie Simon Jörgens wieder auf den Flur gesetzt und versuchte nun, sich klar darüber zu werden, was als nächstes zu tun war.
Ein wirklich armes Würstchen ist dieser Jörgens, überlegte sie und fragte sich, was sie selbst in dieser Situation getan hätte. Doch schnell verwarf sie den Gedanken wieder. Er war einfach zu trübsinnig.
Darum sollte sich Fernando kümmern. Oder Hagen, wo der sich doch sowieso schon wieder in ihre Arbeit einmischte. Die Spuren und die Bilder, die diese Spuren heraufbeschworen, waren entsetzlich genug. Ganz zu schweigen davon, dass sie nicht den leisesten Schimmer hatte, warum es zu diesem Drama gekommen war.
Ihr Handy klingelte leise aus der Jackentasche, die sie über die Stuhllehne gehängt hatte. Eilig kramte sie danach.
„Hagen, was gibt es?", fragte sie.
„Es gab vor einem Monat einen Drohbrief, der mit einem Stein in die Frontscheibe des Transporters geworfen wurde. Den Brief bringen wir mit. Er lautet: Jörgens! Ich kriege dich, du verficktes Schwein! Kannst du Jörgens dazu vernehmen?"
„Verficktes Schwein?", fragte sie noch einmal und notierte es.
„Genau. Wir sind unterwegs nach Wolfsruh und zählen Pakete. Anschließend kommen wir zurück."
Sie unterbrach die Verbindung und stützte den Kopf in ihre Handfläche. Verficktes Schwein?

Diese Drohung schien ihr eindeutig zu sein. Jedenfalls war die Richtung klar, in der sie suchen sollten. Allerdings fragte sie sich, ob Jörgens unter diesen Umständen gewillt sein würde, ihnen bei der Suche zu helfen. Und sie musste sich eindeutig fragen, ob sie wirklich die Richtige war für eine solche Vernehmung. Nicht weil sie eine Frau war, die Übung fehlte ihr einfach. Spuren auszuwerten war etwas ganz anderes.

„Verdammt, lieber würde ich einen Abstrich machen", knurrte sie vor sich hin und meinte es überhaupt nicht lustig.

Fast drei Minuten dauerte es dann auch, bis sie ihren Kaffee ausgetrunken hatte, dann schaltete sich ihr Gewissen ein und sie ging auf den Flur hinaus, wo Jörgens ihr erwartungsvoll entgegenschaute.

„Kommen Sie, Herr Jörgens, es gibt da noch ein paar Dinge, die wir klären müssen", sagte sie und öffnete die Tür zum Vernehmungsraum. Dort ließ sie ihn Platz nehmen und schaltete das Mikrofon ein.

„Also, lassen Sie uns noch einmal über die letzten Monate reden. Gab es da etwas Besonderes, das Sie vergessen haben, mir zu erzählen?", begann sie und wusste selbst, dass ihre Einleitung plump und einfallslos klang. Aber es war immerhin der beinahe direkte Weg zu dem, was sie wissen wollten.

Sie wartete. Jörgens hatte sich auf seinem Stuhl zurückgelehnt und seine Hände zwischen den Oberschenkeln festgeklemmt, wie sie es bisher eigentlich nur bei Frauen gesehen hatte.

War das seine Abwehrhaltung? Mach mich nicht an – oder so? Du kannst mir sowieso nichts? Möglich.

Jedenfalls schien er nicht antworten zu wollen.

„Was war mit den Fensterscheiben und der Frontscheibe Ihres Firmenfahrzeugs?"

„Ach das meinen Sie." Er hob die Schultern. „Ja, die wurden eingeworfen."

„Und womit?"

„Mit Steinen natürlich."

Sie hörte ganz leisen Trotz heraus, als Jörgens dies sagte. Anscheinend war er der Meinung, dass er dies doch schon so oft erzählt habe, dass es inzwischen jeder wissen müsse. Auch die dümmste Kuh.

„Aha", machte sie nun lapidar. „Ja, natürlich. Mit einem Stein eben. Wurde Ihnen irgendwie gedroht?"

„Nein. Davon weiß ich nichts. Ich hatte an einen Streich gedacht. Irgendwelche Dorfbengels. Wer soll es sonst gewesen sein?"

„Zum Beispiel diejenigen, die Ihre Frau erschossen haben. Was haben Sie denn unternommen gegen die Steinewerfer?"

Wieder hob er die Schultern.

„Nichts. Ich wusste doch nicht, wer es war. Wir haben geschlafen, als die Scheiben zu Bruch gingen. Es war ein Samstag. Zum Glück hatte ich noch ein paar passende Scheiben im Schuppen. Den ganzen Sonntag habe ich gebraucht, um die Fenster neu zu verglasen."

„Und wann war das?", fragte Anne, als Jörgens innehielt.

„Hmm, Oktober? So ungefähr", kam zögernd die Antwort.

„Was war mit der Autoscheibe?"

„Das war erst vorigen Monat. Auch am Wochenende. Ich habe das Auto dann am Montag in die Werkstatt gefahren und ein anderes abgeholt. Es war auch ein Stein gewesen, mit dem sie eingeworfen wurde."

Er weicht mir aus, überlegte sie.

„Glauben Sie etwa immer noch an einen Dummen-Jungen-Streich? Auch jetzt noch?"

Wieder hob Jörgens nur die Schultern.
Das kann doch nicht wahr sein, fuhr sie innerlich auf. Am liebsten wäre sie aufgesprungen und hätte ihn angebrüllt, dass er sich gefälligst zusammenreißen soll. Schließlich konnte seine Frau am wenigsten dafür. Wahrscheinlich jedenfalls.
„Herr Jörgens, ich bin überzeugt, dass Sie mir nicht die Wahrheit sagen. Ich denke, Sie wissen genau, wer Ihre Scheiben eingeworfen hat. Hatten Sie eine Nachricht im Briefkasten?"
Jörgens schüttelte den Kopf.
„Nein. Nicht dass ich wüsste. Vielleicht hatte ja Alexa den Kasten geleert. Jedenfalls hat sie nichts gesagt."
„War einer der Steine in eine Nachricht eingewickelt?"
„Weiß ich nicht. Allerdings habe ich im Auto nicht nach dem Stein gesucht", antwortete Jörgens. „Ich dachte, wenn die in der Firma ihn finden, glauben sie mir, dass ich keine Schuld habe. Hat aber nicht geholfen. Den Schaden muss ich trotzdem bezahlen, weil das Auto auf meinem Hof gestanden hat und nicht in der Firma."
„Warum stand der Transporter denn eigentlich offen? Wollten Sie sich damit aus dem Staub machen?", fragte Anne nun.
So langsam gingen ihr die Fragen aus und sie wusste nicht weiter. Sicherlich war es besser, ihm den Zettel erst dann vorzuhalten, wenn er hier war. Und vielleicht machte es dann besser Hagen.
„Nee. Vielleicht haben die beiden, die meine Frau erschossen haben, mich darin gesucht. Oder Drogen oder was weiß ich denn. Mich haben sie ja vom Hof gejagt und mir sogar noch hinterhergeballert. Ich weiß gar nicht, warum Sie mir all diese Fragen stellen. Klingt ja, als würden Sie mich verdächtigen."
Fakt war, leid tat Jörgens ihr schon lange nicht mehr. Nicht, weil er ihre Fragen nicht beantwortete. Sondern, weil seine

Antworten so lapidar und emotionslos daherkamen, als ginge ihn der Tod seiner Frau überhaupt nichts an.

Sie knallte ihre Hand auf die Tischplatte, dass Jörgens sie unsicher anschaute. Dann stand sie auf.

„Kommen Sie. Kommen Sie", trieb sie ihn vor sich her zu dem Stuhl auf dem Flur. Sie ließ ihn sich setzen und verschanzte sich wieder hinter ihrem Schreibtisch.

Verdammt nochmal, dachte sie. Ich hab's vermasselt. Bin ja schließlich nicht umsonst zur Kriminaltechnik gegangen. Und dann, als würde sie sich selber trösten wollen: Fernando hätte das bestimmt besser gekonnt.

Nachdenklich zog Anne ihren Laptop heran und öffnete den Ordner mit den Tatortbildern. Doch der Gedanke an Fernando wollte nicht verschwinden.

Er ist so ganz anders als Hagen, überlegte sie. Natürlich. Schließlich ist er viel jünger. Aber was ihr besonders gefiel, dass Fernando so viele verschiedene Seiten hatte.

Sie erinnerte sich noch, wie er sich vor einigen Wochen verschämt hinter der Autotür versteckt hatte, als er sich umziehen wollte. Tage später hatten sie hemmungslos miteinander geflirtet. Und wenn sie ernsthaft darüber nachdachte, war es dort passiert, dass sie ihn seitdem nicht mehr aus dem Kopf bekam. Einzig der Altersunterschied hatte sie selbst zurückschrecken lassen und dann ... ja, und dann war ihr Markus Heldt dazwischengeplatzt.

Herrje, dachte sie, da kann man alt werden wie 'ne Kuh. Heldt hat sich kindischer aufgeführt, als sie es bei Fernando jemals festgestellt hatte. Viel kindischer. Und Heldt reizte sie überhaupt nicht mehr, weder als Mann noch als Lebenspartner.

Und Fernando?, fragte sie sich. Bei ihm war noch so viel zu entdecken, dass ihr ganz kribblig zumute wurde.

*

„Ach, da sitzt er ja noch. Gut", hörte sie die Stimme von Hagen Brandt vom Flur her. „Haben Sie noch einen Moment Geduld? Wir müssen noch etwas besprechen und dann schauen wir mal, ob Ihre Sachen inzwischen trocken sind."
Fernando kam herein. Er lächelte ihr zu. Kam aber nicht zu ihr an den Schreibtisch, sondern setzte sich in einen Sessel.
Dann kam Hagen und schloss die Tür hinter sich.
„Ich werde versuchen, ihn zu überreden, dass er noch eine Nacht in unserer Gästewohnung schläft", sagte er leise und setzte sich ebenfalls.
„Wollen wir uns noch kurz austauschen?"
Sie nickte. „Ich habe jedenfalls nichts aus Jörgens herausbekommen, das uns weiterhilft. Er streitet ab, eine Drohung bekommen zu haben."
„Aber wir haben etwas", sagte Fernando munter, stand auf und legte eine Folie in ihre ausgestreckte Hand. Dabei schaute er in ihre Augen, dass sie glaubte, sich die Kleider vom Leib reißen und in die beiden blauen Seen springen zu müssen.
Fernando sagte etwas, das sie nicht verstand. Ihr Nicken schien nicht ihr Nicken zu sein, sondern das einer Marionette. Dann schaute sie auf die Folie und erkannte ein knittriges Stück Papier, kariert, auf einer Seite mit abgerissenem Rand. Vielleicht aus einem Schulheft.
„Ich schau es mir nachher an", sagte sie, als es ihr gelungen war, sich zu sammeln.
Fernando setzte sich wieder. Dann schlug er seinen Notizblock auf und meinte: „Außerdem fehlen im Transporter drei Pakete. Aber was das bedeuten soll, kann ich mir nun gar nicht zusammenreimen."
„Drei Pakete?", fragte sie zurück. „Wozu haben sie Pakete

mitgehen lassen?"

Sie sahen sich ratlos an. Hagen reagierte überhaupt nicht. Er saß da, starrte in die Ferne und drehte eine nicht angezündete Zigarette zwischen den Fingern.

„Und du, Hagen? Träumst du von Bohnensuppe?", fragte sie.

Fernando lachte.

Hagen schaute auf und sah sie mit gerunzelter Stirn an. Dann fragte er: „Bohnensuppe? Ein gutes Stichwort. Die Pistole war eine 9mm, richtig?"

Sie nickte.

„Ja, Parabellum. Armee, zum Beispiel Truppenbewaffnung im Krieg. Auch bei Sammlern beliebt. Warum fragst du?"

„Gut. Dann schick deine Armeen der Finsternis los", zischte Hagen und sprach dann derart laut weiter, dass Jörgens auf dem Flur jedes Wort verstehen musste.

„Fernando hat die Adressen der Leute, die ihre Pakete nicht mehr bekommen werden. Die kann er überprüfen. Und dabei ist es mir egal, ob Jörgens Drohungen bekommen hat oder nicht. Und jetzt geh ich."

„Hagen, was ist los mit dir? Warum ...", fragte Anne erschrocken.

Doch Hagen sprang auf. An der Tür drehte er sich noch einmal um und legte den Zeigefinger auf die Lippen.

26

Silke wartete bereits mit dem Abendessen, als Hagen Brandt die Küche betrat. Es duftete lecker nach Bohnenkraut und Majoran. Eine Kerze und Weingläser standen auf dem Tisch. Jörgens hatte er in die Gästewohnung geschickt und nahm Silke nun in die Arme.

„Bitte sei nicht traurig, Liebste", flüsterte er ihr ins Ohr. „Ich brauche noch zwei Stunden mit unserm Gast, obwohl ich jetzt viel lieber bei dir bliebe."

„Das habe ich mir schon gedacht", flüsterte sie zurück. „Aber es könnte sein, dass ich in zwei Stunden bereits im Vollrausch vor der Couch liege. Also beeil dich."

„Gut. Dann stört es dich bestimmt nicht, wenn ich drüben ein bisschen herumbrülle?"

Ihre Augen lächelten belustigt. „Ich liebe es. Und nun geh, aber zerschlag keine Möbel, bitte."

„Ich versprech's."

Er gab ihr noch einen Kuss. Dann riss er sich wehmütig von ihr los, holte noch zwei Flaschen Bier aus der Speisekammer und schlenderte dann betont locker über den Hof. An der Tür zur Gästewohnung klopfte er an und öffnete, ohne auf ein Herein zu warten.

„Ich dachte mir, wir trinken noch ein schnelles Bier zusammen, bevor ich dann auch ins Bett muss. Was meinen Sie?"

Jörgens stand am dem Hof abgewandten Fenster und schaute in die Landschaft. Als er sich umdrehte, sah er mutlos aus. Das Licht aus der Gästeküche warf tiefe Schatten auf sein Gesicht. Dessen Falten traten hier und da so stark hervor, als wären sie mit dem Messer eingekerbt.

Genau so muss er aussehen, wenn ich ihm glauben soll, ging es Hagen durch den Kopf.

Wortlos folgte ihm Jörgens in die Gästeküche und setzte sich auf den Stuhl in der Ecke, während er selbst die Flaschen auf den Tisch stellte und Gläser aus dem Schrank nahm.

Als er eingegossen hatte, prostete er Jörgens zu, trat einen Schritt zurück und lehnte sich gegen den Spülschrank.

Jörgens rührte sein Glas nicht an und schaute auf die Tischplatte. Dann, als er zu reden begann, hob er den Kopf und sah geradeaus, an Hagen vorbei.

„Ich habe gehört, was Sie zu denen von der Kripo gesagt haben." Jörgens Stimme klang brüchig. „Sie glauben mir nicht. Sie denken, ich sei schuld am Tod meiner Frau. Stimmt's nicht?"

Hagen schüttelte den Kopf, als Jörgens ihm zögernd in die Augen schaute.

„Sie verstehen nichts, Simon. Gar nichts", sagte er und nippte erneut an seinem Bier. Dann hob er das Glas vor seine Augen und tat so, als betrachte er es genau.

„Was glauben Sie: Besteht dieser Bierschaum in diesem Moment aus einer Milliarde Bläschen? Und wenn Sie das glaubten, würde es irgendwas an diesem Bierschaum ändern?"

Jörgens sagte nichts und schaute nun auf sein Bierglas.

„Sehen Sie? Es spielt keine Rolle, was ich glaube. Die Bläschen zerplatzen und nichts bleibt außer gelblicher Brühe, die man trinkt und irgendwann wieder auspisst. Eher frage ich mich, wie sind die Bläschen entstanden? Wer oder was ist die Ursache? Was ist geschehen, dass es dazu kommen konnte? Und Sie müssen mir helfen, es zu verstehen."

„Aber ich weiß doch auch nichts. Glauben Sie nicht, dass ich mir darüber auch seit gestern Abend den Kopf zermartere?", fragte Jörgens zurück.

„Gut. Dann werden wir es auch irgendwann verstehen."

Er stieß sich vom Spülschrank ab, ging zum Küchentisch und setzte sich Jörgens gegenüber auf einen Stuhl. Dann legte er sein Smartphone auf den Tisch und schaltete die Diktierfunktion ein.

„Sind wir uns einig darin, dass der gestrige Abend bereits vor zwei Monaten begonnen hat? Damals, als zum ersten Mal die Fensterscheiben an ihrem Haus zu Bruch gingen? Denken Sie nach, was an dem Tag passiert ist."

„Ich habe keine Ahnung, was passiert ist. Wir haben geschlafen. Das Schlafzimmer liegt zum Hof hinaus. Gegen Mitternacht wurden wir vom Lärm wach. Im Wohnzimmer waren zwei Fenster eingeworfen. Mit Feldsteinen. Wir hörten, wie ein Auto davonfuhr."

„Kein Brief, kein Zettel, keine verbalen Drohungen? Auch nicht davor oder danach?"

Jörgens schüttelte jedes Mal den Kopf.

„Alexa und ich, wir haben das mehrere Abende danach diskutiert. Aber wir fanden keine Erklärung."

„Was für ein Auto fuhr weg?"

„Ein Dieselmotor. Es fuhr Richtung Schulzendorf davon. Das konnte ich hören. Aber zu sehen war nichts mehr."

„Und wie war das mit dem Transporter?"

„Genauso. Wieder Sonntagnacht. Ich habe noch wach gelegen. Da hörte ich den Aufschlag. Etwas splitterte draußen. Aber bis ich auf der Straße war, waren sie fort. Den Rücklichtern nach ein Bus oder Van, jedenfalls ziemlich hoch."

Jörgens drehte sich von ihm weg und schaute zum Fenster, als ein neuer Regenschauer gegen die Scheibe prasselte.

„Gestern Abend hat es auch geregnet", sagte Hagen. „Was haben Sie gemacht?"

„Ich habe das Schlafzimmerfenster abgeschliffen. Alexa hat Abendessen zubereitet. Als wir uns gerade in die Küche gesetzt hatten, klingelte das Telefon. Wir haben so ein Handy. Festnetz über Funk. Jedenfalls rannte Alexa zum Telefon, das im Arbeitszimmer lag. Aber niemand war dran."

„Kam eine Verbindung zustande oder wurde vorher aufgelegt?", fragte Hagen dazwischen.

„Alexa meinte: Irgend so ein Blödmann. Hat einfach aufgelegt. Ach ja, und als Alexa am Telefon war, kam ein Auto vorbei. Hielt aber nicht an."

Hagen überlegte. Ja, es könnte ein Testanruf gewesen sein, um festzustellen, ob sie zu Hause sind. Niemand ist so blöd, seine Rufnummer nicht zu unterdrücken, wenn er einen solchen Anruf tätigt, dachte er. Aber prüfen mussten sie es.

Dann fielen ihm die verschwundenen Pakete ein. Aber die Namen der Adressaten hatte er jetzt nicht. Da musste er später nachhaken. Aber …

„In welchem Umkreis stellen Sie eigentlich die Pakete zu?"

„Seit gut einem Viertel Jahr fahre ich alles westlich von Gransee ab. Davor hatte ich über ein Jahr lang Liebenwalde und Umgebung. Warum?"

„Routine. Der Vollständigkeit halber. Und natürlich, weil drei Pakete fehlen. Können Sie mir das mit den Paketen erklären? Ich kann mir nämlich keinen Reim darauf machen. Und", er hob jetzt die Stimme, „und wenn ich etwas nicht verstehe, dann kann ich richtig wild werden."

Jörgens schien sich verkriechen zu wollen. Er duckte sich in seine Ecke, als wollte er einem Schlag ausweichen und fürchte, dass weitere folgen würden.

Aber Hagen war nicht zufrieden. So benahm sich niemand, der einen anderen Menschen getötet hatte (was er in Jörgens Fall auch nicht annahm), aber auch niemand, der unschuldig verdächtigt wird, ließ das mit sich geschehen, ohne aufzubegehren. Vor allem nicht, weil es um seine Frau Alexa ging, die er vorgibt, geliebt zu haben, ohne nach rechts und links zu schauen, ohne Wenn und Aber. Ein Leben lang, ohne über andere Frauen zu stolpern.

„Aber ich weiß doch auch keine Antwort", flüsterte Jörgens. Dann begann er langsam zu erklären. Dabei stockte er wieder und wieder, wenn er nachdenken musste. Doch insgesamt kamen die Erklärungen immer flüssiger, sogar wütender.

„Im Transporter waren noch die Pakete, die ich am Samstag nicht mehr geschafft hatte zuzustellen. Schuld war eigentlich dieses dämliche Unterschriftenpad, das mir genau vorschreibt, welches Paket ich wann und in welcher Reihenfolge abliefern muss. Die Straße von Herzberg nach Schönberg war gesperrt. Ich musste riesige Umwege fahren. Die Zeit lief mir davon. Deshalb sind so viele übrig geblieben, verdammt nochmal, und nicht, weil ich diese dämlichen Pakete klauen wollte. Das ist doch alles Schwachsinn!"

Hagen nickte. Fernando würde noch einmal Schwellnuss anrufen müssen, um zu klären, ob dies so stimmte. Aber eine andere Beobachtung schien ihm jetzt wichtiger: Jörgens hatte Emotionen gezeigt. Er war dazu fähig. Immerhin.

„Schwachsinn, sagen Sie?", gab Hagen zurück. „Aber genau das ist doch geschehen: Pakete wurden geklaut und Ihre Frau wurde erschossen!"

Er verstummte so plötzlich, dass Jörgens den Kopf hob und ihn anschaute. Er machte den Mund auf, als wollte er etwas

erwidern, doch Hagen fuchtelte nur mit der Hand.
Still! Still jetzt!
Was habe ich gerade gesagt, überlegte er. Genau das ist geschehen. Pakete wurden geklaut und Jörgens Frau wurde erschossen! Und Jörgens selber wurde durch den Wald gejagt und blieb am Leben, weil die Munition alle war. So hatte es dieser Bayer mit dem komischen Namen ausgesagt.
Aber was bedeutete das? Gerade war da eine Idee gewesen.
Verdammt!
Warum musste Jörgens auch dazwischenquatschen?
Er lehnte sich zurück. Beobachtete, wie die Luftbläschen, die innen am Bierglas hafteten, den Halt verloren und nach oben stiegen. Aber viele hielten sich noch immer.
Wie dieser Gedanke, der noch an der Innenwand seines Gehirns haftete und nicht losließ. Er hatte einfach noch genug Kraft oder Unterdruck, um sich festzuhalten.
Von früheren ähnlichen Ideen wusste er, dass jetzt nur half, auf den richtigen Zeitpunkt zu warten. Was sollte er sonst tun? Was … außer Bier trinken?
Hagen ergriff sein Glas, ohne die Bläschen aus den Augen zu lassen. Und als er es anhob, stieg ein ganzer Schwarm von ihnen auf, als wollten sie noch schnell entfliehen, bevor er sie schluckte. Oder als wären sie mit ihrer Kraft am Ende.
Die Erschütterung war die Ursache. Sein Verstand hatte dies längst akzeptiert. Doch die Intuition drehte sich noch immer um sich selbst.
Er setzte das Glas an die Lippen und trank es in einem Zug leer. Dann stellte er es polternd zurück auf den Tisch. Jörgens zuckte wieder zusammen und schien in Deckung zu gehen.
„Kommen Sie", sagte Hagen. „Trinken Sie Ihr Bier. Sie und ich, wir haben Feierabend und müssen versuchen abzuschal-

ten."

Er nahm Jörgens Flasche und schenkte ihm nach. Dann sich selbst aus der anderen. Es wurde still in der Küche. Sogar vom Wind war nichts mehr zu hören. Auch nicht vom Regen. Neugierig wegen der plötzlich eingetretenen Stille reckte er seinen Oberkörper vor, schob die Füße unter den Stuhl und spähte zum Fenster.

Am Tage hatte man von hier einen wunderschönen Ausblick über die Äcker und Wiesen. Ganz in der Ferne konnte er dann die winzigen Autos über die Bundesstraße huschen sehen.

Doch jetzt waren da nur vereinzelte Lichter und sonst nur Dunkelheit.

Wie in seinem Kopf. Nichts rührte sich mehr.

27

Nachdem Hagen Brandt sich endlich mit diesem Jörgens auf den Weg gemacht hatte, packte auch Fernando wieder seinen Notizblock ein, um die Paketempfänger abzuklappern.

Anne winkte ihm zu, als er mit einem theaterreifen Seufzer zur Tür ging. Dann machte sie sich an die Arbeit, die niemand liebte, ihr jedoch immer ein wenig Entspannung brachte: Sie zeichnete Tatortskizzen.

Gerade hatte sie begonnen, die einzelnen Spuren einzuzeichnen, als das Telefon klingelte.

„Was gibt es, Jörg?", fragte sie.

„Hier sitzt noch ein ungeliebter Gast in der Zelle. Willst du ihn haben?"

Der Bleistift, den sie in der Hand gedrehte hatte, flog davon und verschwand unterm Schreibtisch.

„Was? Heldt? Habt ihr ihn schon wieder eingefangen?"

„Eben jenen. Er scheint sich in der Nacht gründlich verlaufen zu haben. Jedenfalls tauchte er an der Straßensperre vor Fürstenberg auf und hat die Kollegen dort derart verärgert, dass sie ihn hergebracht haben zur Personalienfeststellung. Und ein Kollege wollte eigentlich Anzeige erstatten wegen Widerstands gegen Vollstreckungsbeamte."

„Besteht der Kollege darauf?", unterbrach sie ihn.

„Nein. Ich konnte es ihm ausreden, als er erfuhr, dass Heldt bei der Kripo ist."

Einen Moment wanderten ihre Gedanken genau einen Tag zurück. Jedenfalls einigte sie sich mit sich selbst auf diesen

Zeitraum, obwohl es ihr viel länger vorkam, dass sie auf ihm herumgeritten war, ihm dabei wahrscheinlich einige hübsche blaue Flecke verpasst hatte, falls sie sich richtig erinnerte, und dabei an Fernando gedacht hatte.

An Heldts äußerst wütenden Abgang keine zwei Stunden später mochte sie nicht denken. Der war so peinlich gewesen, vor den Kollegen, dass ihr Gesicht sofort glühte, als sie sich Jörg Butterbrods verschmitztes Grinsen vorstellte.

„Also, nein, ich möchte ich ihn nicht sehen. Wenn es nach mir geht, dann setzt ihn in einen Streifenwagen und schmeißt ihn an der Landesgrenze zum Barnim wieder raus. Du weißt schon: Auf der B 167 hinter Hammer. Die Kollegen sollen aufpassen, dass er in die richtige Richtung geht und nicht zurückkommt."

Sie hörte, wie Jörg (und im Hintergrund noch mehrere Männer) laut lachten.

„Hast du auf Lautsprecher gestellt? Jörg, eins sage ich dir: Du bist der nächste, der diesen Weg geht."

Über das Bild, das jetzt in ihrem Kopf entstand, musste sie selbst laut lachen.

„Okay, Anne", kam nun Jörgs ernsthafter Vorschlag aus dem Telefonhörer, „wir setzen ihn auf dem Bahnhof ab und warten, bis er in den Zug gestiegen ist. Einverstanden?"

„Gut. Aber kauft ihm eine Fahrkarte. Nicht dass sie ihn in Löwenberg wieder hinauswerfen."

Als sie im Hintergrund wieder das Männerlachen hörte, legte sie auf. Einige Minuten lang starrte sie noch aus dem Fenster in die Dunkelheit und versuchte, sich an Heldts Gesicht zu erinnern. Doch es gelang ihr schon jetzt nicht mehr.

Stattdessen sah sie ein anderes fröhlich-freundliches Gesicht, umrahmt von blonden Haaren und einem leicht rötlich schimmernden Dreitagebart. Wie es zu ihr zurückschaute. Wie die Augen belustigt und zugleich warm funkelten.

Fernando.

Bist du noch ein Jüngelchen oder schon ein Mann, fragte sie sich. Und gleich darauf wusste sie, wie egal ihr das war. Für sie war er Mann genug.

Und dann tauchte noch ein anderer Gedanke in ihr auf. Ganz schüchtern zuerst. Sozusagen durch die Hintertür. Dann aber entfachte er ein regelrechtes Feuerwerk in ihrem Kopf. Ein Gedanke, den sie zuerst gar nicht wagte zu Ende zu denken. Und bis in die letzte Konsequenz schon gar nicht. Doch zum ersten Mal überhaupt spürte sie diese merkwürdige Klarheit, dieses Bewusstsein, das völlig unverständlich für sie war und nun völlig überraschend über sie hereinbrach.

Hagen muss sich so ähnlich fühlen, dachte sie, wenn er wieder einen dieser Gedankenblitze hat und der Lösung des Falls damit so entscheidend nahe kommt, dass er es gar nicht mehr verpatzen kann. Dieser Gedanke stand jetzt in leuchtenden Lettern über ihrer Stirn: Mit Fernando könnte ich endlich Hagen vergessen!

Ja, sie fühlte, wie Fernando in ihrem Innersten wütete. Ihr Herz raste so sehr, dass sie sich nur mit größter Anstrengung zurückhalten konnte, ihn jetzt anzurufen und es ihm zu sagen. Doch, dachte sie, ich werde es ihm sagen. Aber nicht am Telefon. Und vielleicht auch nicht heute.

Aber das wusste sie noch nicht genau. Und auch nicht, wie weit ihr Mut reichen würde.

Wieder klingelte das Telefon. Wie letztens, vor Wochen, Monaten, als die Kollegen diesen anderen zum Bahnhof bringen wollten.

War es jetzt Fernando? Dann würde sie nicht abheben.

Nein. Die Wache.

„Jörg hier. Ich wollte Vollzug melden."

„Habt ihr ihn in den Zug gesetzt?"

„Nein. Als er begann, in der Zelle zu randalieren, haben sich die Kollegen dazu entschieden, deinem ersten Vorschlag zu folgen. Sind extra mit dem Transporter gefahren, um ihn besser bändigen zu können."

„Ach du Scheiße!", platzte es aus ihr heraus.

„Anne, mach dir keine Sorgen. Sie haben ihn in einem Stück rausgesetzt und Hausverbot für den Landkreis erteilt. Der sollte sich keinesfalls mehr hier blicken lassen. So ein Arschloch aber auch."

„Danke, Jörg", sagte sie nur noch und legte auf.

Es dauerte noch einige Zeit, bis Anne Pagels sich wieder soweit im Griff hatte, dass sie ihrer Arbeit nachgehen konnte.

*

„Bin wieder da-ha", kam Fernandos Stimme von der Tür.

Anne schreckte auf. Die Tür fiel wieder ins Schloss. Dann hörte sie Fernando über den Flur rennen, wieder knallte eine Tür.

„Fernando, was ist denn los?", rief sie ihm hinterher, aber ihre Reaktionszeit war offenbar die eines Faultiers beim Mittagsschlaf. Sie erhob sich, öffnete die Bürotür und lauschte.

Auf dem Flur war es still.

Wenn Fernando die Raumzeit verbiegen könnte, wie Neo in *Matrix*, würde sie spüren, wo er hingegangen war. Aber das beherrschte er anscheinend noch nicht.

Anne ging am Kaffeeautomaten vorbei zu seinem Büro. Doch es war leer. Toilette?

Sie blieb davor stehen, legte die Hand auf die Klinke. Eine kurze Verwirbelung in ihrem Kopf, dann sah sie Fernando vor dem Urinal stehen, die Hose halb heruntergelassen. Konzentriere dich auf die weiße Unterhose, dachte sie und hörte es plätschern.

Als das Trugbild verschwunden war, drückte sie die Klinke herunter und trat ein. Fernando stand direkt vor ihr. In einer langen weißen Unterhose. Die Jeans hielt er über das Waschbecken und versuchte sie zu säubern. Im Spiegel über dem Waschbecken begegneten sich ihre Blicke.

Er wirbelte herum und verschwand blitzschnell hinter der nächsten Toilettentür.

„Was, was machst du hier? Das ist die Herrentoilette", kam seine Stimme irgendwoher, hallte zwischen den weiß gefliesten Wänden wie in einem sommerlichen Hochalpental.

Anne grinste in sich hinein.

„Kann ich dir irgendwie helfen? Hast dich wohl hingelegt?", fragte sie zurück. Wich aber keinen Schritt von der Stelle.

„Ja, hab ich." Fernando stockte. „Bitte, Anne, lass mich ..."

„Ich wollte eigentlich nur wissen, ob du heute schon etwas vor hast", sagte sie. Das Kichern in ihr hatte aufgehört. „Ich will nicht nach Hause gehen und den ganzen Abend allein herumsitzen. Bitte, Fernando."

Sie sah Fernandos Gesicht für einen Moment hinter der Toilettentür aufblitzen. Er schien sich zu freuen. Doch dann ...

„Leider, Anne. Heute geht das nicht. Ich wollte jetzt zum Zug. Mama wird sechzig. Da kann ich nicht fernbleiben."

„Schade", sagte sie und spürte selbst, wie traurig das klang. Dann zog sie langsam die Toilettentür zu und ging zurück an ihren Schreibtisch.

28

Als Hagen Brandt zum ersten Mal auf die Uhr schaute, war es sieben, aber zum Fenster drang Helligkeit herein und von draußen hörte er schabende Geräusche.
War es wirklich erst sieben oder ging der Wecker nach?
Hagen stand auf und ging über die kalten Dielen zum Fenster. Die Helligkeit kam von dem Weiß des Schnees, der in der Nacht gefallen sein musste, dem ersten richtigen Schnee dieses Winters. Und das schabende Geräusch verursachte Silke mit dem Schneeschieber.
Er musste lächeln. So war es immer: Am Anfang des Winters machte das Schneeschieben noch Spaß und auch er selbst ging dann freiwillig hinaus, um die Wege wieder freizulegen. Auch wenn die drei Zentimeter bis Mittag von selbst wieder weg getaut sein würden.
Schnell zog er sich an, in der Hoffnung, dass Silke ihm nicht alles wegschnappte. Doch er kam zu spät. Als er vor die Tür trat, kam Silke bereits mit dem Besen von der Einfahrt zurück.
„Ausgeschlafen?", rief sie ihm entgegen. „Schau mal, wie fleißig ich schon war."
„Ja, ich sehe. Dann werde ich wenigstens noch die Hühner rauslassen. Die Junghühner sollen auch endlich Schnee kennenlernen."
„Dann mache ich inzwischen Frühstück."
Sie verschwand im Haus, während er die Stalltür öffnete und ein paar Körner hinstreute. Die Hühner jedenfalls taten so, als

wäre Schnee nichts Besonderes.

„Wie viele Brötchen soll ich denn aufbacken, Herr Kommissar?", rief Silke vom Haus her.

Er hob die Schultern. „Zwei vielleicht für Jörgens. Ich glaube, ich brauche nur Kaffee. Zum Essen ist es mir zu früh."

Silke winkte ab und zog sich in die Küche zurück, während er ins Bad verschwand. Später beim Frühstück kehrte Silkes Müdigkeit zurück. Während er seinen Kaffee trank und die Zeitung durchblätterte, saß sie da, als kaue sie Sand. Atlantiksand mit Algen und viel Salz. Sehr ungewöhnlich. Sonst waren die Rollen immer anders herum verteilt.

„Schatz, was hast du? Schlecht geschlafen?", fragte er.

Sie knurrte nur. Da legte er die Zeitung weg und schaute sie an. Und als sie wieder zur Kaffeetasse greifen wollte, legte er seine Hand auf ihre.

„Nun sag schon, was los ist."

„Ach, was soll schon sein? Gestern bist du die ganze Nacht im Haus herumgetigert und diese Nacht stand dieser Jörgens draußen unter dem Fenster und hat mich beobachtet. Wie lange will der eigentlich bleiben?"

„Ich weiß nicht. So lange bis die Spurensicherung auf seinem Hof fertig ist, dachte ich." Er verstummte.

Irgend etwas war da angeschlagen worden. Eine Glocke läutete in seinem Kopf, aber nur ganz träge.

Richtig, überlegte er. Die Drohung auf diesem Zettel. *Verficktes Schwein* hatte da gestanden. Soll ein Seitensprung dies ausgelöst haben? Quatsch.

Er schüttelte den Kopf.

„Jörgens weiß eben auch die schönen Dinge des Lebens zu schätzen."

„Aha. Und was macht der Hauptkommissar heute? Mörder jagen?", fragte Silke in einem Tonfall, als wollte sie fragen, wann er endlich verschwand und sie wieder ins Bett gehen könne.

„Ja, zumindest will ich mal bei Anne und Fernando vorbeischauen. Schließlich muss ja jemand auf die beiden aufpassen. Aber zuerst muss ich meine Mails von gestern durchsehen. Man weiß ja nie."

Während er redete, bemerkte er an Silkes Gesicht, dass da noch etwas war, was ihr offenbar Sorgen bereitete.

„Was ist?", fragte er, als sie still blieb.

„Ach, nichts eigentlich. Aber vorletzte Nacht hattest du wieder … wieder diese Schatten im Gesicht. Bitte, Hagen, pass auf dich auf. Erst die Brandstifter und jetzt schon wieder ein Mörder. Du musst ..."

Er stand auf und gab ihr einen Kuss.

Sie hat recht, dachte er, aber es ist nun mal das, was ich am besten kann: Mörder jagen.

*

Hagen Brandt schlürfte seinen Automatenkaffee und verzog dabei angewidert das Gesicht. Dann sah er Fernando an, als der sich in den anderen Sessel gesetzt hatte.

„Okay. Gibt es irgendwelche Neuigkeiten?"

„Ja, Hagen, ich weiß jetzt, was sich drei ganz bestimmte Paketempfänger zu Weihnachten gewünscht hatten."

Fernando lachte auf. Hagen runzelte die Stirn.

„Echt. Es waren Versandhaus-Bestellungen. In allen drei Paketen. Wert jeweils unter hundert Euro. Aber desto mehr frage ich mich, was es zu bedeuten hat."

„Ich denke, die Pakete haben nichts zu sagen. Außer eins vielleicht", entgegnete Hagen.

„Und was?", fragte Anne, die nun auch herankam.

„Wir können die Kategorie Profikiller ausschließen. Ich denke, da hat niemand einen Mörder beauftragt, sondern hat es selbst in die Hand genommen."

„Woher willst du das wissen?", fragte Fernando. „Und wenn der Auftraggeber alles nur komplizierter machen wollte?"

„Warum sollte es der Unbekannte kompliziert machen wollen? Denk doch mal nach: Mit allem, was er tut und was er unterlässt, damit, wie er es tut, wie er sich bewegt und reagiert, mit allem gibt der Mörder etwas von sich preis. Es sind nicht nur die Fingerabdrücke, Faserspuren oder die Kugeln im Körper des Opfers, die etwas über ihn sagen – es ist seine Anwesenheit am Tatort. Deshalb muss er sich bemühen, sozusagen mit seiner Umgebung zu verschmelzen."

„So ist es", platzte Anne dazwischen. „Deshalb sieht Hagen diese Schatten, die ich weder mit Klebefolie noch mit dem Fotoapparat sichern kann."

Er lächelte sie an und schaute dann zu Fernando.

„Deshalb können uns die fehlenden Pakete möglicherweise mehr über den Täter sagen, als die Kugeln in Alexa Jörgens."

„Soko Paketmörder", sagte Fernando und kicherte.

„Jedenfalls hat unser Paketmörder nicht nur Schatten oder eine Raumzeit-Verkrümmung hinterlassen, sondern auch ganz klassische Spuren", bemühte sich Anne offenbar, den Ernst der Lage wieder in Erinnerung zu rufen.

„Wir haben Schuheindrücke im Wald gesichert und Fingerabdrücke im Haus und im Paketauto. Leider haben letztere keine Übereinstimmung ergeben. Ach ja, und noch etwas: Auf dem Wohnzimmertisch stand eine Blumenvase, darunter lagen gut sichtbar 500 Euro. Und die wurden nicht angerührt. Geldbeschaffung fällt als Motiv also aus."

Hagen legte den Kopf zurück an die Sessellehne, schloss für

einen Moment die Augen und horchte in sich hinein.

Raumzeit-Verkrümmung, dachte er. Verrückt. Und durchaus vereinbar mit seiner eigenen Intuitionsspirale, die er seit gestern wieder hochkletterte. Wie den Berg Ararat stellte er sie sich vor. Eine, die man spiralförmig, wie auf Serpentinen eben, erklomm. Dieses Bild war natürlich auch irgendwie lächerlich, da es dort keine Serpentinen gibt.

Trotzdem, noch befand er sich ganz unten und versuchte sozusagen, den ersten Fuß auf die Spirale zu bekommen, ohne gleich wieder hinuntergeschleudert zu werden.

Draußen hupte ein Auto und Hagen spürte plötzlich, wie still es hier war. Ein Raum, so still, dass er das Blut in seinen Schläfen pochen hörte. Dann eine leise Bewegung vor ihm.

Anne?

Er blinzelte und sah durch den kleinen Schlitz unter seinen Lidern, wie Anne zu Fernando hinüberschaute. Diesen Blick kannte er, da der früher ihm selbst gegolten hatte.

Vernehmlich seufzend öffnete er die Augen ganz. Wobei er sich bemühte, nicht Anne anzusehen und nicht Fernando. Er stellte den leeren Kaffeebecher auf das kleine Tischchen.

„Was glaubst du, Hagen", fragte Fernando. „War es vielleicht Jörgens selber, der seine Frau aus dem Weg haben wollte?"

Hagen sah ihn an.

„Glauben ist eine Krücke für Dinge, die nicht beweisbar sind, sondern nur im Herzen existieren. Eben wie Noah mit seiner Arche auf dem Berg Ararat. Und der ist nicht die Serpentinen hinaufgefahren mit seinem Eselskarren."

Fernando schaute ihn fragend an, dann ein wenig mitleidig, als suche er nach einer Ausrede, die es ihm erlaubte, unbemerkt einen Psychiater für Hagen zu rufen.

„Also gut", fuhr Hagen fort, „wie sehen denn die Fakten aus,

die wir bisher haben? Was ist mit dem Zeugen, diesem bayerischen Jägersmann? Dessen Geschichte müsstest du widerlegen, wenn Jörgens selbst seine Frau erschossen haben soll."
„Aber vielleicht war der Bayer ein Mittäter", sagte Fernando nach kurzem Nachdenken. „Kann doch sein – oder?"
„Was deutet darauf hin?", fragte Hagen zurück.
„Jedenfalls sind Jörgens und dieser Bayern die einzigen, die überhaupt etwas gesehen haben. Und wenn die sich nun einig waren? Das wäre doch eine Möglichkeit."
Hagen wiegte den Kopf.
„Klingt für mich nicht unbedingt nach einer möglichen Arbeitshypothese, sondern nach Spekulation. Du solltest dich an die Fakten halten und aus ihnen Theorien entwickeln.
Deshalb schlage ich vor, du kümmerst dich zunächst um das, was die Spurensicherung ergeben hat. Die Pistole, aus der geschossen wurde, wäre eine gute Spur, den Kreis der Verdächtigen zu vergrößern. Fang bei den Waffensammlern an.
Bloß weil Jörgens Paketzusteller ist und abends bei Silke vor dem Fenster steht und sie beobachtet, während sie zu Bett geht, hat er nicht seine Alexa umgebracht."
Hagen verstummte und grübelte über seinen letzten Satz nach. Warum beobachtet er Silke? Steht vor ihrem Fenster und schaut ihr zu, während sie zu Bett geht? Aus Geilheit, obwohl er 48 Stunden zuvor seine Frau erschossen hat? Dann muss er aber sehr krank im Kopf sein.
Nein, dachte er dann, ich muss nichts davon zurücknehmen. Und doch gab es diesen Zusammenhang ... *Das verfickte Schwein.* Und dafür fand er jetzt keine Erklärung, die vor ihm selbst Bestand haben konnte.
„Aber wie kommst du gerade auf Waffensammler?", fragte Fernando und unterbrach seinen Gedankengang.

„Es könnte doch auch ein Soldat oder Polizist sein."
Hagen sah ihn kopfschüttelnd an.
„Eine solche Überprüfung wirklich aller Möglichkeiten würde Jahre in Anspruch nehmen. Und bestimmte Personen schließen sich ganz von selbst als Täter aus. Glaubst du nicht?"
„Aber warum sollte es kein Polizist gewesen sein?", fragte Fernando zurück. „Einer, der aus dienstlichen Erfordernissen seine Waffe mit nach Hause nimmt. Kann doch sein. Aus Eifersucht zum Beispiel."
„Jörg Butterbrod, der Polizist? Ist der also fremdgegangen?", schaltete Anne sich ein. „Oder Jörgens, obwohl der nicht Polizist ist?"
„Genau." Fernando nickte heftig.
„Und die Pakete?", fragte Hagen. „Wie passen die ins Bild?"
Jetzt hob Fernando die Schulter und versank ins Grübeln. Doch gleich darauf hellte sein Gesicht sich auf.
„Ich hab's. Für die Kinder zu Weihnachten."
„Hast du nicht vorhin etwas von Damenunterwäsche in den Paketen gesagt?", fragte nun Anne und zwinkerte ihm zu.
Fernando errötete sichtlich.
„Andere Frage", warf Hagen ein. „Wenn es Eifersucht war – warum nimmt er sich einen Zeugen mit? Einen Mittäter, der in einem Eifersuchtsdrama als Dritter nichts zu suchen hat. Und dieser Mittäter war auf jeden Fall am Tatort. Diese Spuren im Transporter habt ihr doch gesichert."
Er erhob sich.
„Ich denke, ich muss das auch noch einmal gründlich durchdenken. Aber wenn ihr auf mich hören wollt, dann nehmt euch die Waffensammler vor und befragt diesen Jäger noch einmal gründlich. Schaut euch zur Sicherheit auch seine Schuhe an. Vielleicht kommt da mehr, als Jörg Butterbrod

aufgeschrieben hat.

Ich bin mir jedenfalls sicher, dass wir noch nicht zum eigentlichen Tatmotiv durchgedrungen sind. Denk nach, Fernando, wie bekommst du *verficktes Schwein* und *Weihnachtspäckchen* unter einen Hut? Gibt es eine wirklich logische Verbindung dazwischen?"

„Und was machst du?", fragte Fernando.

„Ich? Ich gehe jetzt Weihnachtsgeschenke einkaufen."

29

Bei Tageslicht besehen war Wolfsruh eigentlich ein romantischer kleiner Ort mit alten Höfen und einer schönen Kirche.
Fernando stellte den Dienstwagen mitten im Dorf am Straßenrand ab und schaute sich um.
Hagen hätte jetzt sicher herumgemotzt wegen der Plaste-Fassaden einiger Häuser, überlegte er. Aber ihm selbst gefielen sie. Sah ja fast aus wie echte Klinker, nur dass eben das Moos wunderbar darauf wuchs.
Die richtige Hausnummer fand er dann recht schnell und drückte auf die Klingel, wo Franz Xaver Bullrieder dran stand. Das Läuten war bis draußen zu hören. Er trat, dem Namen Respekt zollend, einen Schritt zurück und wartete.
Als die Tür endlich geöffnet wurde, hatte er inzwischen im kalten Wind angefangen zu zittern und mit sich zu hadern.
Verdammt, warum habe ich vorher angerufen, wenn das jetzt trotzdem so lange dauert, dachte er. Versuchte dann aber, ein freundliches Gesicht aufzusetzen.
„Herr Bullrieder? Mein Name ist Fernando Lucio. Wir hatten telefoniert", sagte er und zückte seinen Ausweis.
„Bullrieder. Ja. Tut mir leid, dass Sie warten mussten. Ich war gerade für kleine Bullen." Bullrieder lachte in einem tiefen Bass und zog Fernando hinein.
„Kleine Wölfe hätte auch gepasst", antwortete Fernando und trat an Bullrieder vorbei. Bullrieder geleitete ihn in die Küche, wo ein Kaminofen wohlige Wärme ausstrahlte.
„Aber Sie irren", begann Bullrieder, nachdem sie sich an den

Küchentisch gesetzt hatten. „Hier gibt es keine Wölfe. Das Etikett ist falsch. Der Ort hieß früher Königsstädt und wurde erst 1952 umbenannt in Wolfsruh, einem Bürgermeister Wolf zu Ehren. Möchten Sie einen Kaffee?"
Fernando schüttelte den Kopf.
„Vielen Dank, aber ich habe gerade. Ich will Sie auch gar nicht lange stören."
„Haben Sie denn den Wilddieb gefasst? Die Kugeln pfiffen mir ja nur so um die Ohren. Ehrlich, ich gehe seit beinahe 50 Jahren zur Jagd, aber so etwas ist mir noch nicht passiert, nicht einmal in den 50er Jahren, als noch alle gehungert haben und die Wilddiebe sich, zumindest im Bayerischen Wald, gegenseitig in die Hacken traten."
Fernando schmunzelte in sich hinein, als das Bild in seinem Kopf entstand.
„Nein, Herr Bullrieder, es gibt noch nichts, das ich Ihnen sagen kann. Aber wie sind Sie eigentlich da hineingeraten? Kennen Sie den Besitzer des Hofes?"
„Was? Nein. Ich kenne ihn nicht. Ich saß auf dem Hochsitz, um Rotwild zu beobachten, als die Ballerei losging."
„Am Sonntagabend? Bei diesem Mistwetter? Da haben Sie doch sicherlich gar nichts gesehen – oder?"
„Stimmt. Aber am Nachmittag war das Wetter noch besser und ich konnte froh sein, dass hier mein Nachbar zur Linken so anständig war, mir zu erlauben, seinen Hochsitz zu benutzen. Bei uns in Bayern ..."
„Verzeihen Sie, dass ich Sie unterbreche. Aber wieso gehen Sie denn auch noch dorthin, wo geschossen wurde? Das will in meinen Kopf nicht rein."
„Warum, warum?", brauste Bullrieder auf, schien aber keine Antwort zu haben.

Fernando spielte mit seinem Stift und zeichnete kleine Vierbeiner mit Geweih in seinen Notizblock.
„Ja, warum?", sagte er dann. „Der Revierleiter hat mir gesagt, dass Ihr Auto hinter der Kurve stand. Quer über die Wiese wäre der Weg doch viel kürzer gewesen."
„Sagen Sie mal, Herr …, Lucio war Ihr Name? Herr Lucio, verdächtigen Sie mich, irgendwas damit zu tun zu haben?"
Bullrieder starrte ihn an, als wolle er ihn auffressen. Die buschigen Augenbrauen hatte Bullrieder zusammengezogen, dass eine Falte über der Nasenwurzel entstand, die einer hunderter Regenrinne nicht unähnlich sah.
„Ich muss schon bitten, junger Mann. Da tue ich meine Pflicht als Bürger und dann …"
„Bitte beruhigen Sie sich", sagte Fernando sachlich. „Ich versuche nur, die genauen Umstände zu klären. Alles nur fürs Protokoll."
„Dann geht es nicht nur um einen simplen Wilddieb? Ich habe doch gesehen, dass die ganze Nacht und den halben Vormittag die Polizei dort auf dem Hof war. Von meinem Schlafzimmerfenster unter dem Dach konnte ich nämlich sehen, dass da herumgefunzelt wurde. Gä?"
Recht hat er und mit dieser Information kann ich wohl auch nichts kaputt machen, dachte Fernando und hoffte auf Bullrieders gesteigerte Kooperationsbereitschaft.
„Nun, sie haben recht. Ich ermittle in einem Mordfall."
„Ein Mordfall? Der Hofbesitzer?", fragte Bullrieder und nickte, als könne er sich nun alles andere zusammenreimen. Als wisse er nun Bescheid und der Herr Kommissar brauche gar nichts weiter zu sagen, sondern jetzt nur noch einem erfahrenen Jägersmann zuhören.
Trotzdem nahm Fernando den Faden wieder auf.

„Richtig, ein Mordfall. Sie haben ausgesagt, dass sie zwei Leute im Wald angetroffen haben. Haben Sie jemanden erkannt?"

„Ach wo, wo denken Sie hin?" Bullrieder schüttelte den Kopf. „Da war es finster wie im Bärenarsch. Ich habe nur die Schritte gehört. Der Erste lief an mir vorbei. Der Zweite hat hinter ihm her geschossen und einen Baumstamm getroffen."

Fernando ließ den Stift mit der Spitze voran auf das Papier ploppen, wodurch das Strich-Rehlein ein Schwänzchen erhielt. Dann sah er kurz auf und musterte Bullrieder, wie es Hagen Brandt immer tat.

„Männer also." Kurze Pause. „Wie sahen sie aus?"

„Was?", fragte Franz Xaver Bullrieder irritiert. „Es war finster. Das sagte ich bereits."

„Aber Sie sind sicher, dass es zwei Männer waren? Warum?"

Bullrieder zog die Schultern hoch und ließ sie fallen. Diese Frage hatte ihn offenbar überrascht. Mit halb offenem Mund schien er nachzudenken.

„Bei der ersten … Person weiß ich es in der Tat nicht. Wenn so was passiert, nimmt man wohl automatisch an, dass es Männer sind", erwiderte er nach längerem Nachdenken.

„Diese Person lief vielleicht zwanzig Meter entfernt an mir vorbei. Man hörte die Schritte nicht, aber wie die Person durchs Unterholz brach … Kein Jäger, würde ich sagen, aber doch irgendwie auf leisen Sohlen."

Kein Indianer würde ich sagen, dachte Fernando.

„Aber der zweite war definitiv ein Mann", fuhr Bullrieder fort. „Als seine Munition alle war, das Klicken des Verschlusses habe selbst ich gehört, fluchte er laut."

„Was hat er gesagt?"

„Nichts, was ich verstanden hätte. Mit den Brandenburgi-

schen Flüchen bin ich noch nicht so vertraut, gä?"
„Waren Sie ihm schon mal begegnet?", fragte Fernando nun.
Bullrieder wollte schon wieder aufbrausen. Zu recht, wie Fernando fand, wenn man ihm glauben wollte. Doch dann atmete Bullrieder durch und hob nur die Schultern hoch.
„Die Stimme haben Sie also nicht erkannt?", hakte er nach.
„Nein."
„Hatten Sie das Gefühl, dass die beiden sich kannten?"
Jetzt lachte Bullrieder auf.
„Sie meinen, die haben Fangsterl g'spielt? Mit's Fangeisen?"
Bullrieder besann sich. „Machen Sie sich doch nicht lächerlich, Herr Wachtmeister."
„Kommissar", berichtete Fernando automatisch und antwortete dann ruhig: „Nein, aber man kann ja auch jemanden töten wollen, den man kennt. Das sind sogar die meisten, statistisch gesehen."
„Ehemann erschießt Frau und Liebhaber? Das kennt man hier also auch", sagte Bullrieder.
Fernando horchte auf. Da war etwas in Bullrieders Unterton gewesen, das ein leises Klingen in seinen Ohren erzeugte.
Sollte dieser Bullrieder doch nicht so ganz unschuldig sein, wie der ihm hier auftischen wollte?
Hinter seiner Stirn wurde das Klingen zu einem heftigen Scheppern.
„Ja, dann möchte ich Sie nicht länger stören."
Er stand auf. Im Vorbeigehen warf er einen kurzen Blick in die Küche. Eine gespülte Tasse, ein Teller, ein Messer. In der Diele ein Paar hohe Lederschuhe und ein Paar Filzstiefel.
„Darf ich mir noch schnell die Schuhe hier ansehen?" Er bückte sich und hob die Filzstiefel an, um sich das Sohlenprofil näher anzusehen.

„Nein, ohne Durchsuchungsbeschluss ...", begann Bullrieder sofort seinen Protest.
„Wir wollen doch nur nicht den falschen Spuren hinterherrennen. Oder?"
„Natürlich nicht", gab Bullrieder klein bei.
Die Stiefel hatten jedenfalls das falsche Profil und die Lederschuhe ebenfalls.
„Gut, danke. Das war's auch schon." In der Tür drehte er sich noch einmal um.
„Ach ja, Sie leben allein hier draußen, Herr Bullrieder? Wie kamen Sie denn ausgerechnet nach Wolfsruh?"
Bullrieders Gesicht schien eine Art Schließmechanismus zu besitzen. Die Jalousien gingen zu, die Zugbrücke wurde hochgezogen, das Wehr geschlossen. Er machte dicht. Dann schob er ihn wortlos hinaus und die Haustür zu.
Fernando musste lächeln. Immerhin hatte er zum Schluss doch noch einen Treffer gelandet.

*

„Anne, wir müssen diesen Bullrieder überprüfen", rief Fernando in sein Handy, kaum dass er Wolfsruh verlassen hatte und auf der Landstraße Gas gab.
„Warum das denn?", fragte Anne zurück und es klang in seinen Ohren nicht einmal andeutungsweise so gespannt, wie er es sich erhofft hatte.
„Der hat was auf dem Kerbholz, da bin ich sicher."
„Das mag sein, Fernando. Aber jetzt komm erst einmal zurück und fahr langsam. Ich prüfe das inzwischen." Sie trennte die Verbindung.
„Ja, Mama", knurrte er enttäuscht.
Als er sein Handy auf den Beifahrersitz warf, trotteten vor ihm plötzlich drei Wildschweine auf die Straße. Er bremste

hart und kam knapp sechs Meter vor einem riesigen Tier zu stehen. Seine Stirn wippte leicht gegen das Lenkrad, dann schaute er wieder auf die Straße.

Hinter dem riesigen Wildschwein wechselte eine Rotte über die Fahrbahn. Ganz zum Schluss drehte das Leittier langsam ab und verschwand links im Wald.

Er atmete aus und merkte jetzt auch, wie er schwitzte.

Verdammte Hetzerei, ging es ihm durch den Kopf. Sie haben ja recht, sowohl Anne als auch das Wildschwein: Ich muss ruhiger werden und nachdenken.

Was sprach eigentlich dafür, dass Bullrieder in die Sache verstrickt war? Warum glaubte er plötzlich, auf einer ganz heißen Fährte zu sein? Warum nahm er ihm seine Geschichte nicht einfach ab? Sie klang doch plausibel.

Aber möglicherweise handelte es sich wirklich um eine Beziehungstat. Ehefrau und Liebhaber erschießen, das wäre ja wirklich nicht zum ersten Mal. Obwohl Hagen das nicht glaubte. Sprachen die Fakten denn dagegen?

Vorne an der Landesstraße bog ein Pkw nach Wolfsruh ein und Fernando bemerkte jetzt erst, dass sein eigenes Auto schräg auf der Gegenfahrbahn stand.

Schnell startete er den Motor, den er bei der Bremsaktion abgewürgt hatte, und fuhr an den rechten Fahrbahnrand. Dann stellte er den Motor ab und lehnte den Kopf gegen die Kopfstütze. Nachdenklich zog er seinen Notizblock aus der Gesäßtasche. Schaltete die Innenraumbeleuchtung ein und starrte auf die Rehe, die er hingekritzelt hatte.

Dann startete er erneut den Motor, wendete und fuhr zurück nach Wolfsruh.

Den Nachbarn zur Linken, der ihm gestattet hatte, den Hochsitz zu benutzen, wie Bullrieder sich ausgedrückt hatte, den konnte er auch gleich befragen, wenn er schon hier war.

*

Eine halbe Stunde später sah Anne ihm erwartungsvoll entgegen, als er das Büro betrat.

„Warst du noch beim Italiener?", fragte sie lächelnd.

Nein, sie schien sich nicht über ihn lustig zu machen. So gut kannte er sie inzwischen. Aber irgendwas war. Er spürte es, kam aber irgendwie nicht dahinter. Doch zuerst wollte er von seinen Entdeckungen berichten.

Fernando ließ sich in seinen Lieblingssessel fallen.

„Nein. Es hat länger gedauert, weil ich noch etwas überprüft habe. Dieser Bullrieder hat mich nämlich auf eine Idee gebracht. Aber ich weiß nicht, ob etwas dran ist", erklärte er und zog sein Notizbuch hervor. Nicht weil er es jetzt gebraucht hätte, aber es sah eben professioneller aus, fand er.

Anne klappte ihren Laptop zu und kam herüber. Als sie sich neben ihm im zweiten Sessel niedergelassen hatte, fuhr er fort: „Weißt du, dieser Bullrieder ist ein merkwürdiger Zeitgenosse. Er hat mir zwar bestätigt, was er schon Jörg Butterbrod erzählt hatte, aber das tat er in einem so merkwürdigen Ton, als wüsste er genau, wovon er redet."

„Wovon hat er denn geredet?", fragte Anne neugierig. Dabei lächelte sie, als hätte sie noch etwas in der Hinterhand.

„Er erzählte von der Hetzjagd durch den Wald. Der erste sei so leichtfüßig durch das Unterholz gekommen. Nicht wie ein Jäger, meinte er, aber irgendwie schleichend, dass man sofort an Indianer glauben musste. Lach nicht."

Anne schlug sich auf den Mund und war sofort wieder ernst.

„Wer sagt uns eigentlich, dass Bullrieder nur Zeuge war? Ich weiß, dass Hagen nichts von dieser Idee hält, aber abklopfen wollte ich das trotzdem. Jedenfalls war ich noch bei dem

Nachbarn, auf dessen Hochsitz er angeblich gesessen hat."

„Ach, ich kann mir denken, was du meinst", unterbrach sie ihn. „Bullrieder ist der gesuchte Killer und erzählt dir Märchen. Ist es so?"

„Richtig. Und wie sieht es aus? Hat er etwas auf dem Kerbholz?"

Anne nickte.

„Ja, er hat seine Frau vergewaltigt. Dafür hat er gesessen und ich denke, dass er deshalb von Nürnberg weg ist."

„Na bitte. Zumindest hat mich da meine Nase nicht getrogen. Aber der Faden ist dünn, das gebe ich zu. Zu dünn, als dass es sich lohnen würde, ihm zu folgen. Der Nachbar hat nämlich dann erzählt, dass Bullrieder ihn erst Sonntagmittag gefragt hat, ob er den Hochsitz benutzen dürfe. Das macht die Theorie doch recht unwahrscheinlich. Wäre er der Täter, hätte er nicht erst gefragt, jedenfalls nicht erst kurz vor der Tat."

„Allerdings kann es auch sein, dass er sich diese Geschichte mit dem Hochsitz überhaupt nur als Ablenkung ausgedacht hat", spann Anne den Faden weiter. „Die große Frage wäre jedoch die nach seinem Motiv. So lange wir das nicht eingrenzen können, denke ich, wir sollten ihn erst einmal links liegen lassen. Dieser Bullrieder mag vorbestraft sein, trotzdem glaube ich nicht, dass er erst seinen Wohnsitz hierher wechselt, um eventuellen Repressalien von Verwandten oder Bekannten des Opfers aus dem Wege zu gehen, und kaum ist er hier angekommen, bringt er eine Nachbarin um und meldet sich dann auch noch als Zeuge. Nein, plausibel klingt das für mich nicht."

Als Anne schwieg, begann er erneut mit seinen Wild-Kunstwerken und versuchte in Gedanken, Annes Erwiderung auseinander zu nehmen. Aber sie schien Recht zu haben, obwohl ihm der Gedanke daran, Bullrieder einfach fallen zu lassen, nicht behagte. Und sei es nur als so eine Art strategisches Sandkastenspiel.

Dieser Bullrieder vergeht sich gegen seine Frau, sitzt die Strafe ab und kommt hierher, überlegte Fernando. Und hier meldet sich Bullrieder freiwillig als Zeuge. Ein kühl berechnender Mensch macht das jedenfalls nicht. Oder?

Und wenn er ein Psychopath wäre? Jemand, der den Zwang verspürt, Frauen …

Fernando setzte seinen Stift aufs Papier und schrieb *Vergewaltigung – Bullrieder*! Dann schaute er auf und bemerkte, wie Anne auf seinen Block starrte.

„Ja, ich will das noch weiter prüfen", erklärte er und sah sie an. „Vielleicht ist in Bullrieders Akte ein Hinweis darüber, weshalb er die Frau vergewaltigt hat."

Anne nickte. „Ich sag ja gar nichts. Hast du noch etwas?"

Er dachte einen Moment nach und vervollständigte dabei ein weiteres Reh auf seinem Notizblock.

„Was, wenn es doch eine Beziehungstat wäre?"

„Du meinst Jörgens?"

Er nickte. „Ich denke, es lohnt sich, das zu prüfen. Dieser weglaufende Jäger oder Indianer kann doch ein Liebhaber gewesen sein. Jörgens erwischt seine Frau mit dem Liebhaber und erschießt erst seine Frau. Dann rennt er dem Kerl hinterher. Der nur Socken an den Füßen hat, wohlgemerkt."

„Zwei Einwände: Zum einen war es doch Jörgens, der in Socken bei Hagen eingetrudelt ist. Und dann hieße das auch, Jörgens hat nicht den ganzen Nachmittag Fenster geschliffen, wie er sagt, sondern war zwischendurch für längere Zeit außer Haus. Und zwar planmäßig und mit Wissen der Frau und des Liebhabers. Oder es war reiner Zufall, dass sich die beiden trafen."

„Die Schuhe kann er ja später ausgezogen und weggeworfen haben. Schließlich lagen fast zwölf Stunden zwischen den Schüssen und seinem Eintreffen in Mühlhof. Jedenfalls hat er nicht Pakete zugestellt. Das haben wir ja schon geprüft. Wir müssen also noch einmal mit Jörgens reden."

Und sei es nur, dachte er, um meine schöne zweite Theorie auch platzen zu lassen.

„Ich hole ihn mir morgen, einverstanden?", fragte er dann.

Als Anne nicht antwortete, schaute er von seinen Hirschen auf. Sie saß mit zurückgelegtem Kopf da, als schliefe sie. Doch ihre Augen waren an die Decke gerichtet.

Sie schien nachzudenken. Über den Fall? Unseren Fall?

Oder über Markus Heldt, den sie vor ein paar Stunden zum Teufel gejagt hatte?

Oder über mich? Uns?

Ihre Wangen hatten einen leicht rötlichen Schimmer.

Vielleicht irgendein Make-up, dachte er, das sie aufgelegt hatte. Und es gefiel ihm. Auch die nachgezogenen Augenlider und ihre Lippen, die leicht glitzerten von einer Creme oder einem Lippenstift. Es waren nicht diese aufgepumpten Lippen, die man immer in den Hollywood-Filmen zu sehen bekam, aber er konnte sich gut vorstellen, wie weich sie sich beim Küssen anfühlen würden.

Ob ich ... Nein, schalt er sich gleich darauf, es ist zu früh. Wahrscheinlich war sie noch gestern mit Heldt, diesem verfickten Schwein, im Bett. Oder vielleicht war genau das der richtige Moment. Trau dich!

Jetzt spielte ein leichtes Lächeln auf ihren Lippen. Dann wandte sie ihm ihr Gesicht zu. Sanft und entspannt schien es ihm. Ihre Augen glitzerten, mit schwarz nachgezeichneten

Strahlenkranz-Wimpern. Sie öffnete ihre Lippen und ...
„Genug gesehen?", fragte Anne. Dann sprang sie auf.
„Komm, ich habe Hunger. Lädst du mich heute endlich zum Essen ein? Ich habe jetzt genug debattiert."
Und wieder fühlte er sich überrumpelt von ihr. Immer wenn er sich gerade zu etwas durchgerungen hatte, kam ihm Anne einen Schritt zuvor.
Das musste er bald möglichst umdrehen. „Und den Kaffee gibt es dann bei dir?", fragte er und stand ebenfalls auf.
Sie lachte ihr helles Lachen. Es klang so verheißungsvoll.
*

Der Raum um ihn her war dunkel, dunkel bis auf die blendende Helligkeit vor ihm, aus der eine schlanke Gestalt auftauchte. Die Arme hielt sie seitwärts ausgestreckt und kam langsam auf ihn zu.
Nur die Umrisse sah er. Ihre schmalen Hüften, abwärts ihr rundes, schlankes Becken, wundervolle Beine. Ihre Brüste blieben im Schatten, er glaubte ihr Wippen bei jedem Schritt zu sehen. Dann ihren langen, biegsamen Hals.
Plötzlich war sie über ihm.
Ich liege auf einem Doppelbett. Diesen Satz dachte er bewusst. Ja, in einem Doppelbett. Kühlende, weiße Laken.
Und nackt war er, wie sie auch. Als sie sich vorbeugte, drang der Lichtschein zwischen ihren schlanken Oberschenkeln hindurch. Sein Glied war aufgerichtet. Und groß. Es pulsierte und schien sich direkt zwischen ihren Beinen zu befinden. Lustvoll spannte er seine Muskeln an, hob sein Becken, reckte ihr seinen Penis entgegen.
Wild strampelte er mit den Füßen. Etwas polterte. Er fuhr auf und sah sich gehetzt um.
Dann merkte er, wie seine Blase drückte.

30

"When a Man Loves a Woman" sang Percy Sledge. Sang dem Mörder aus der Seele, aus dem Herzen. Und ihm liefen die Tränen über die Wangen in den schwarzen Vollbart hinein ...

Seit er nach Hause gekommen war, saß er vor der Musikbox auf dem Teppich und hörte die alten Platten.
Ja, Mutter, ich werde ihn kriegen, dachte er zum hundertsten Mal. Dieses verfickte Schwein! Seine Alte habe ich ja auch erwischt.
Dann drang das Lied zu ihm vor. *When a Man Loves a Woman.*
Er vermisste sie so, seine Franzi. Ihr Lachen. Oder wie sie oft stundenlang mit angezogenen Beinen auf seinem Bett gesessen und diese vielen Bücher gelesen hatte. Historisches, so hatte sie erklärt. Und immer mit viel Liebe darin. Irgendwelche Liebesschnulzen.
Manches Mal hatte er stundenlang vor der Liebenwalder Stadtbibliothek im Auto gesessen und auf sie gewartet. Es war langweilig in der Bibliothek und im Auto konnte er wenigstens rauchen. Manchmal hatte sie ihm unterwegs nach Hause einen Absatz vorgelesen. Aber er verstand nichts von Büchern. Sie waren überhaupt nicht sein Ding und Liebesschnulzen schon gar nicht. Wenn er las, dann höchstens mal in einem Buch über Technik oder Autos.
Er wusste nicht, wie er den Tag heute hinter sich gebracht hatte. Der Meister hatte ihn nur scheel angeschaut, als er mit sei-

ner Erklärung gekommen war, hatte sich zur Sicherheit noch anhauchen lassen und war zufrieden gewesen. Hatte genickt und ihn an die Arbeit geschickt.

Gegen Mittag war Vater plötzlich aufgetaucht und hatte Theater gemacht. Wo er gestern gewesen sei und so weiter. Der Alte konnte ihm doch gestohlen bleiben mit seinem Gezeter.

Er horchte auf. Hob den Kopf. Ein dumpfes Rumpeln kam aus der Nachbarwohnung. Dann noch einmal.

War sie wieder besoffen? Diese blonde Hure! Und er hatte sie mal geliebt. Früher, als sie zusammen die Zehnte gemacht hatten. Bei ihm hatten sie für die Prüfungen gebüffelt, weil Tante Liane länger arbeiten musste. Gebüffelt, na ja, zwischendurch. Ein bisschen.

Wieder Poltern.

Wieder kamen die Tränen. Er ließ sich zur Seite sinken und rollte sich auf dem Teppich zusammen. Er wollte nicht daran denken, sondern trauern für seine Franzi.

Wieder erinnerte er sich, wie es Krach gegeben hatte. Bei Cindy zu Hause. Weihnachten war das. Nein, ein oder zwei Monate nach den Prüfungen. Da hatte sie ihre Fehlgeburt gehabt, war aus dem Krankenhaus abgehauen und in den Westen gegangen. Niemand hatte gewusst, wo sie war. Später erst hatte sie es irgendjemandem erzählt.

Aber da hatte sie schon gesoffen wie ein Loch. Hatte sich von irgendeinem Kerl schwängern lassen.

Als Percy Sledge zu Ende war und der Apparat in die Ruhestellung zurück fuhr, stand er auf. Er wischte sich die Tränen ab, zog seine Hose hoch und ging zur Wohnungstür. Einen Moment zögerte er noch, öffnete sie dann und klopfte nebenan. Nichts war zu hören. Dann wieder das Poltern.

Die Tür flog auf.

„Was willst du denn?", fragte Cindy.

Ihre Schminke war verwischt, das Sommerkleid, das nun gar nicht zu dem Schnee draußen passte, hatte einen Dreiangel quer über ihren Bauch.

Sie hielt sich an beiden Türpfosten fest und starrte ihn von unten her an.

„Cindy, bitte. Ich möchte ein Andenken an Franzi. Bitte, lass mich rein."

Wie sie schwankend in der Tür stand, tat sie ihm leid. Wenn sie ihn in den letzten Jahren auch immer gedemütigt hatte. Immerhin war sie Franzis Mutter.

„Bitte, Cindy."

Torkelnd trat sie einen Schritt zurück.

Dann knallte die Tür zu.

31

Nach dem gemeinsamen Abendessen mit den Brandts zog Simon Jörgens sich wieder zurück in die Gästewohnung. Unruhig wanderte er zwischen Küche und Couch auf und ab. Dann warf er sich auf die Couch und starrte an die weiße Kappendecke.

Hagen Brandt war freundlich zu ihm gewesen, ebenso seine Frau, doch ein richtiges Geplauder war nicht aufgekommen. Wahrscheinlich aus Rücksicht auf ihn und seine Situation. Und dann hatte er genug gehabt von Konversation.

Darüber, was die Polizei unternahm oder herausbekommen hatte, wollte Brandt nichts erzählen. Er wisse nichts, hatte er behauptet.

Doch er selbst war sich sicher, dass das nicht stimmte. Die vermuten wahrscheinlich genau das, was er die ganze Zeit befürchtet hatte und weshalb er sich nicht hatte stellen wollen. Nämlich dass er selbst seine Alexa erschossen habe und nun den Trauernden spiele.

Ich hätte nicht hierher kommen, sondern nach Berlin fahren sollen, überlegte er. Genau so ist es doch. Sie wollen mir das anhängen.

Als Simon zum Fenster schaute, hatte er für einen Moment den Eindruck, als stehe jemand draußen in der Dunkelheit und beobachte ihn.

Er sprang auf die Füße und öffnete das Fenster mit einem Ruck. Gehetzt schaute er nach links und rechts. Doch da war niemand.

Wahrscheinlich war er zu langsam gewesen.

Diese Silke vielleicht. Sie hatte sich den ganzen Tag nicht blicken lassen, und als er es am Nachmittag allein nicht mehr aushielt, war er zur Hintertür gegangen und hatte geklopft. Die Tür war abgeschlossen gewesen.

Eine Stunde später hatte er sie mit einem anderen Mann ins Haus gehen sehen. Dann waren da Hammerschläge gewesen und zehn Minuten später ging der Mann wieder davon.

Wenn sie nicht so misstrauisch wäre, hätte sie ja auch mich um Hilfe bitten können, wenn es etwas zu reparieren gegeben hat. Aber nein. Da holt sie irgendeinen Handwerker.

Nachdenklich schloss er das Fenster und setzte seine Wanderung durch die Gästewohnung fort.

Alexa, dachte er. Alexa, du fehlst mir so sehr.

Wieder hatte er ihr Bild vor Augen. Sah sie aus dem Arbeitszimmer treten und wie sie zusammenzuckte unter den Kugeln des Fremden. Wie sie zusammenbrach und schutzlos auf dem Boden liegen blieb.

Ob sie da noch gelebt hat, fragte er sich. Vielleicht hat sie noch nach mir gerufen und ich habe es nicht gehört. Ich bin davon gerannt, statt ihr zu helfen. Die Bullen hätten ja so recht damit, mich einzusperren.

Langsam wanderte er wieder zum Fenster. Drüben bei den Brandts waren alle Lichter gelöscht, jedenfalls auf der Hofseite. Was mochten sie jetzt tun?

Plötzlich frierend schlang er seine Arme um die Brust.

Was würden Alexa und er jetzt tun, wäre sie noch am Leben? Bestimmt hätten sie am Abend einen Spaziergang gemacht und sich dann im Bett gegenseitig Wärme gegeben. Bestimmt.

Langsam ging er zurück zum Tisch, nahm die Pudelmütze,

die Hagen Brandt ihm geborgt hatte, und verließ die Gästewohnung. Sofort blies der Wind ihm kalt ins Gesicht. Das bläuliche Licht des Bewegungsmelders verstärkte die Kälte eher noch. Er steckte die Hände in die Taschen der Trainingshose, die ebenfalls geliehen war, und wanderte langsam über den Hof ins Dunkel.
Als er die Hofeinfahrt betrat, wurde er erneut angestrahlt.
Schnell ging er nach vorn an die Straße und wandte sich dort nach links in Richtung der Kiesgrube.
Hinter den Fenstern des Brandtschen Wohnzimmers flackerte der Fernseher. Simon Jörgens blieb stehen, als er auf der Couch eine Bewegung sah.
Zwei nackte Menschen im Liebestaumel. Haut auf Haut. Sich gegenseitig streichelnd und küssend.
Er wandte sich ab. Nein, es war nicht richtig, ihnen zuzuschauen, und er hatte auch kein Bedürfnis danach. Immer wieder musste er an seine Alexa denken.
Nun erst recht.

32

Hagen erwachte, als die Nachttischlampe von dem kleinen Schränkchen fiel, das neben dem Bett stand. In den Händen hielt er das Lampenkabel. Verständnislos schaute er es an.
Hatte er nicht gerade von Weihnachtspapier und Geschenkband geträumt? Eine merkwürdige Assoziation.
Als er sich aufsetzte und die Lampe wieder auf's Nachttischchen stellte, klingelte das Handy. Fernando.
„Was gibt's denn?", fragte er.
„Ich wollte nur sichergehen, dass ich dich noch erwische, bevor du das Haus verlässt. Wolltest du uns heute vielleicht besuchen?"
„Was soll ich da? Bin in Rente und hatte noch keinen Kaffee."
„Gut. Dann komme ich zu dir und hole den Jörgens ab. Ich muss noch einmal mit ihm reden, außerdem kann er sein Haus wieder beziehen."
Hagen schluckte seinen Ärger hinunter.
„Dann warte wenigstens, bis ich meinen Kaffeepegel wieder auf dem Normalstand hab. Eine Stunde."
Er ließ das Handy aufs Bett fallen und ging duschen.
Während er später allein am Frühstückstisch saß (Silke war einkaufen oder joggen) und den Kaffee schlürfte, der heute besonders kräftig ausgefallen war, versuchte er, sich an den Traum zu erinnern.
Irgend jemand hatte ihn mit Geschenkband erwürgen wollen.
Geschenkband und Weihnachtspapier. War das ein Schlüssel

zur Lösung?

Es klopfte und Simon Jörgens stand in der Tür.

„Ich wollte nicht stören", sagte Jörgens und trat ein, als er ihm winkte.

„Auch einen Kaffee? Tee ist alle", sagte Hagen. Tee stand zwar noch im Schrank, aber der Kaffee wirkte noch immer nicht, wie er sollte.

Als Jörgens nickte, holte er eine neue Tasse aus dem Schrank und drückte den Knopf des Kaffeeautomaten. Das schaffte er gerade noch. Jörgens setzte sich.

„Die Kripo hat angerufen. Die kommen gleich, um Sie abzuholen. Sie können wieder in Ihr Haus zurück."

Jörgens antwortete nicht. Er starrte in seine Tasse.

„Soll ich mitkommen?", fragte Hagen dann. „Ehrlich gesagt würde ich mir gern anschauen, wo das alles passiert ist. Ich bin zwar nicht mehr im Dienst, aber manchmal sind die Kollegen ganz dankbar für meine Anstupser. Manchmal aber auch nicht."

Eine Antwort erhielt er nicht. Doch nach einem Weilchen nickte Jörgens. Also hatte der zumindest seine Frage gehört.

Hagen musste innerlich grinsen, als ihm in den Sinn kam, dass er mit Jörgens auf Dauer gut auskommen würde, jedenfalls am Morgen. Doch trotz der aufkeimenden Sympathie rief er sich zurück.

Emotionen hatten bei einer Mordermittlung nichts zu suchen, schon zu seiner eigenen Sicherheit nicht. Nicht nur, dass er blind wurde für die Realität, wenn er Vorurteilen folgte. Er litt darunter, je tiefer die Gefühle gingen. Es war einfach besser, Abstand zu wahren.

Es wird Zeit, dachte er, sich vom Ort des Geschehens selbst ein Bild zu machen. Denn noch etwas ging ihm durch den

Kopf: Wenn es stimmte, was Jörgens erzählt hatte, galt der Mordanschlag eigentlich ihm. Und dann wäre die Sache noch längst nicht ausgestanden.

Vor dem Haus war ein Motorengeräusch zu hören. Fernando kam kurz darauf durch die Einfahrt spaziert und winkte.

Hagen stand auf und ließ Fernando herein.

„Fahrt nur schon. Ich muss noch packen", sagte er.

Fernando Lucio nickte und sah fragend zu Jörgens.

„Können wir?"

Jörgens stand auf und ging Fernando Lucio hinterher.

Hagen eilte ins Schlafzimmer, packte etwas Unterwäsche, Latschen und einen zweiten Pullover in seine Reisetasche und kehrte in die Küche zurück. Schnell stellte er noch die Tassen in den Spüler, um Silke nicht zu verärgern. Dann folgte er den beiden.

Im Auto schaltete er sein Handy ein. Die Freisprechanlage, die er sich letzte Woche für seinen alten Astra zugelegt hatte, reagierte sofort. Unterwegs erklärte er Silke, die beim Friseur saß, dass er einige Tage fort bleiben würde und in Wolfsruh zu finden sei, wenn er gebraucht werde.

Sie nahm die Nachricht erstaunlich gelassen auf. Fluchte und schimpfte nicht. Und er wollte die Verbindung schon unterbrechen, als doch noch ein Satz kam, der ihm zeigte, dass sie sich Sorgen machte.

„Hagen, bitte pass auf deine Ahnungen auf. Ja?"

Die Verbindung war weg, ehe er antworten konnte.

33

Dass Hagen nicht mit ihnen gefahren war, sondern seinen Astra nehmen wollte, war Fernando durchaus recht.
Irgendwie hatte er das Gefühl, Hagen würde mit seiner Vorgehensweise nicht einverstanden sein. Schließlich wollte er Jörgens vernehmen. Denn er war überzeugt, dass der sich alles ausgedacht hatte. Ihm war nur nicht klar, wo Hagen hin wollte und wozu er seine Reisetasche brauchte.
Im Büro schien Anne bereits auf ihn gewartet zu haben. Sie saß am Computer und winkte ihn lächelnd heran.
Strahlend sieht sie aus, wie Morgentau auf Dezemberwiesen, dachte er, sagte es jedoch lieber nicht. Gestern Abend hatten sie einen Abstecher in die Granseer Raststätte gemacht, dort gut gegessen und viel Spaß gehabt. Allerdings, das musste er zugeben, hatte er anschließend gekniffen. An seine Bedingung, dass er anschließend bei ihr einen Kaffee bekäme, hatte er sie nicht erinnert. Er war unsicher gewesen. Schließlich wollte er ihr freundschaftliches Verhältnis (wie es sich bisher für ihn anfühlte) nicht zerstören.
Er trat näher und beugte sich zu ihr hinunter, um auf den Monitor zu schauen, auf den sie zeigte. Doch auf dem Bildschirm stand nur: Danke, Fernando!
Als er sie nicht verstehend ansah, gab sie ihm einen Kuss auf die Wange. Beinahe wäre er überrascht zurückgeschreckt.
„Danke für den schönen Abend", sagte Anne und gab ihm noch einen Kuss auf den Mundwinkel.
Er fühlte, wie er errötete, und wandte sich nun wirklich ab.

Anne lachte. Sie stand auf und stellte sich direkt vor ihn. Irgend etwas war heute anders an ihr.

„Hey", sagte sie. „Nicht gleich rot werden. Ich will dich ja nicht verführen." Ihre Augen strahlten, ihr kleiner Mund lächelte. Ihre Zungenspitze stahl sich zwischen den weißen Zähnen hervor. Dann zog sie ihre Unterlippe zwischen die Zähne und meinte: „Höchstens ein bisschen."

Wieder dieses Lachen, das ihn nur noch nervöser machte.

Als er zögernd seine Hände hob, um ihre Wangen für einen Kuss festzuhalten, hielt sie sie fest und errötete nun ihrerseits.

„Nicht, Fernando", sagte sie. „Lass es noch eine Weile so. Ich schwebe, glaub ich."

Zögernd nickte er. Dann klopfte es zaghaft an der Tür.

„Verdammt", zischte Fernando. „Jörgens wartet."

Er wandte sich schnell zur Tür und öffnete sie.

„Sorry, gibt es hier irgendwo eine Toilette? Ich hatte wohl zu viel Kaffee", sagte Jörgens.

Fernando zeigte zum hinteren Ende des Flurs.

„Dort hinten. Ich bin auch gleich soweit. Dauert nicht lange."

Was er damit meinte, lies er offen.

Schnell schloss er die Tür und erklärte: „Ich will mir noch einmal meine Notizen anschauen. Hab die halbe Nacht über Jörgens gegrübelt. Ganz koscher kommt er mir nicht vor."

„Was willst du erreichen?", fragte Anne zurück.

Fernando zuckte mit den Schultern.

„Ich will noch einmal alles durchgehen und schauen, ob er sich irgendwo verheddert. Ich denke, er ist nicht so unschuldig, wie er tut und wie Hagen offenbar glaubt."

*

„Bitte, Herr Jörgens, bevor ich Sie nach Hause bringe, möchte ich noch kurz mit Ihnen reden."

Jörgens schaute grimmig. Wahrscheinlich ahnte er, was er von ihm wollte. Fernando legte beschwichtigend seine Hand auf Jörgens Schulter.

„Kommen Sie. Wird nicht lange dauern."

Er öffnete die Tür zum Vernehmungsraum und bat ihn, Platz zu nehmen.

„Möchten Sie einen Kaffee?"

Jörgens schüttelte den Kopf. Also setzte Fernando sich auf die Schreibtischkante und legte seine Hände locker in den Schoß.

„Ich weiß, Sie wollen jetzt einfach nur nach Hause. Aber wissen Sie, worüber ich mir Gedanken mache? Dass Sie so gar nichts geahnt haben wollen. Verstehen Sie?"

Jörgens schaute zu ihm auf, sagte aber nichts.

„Diese Frage rumort schon seit gestern in meinem Kopf herum, seit Hagen Brandt uns darüber informiert hat, was Ihnen passiert ist", fuhr er fort. „Mal angenommen, es ist alles genau so abgelaufen, was für einen Grund sollten die Mörder für ihre Tat gehabt haben? Ich finde keinen. Können Sie mir einen sagen?"

Jörgens hatte den Kopf gesenkt und schien die Maserung des Furniers vor sich zu studieren. Dann schüttelte er langsam den Kopf und schaute auf.

„Ich weiß es nicht. Glauben Sie, ich mache mir darüber keine Gedanken? Ich kann mir einfach nicht vorstellen, dass diese Männer wegen Alexa gekommen sind. Sie ist Lehrerin in Menz gewesen, seit wir hier wohnen, und alle hatten sie gern. Also habe ich die Aktion ohne es zu wollen ausgelöst, wobei ich noch immer nicht weiß, wie. Oder es war einfach Mordlust oder ein Versehen."

Jörgens Hand huschte auf der Tischplatte hin und her. Fernando sah, wie nervös er war. Konnte es die Nervosität des Mörders sein? Heute Nacht war er noch sicher gewesen: Wenn es nicht dieser Bullrieder war, dann Jörgens. Es gab einfach keine anderen Verdächtigen.

„Sie sagten, jeder mochte Ihre Frau gern. Fällt Ihnen da jemand Besonderes ein?"

Falsch, ging es ihm durch den Kopf. Ich habe die Frage falsch angesetzt. Und als Jörgens nichts sagte, sondern nur die Schultern hob, war ihm klar, dass der ahnte, worauf die Frage gezielt hatte.

„Nicht? Natürlich nicht." Ja, so hätte der berühmte Colombo jetzt das Gespräch weitergeführt. „Dann hätten Sie, so sie es waren, ja den anderen erschossen und nicht Ihre Frau."

Als Jörgens nun wieder den Kopf hob, versuchte er in dessen Augen, in dessen Gesicht zu lesen, was er dachte.

Verächtlich! Seine Augen schauen verächtlich. Entweder war Jörgens ein ganz Abgebrühter oder er hatte es erwartet. Aber was hat er erwartet?

„Sie haben diese Fragen erwartet – richtig?", fragte Fernando weiter und gab seiner Stimme einen nachdenklichen Klang.

„Natürlich", fuhr Jörgens jetzt auf und knurrte: „Ihr steckt doch mit den Mördern alle unter einer Decke. Bestochenes Pack, das ihr seid."

„Ich? Bestochen? Wie das?", fragte Fernando interessiert.

„Wie hättet Ihr denn sonst so schnell da sein können? Als ich auf den Hof zurückgekehrt bin, waren die Mörder ja noch im Haus, und kurz darauf waren schon die Bullen da. Was soll das denn sonst heißen? Wer sollte sie denn gerufen haben?"

„Oh, das wissen wir. Ein Jäger hat die Schüsse gehört und die Polizei gerufen. Darum müssen Sie sich keine Sorgen machen. Doch warum Sie im Vorfeld nichts geahnt und auch jetzt noch nichts über die Gründe sagen können, warum man es auf Sie und Ihre Frau abgesehen hatte, darüber mache ich mir Gedanken. Was haben Sie eigentlich am Sonntagnachmittag gemacht?"

„Fenster abgeschliffen", knurrte Jörgens leise, „und neu verkittet. Den ganzen Tag. Ich habe den Hof für keine Minute verlassen. Aber meine Zeugin ist leider tot."

„Sie waren also nicht arbeiten oder haben einen Spaziergang gemacht?"

Jörgens schüttelte den Kopf.

„Und Sie haben auch niemanden in der Nähe des Hofes gesehen? Den ganzen Tag nicht?"

Wieder dieses zermürbende Kopfschütteln.

„Und den Tag davor? Herrgott, aber irgendwas müssen Sie doch gesehen haben."

Jörgens reagierte nicht mehr. Er schaute nicht ein einziges Mal von der Tischplatte auf. Aber Fernando wollte noch nicht aufgeben.

„Wie war Ihr Verhältnis zu Ihrer Frau?", fragte er als nächstes.

Jörgens runzelte die Stirn. „Was soll die Frage? Gut."

„Gab es nie Streit? Kein kleiner Seitensprung nebenbei?"

„Wie oft noch? Ich habe meine Frau geliebt, und sie mich. Da war kein Platz für einen Seitensprung. Nicht in den letzten 25 Jahren." Das böse Funkeln in Jörgens' Augen unterstrich seine Worte.

Plötzlich wurde leise die Tür geöffnet. Hagen Brandt trat ein.

„Bist du fertig?", fragte er. „Dann kann ich Herrn Jörgens mitnehmen?"

Fernando starrte ihn irritiert an und nickte dann langsam.

Nein, für eine Auseinandersetzung mit Hagen fühlte er sich jetzt außerstande. Sein Kopf erschien ihm so leer. Ja, er war

fertig und wusste nicht weiter. Hagen glaubte anscheinend sowieso nicht, dass bei Jörgens etwas zu holen war. Ob der nun Täter war oder Zeuge. Sonst wäre er hier nicht hereingeplatzt.
„Wo willst du denn hin?"
„Ich habe mir ein paar Tage Urlaub genommen und gedenke, ihn auf *Hof Birkenhain* zu verbringen", erklärte Hagen mit ruhiger Stimme. „Schließlich muss wenigstens einer aufpassen, dass unserm wichtigsten Zeugen nichts passiert."

34

Als Hagen Brandt seinen Astra in die Einfahrt von *Hof Birkenhain* lenkte, knallte etwas aufs Wagendach. Er schrak zusammen und zog unwillkürlich den Kopf ein, der seit Stunden grausam brummte.
Seine Laune war genauso mies, wie das Wetter. Dieses Sturmtief, dass nun schon seit Sonntag über Europa wütete und mal Schnee und mal Regen brachte, ging ihm auf die Nerven.
Nicht nur, dass man ständig darauf gefasst sein musste, einem Ast auszuweichen, der Geist kam einfach nicht zur Ruhe, wenn es nachts um seinen Hof herum tobte wie die Hexen zu Walpurgis.
Vorsichtig öffnete er die Fahrertür. Trotzdem riss der Wind sie ihm beinahe aus der Hand. Und Jörgens ging es wohl nicht anders. Der wurde förmlich herausgezogen aus dem Auto.
Hagen nahm die Reisetasche von der Rückbank und folgte Jörgens. Der Wind trieb ihn vor sich her. Als er auf dem Hof um die Hausecke bog, war er leicht außer Atem. Statt ihn vor sich her zu pusten, schien der Wind nun von allen Seiten gleichzeitig zu kommen.
Langsam ging er Jörgens hinterher, der zur Tür geeilt war und nun davor stand. Mit dem Schlüssel in der Hand und auf die Tür starrend.
Als er hinter ihn trat und nichts Besonderes sah als diese uralte massive Holztür, wusste er, dass Jörgens den Augenblick fürchtete, in dem er eintreten musste. Ohne ein Wort nahm er ihm den Haustürschlüssel aus der Hand, schloss auf und ging

vor. Es roch etwas feucht im Flur. Zwei Tage hatten gereicht, dass es sich anfühlte, wie eine klamme Wolldecke unterm Schleppdach.

Hagen erinnerte sich an dieses Haus und den Hof, hatte er es doch Jörgens vermittelt. Wenn es auch lange her war. Am besten erinnerte er sich an die Stühle und Jahrhundertwende-Möbel, die auf dem Dachboden gestanden hatten. Die hatte er damals wirklich bewundert. Ob sie noch dort waren?

Die alten Fußbodenfliesen im Flur jedenfalls leuchteten regelrecht auf, als er Licht machte, um nicht auch noch in Trübsal zu verfallen. Seine Tasche stellte er neben der Küchentür ab und drehte sich zu Jörgens um. Der stand noch immer draußen. Der Regen peitschte in dessen Rücken und auf den Bodenfliesen an der Tür begann sich eine Pfütze zu bilden.

„Kommen Sie, Jörgens, und schließen Sie die Tür", rief er und öffnete die Küchentür weit, die nun den Blick in den hinteren Teil des Flurs versperrte, wo Jörgens Frau gelegen haben musste.

Jetzt erst machte Jörgens einen Schritt nach vorn, blieb aber noch einmal auf der Türschwelle stehen.

Hagen beobachtete genau dessen Reaktionen, seit sie den Hof betreten hatten, und versteckte sein Interesse nicht. Dieses Zögern, diese Niedergeschlagenheit. Die Angst, hierher zurückzukehren. Nein, er hätte nicht begründen können, welches der winzigen Details den Ausschlag gab, aber er war einfach davon überzeugt, dass Jörgens nicht der Mörder war. Das Gesamtbild hatte in ihm erst eine Ahnung entstehen lassen, dann Gewissheit.

Er war nicht hergekommen, um Simon Jörgens zu überführen, wie Fernando vielleicht vermutete. Und doch rumorten in ihm die gleichen Fragen wie jene, auf die Fernando vermutlich

auch keine Antwort erhalten hatte:
Was, Simon Jörgens, hast du mit dem Mord an deiner Frau zu schaffen? Wem hast du ein Motiv gegeben, dir hinterherzujagen und hinterherzuschießen?
In Jörgens kam Bewegung. Zwar noch immer zögerlich, aber immerhin schloss er die Haustür und kam dann langsam die acht Stufen nach oben.
Hagen hielt ihm die Tür offen und lotste ihn in die Küche, immer darauf Bedacht, dass Jörgens nichts vom anderen Flurende zu sehen bekam. Das musste später kommen.
In der Küche schob er ihn, den eigentlichen Hausherrn, zu dem Tisch, der am Fenster stand, und hieß ihn, Platz zu nehmen. Der ließ es widerstandslos geschehen.
„Soll ich uns einen Tee kochen?", fragte er Jörgens, wartete jedoch dessen Antwort nicht ab und ließ Wasser in den Kocher. Ihm war jetzt selbst nach Tee zumute und irgendwie musste er Jörgens erst auftauen lassen, bevor der in den Flur gehen konnte.
Jörgens stand noch immer unter Schock, das war deutlich. Er hatte sich zögernd an den Küchentisch gesetzt, schaute zum Fenster hinaus auf den düsteren, von Regen gepeitschten Hof und regte sich nicht.
Was mochte ihm durch den Kopf gehen? Wie er sich versteckt hat, als die Fremden kamen und seine Frau erschossen? Sieht er sich gerade hinter irgendeinem Schutz hocken, fragte sich Hagen, während er Jörgens Hinterkopf betrachtete. Er hätte ihn zum Psychiater bringen sollen. Das wäre das Vernünftigste gewesen.
Das Teewasser kochte. Er nahm eine Büchse vom Küchenschrank, von der er annahm, dass sie getrocknete Blätter von irgendwelchen selbst geernteten Kräutern enthielt. Als er den

Deckel öffnete, wusste er, dass er richtig lag, und schüttete Tee und Wasser in eine Kanne. Dann schlurfte er mit Kanne, Tassen und kleinem Sieb zum Tisch.

Zehn Minuten lang fiel kein Wort. Sie saßen nebeneinander und zumindest Hagen genoss die Stille eine Weile, bis er bemerkte, wie Jörgens' Finger zitterten. Also nahm er selbst das Eingießen in die Hand.

„Danke", sagte Jörgens, ließ vom Fenster ab und schaute nun auf seine Tasse.

Dessen Stimme hatte rau geklungen. Hagen spürte ihr hinterher und fand nur Trauer. So, wie er sie damals gespürt hatte, als er bei Birgit Freier in der Wohnung gestanden und begriffen hatte, dass sie nicht mehr am Leben war.

„Wollen Sie mir von Ihrer Frau erzählen?", fragte er nun, um irgendwie dieses Gefühl der Verlorenheit loszuwerden.

Jörgens schüttelte den Kopf. Dann sagte er: „Simon. Hör auf mit dem Gesieze." Er räusperte sich. „Du willst doch hier bleiben – oder? Wozu eigentlich? Zur Bewachung, damit ich nicht abhaue?"

Hagen Brandt stand auf und begann, in der Küche auf und ab zu laufen. Ja, warum bin ich hier, schob er Jörgens Frage vor sich her wie ein Brett durch die Kreissäge.

Bewachung war natürlich Quatsch. Aber auch Jörgens zu schützen vor einem nochmaligen Überfall war nur die halbe Wahrheit. Was dann? Was will ich hier, fragte er sich. Warum laufe ich hier auf und ab, sinniere über schlechtes Wetter und einen erschöpften, nervösen Zeugen?

„Ja, ich würde gern hier bleiben ... so lange es nötig ist", sagte er, auf Jörgens Frage antwortend, aber doch mehr zu seiner eigenen Klarheit. „Warum, fragst du? Darauf kann ich noch nicht antworten", fuhr er dann zögernd fort und gab sich

selbst eine nichtssagende Antwort: „Warum also nicht?"
Durch Jörgens Rückenmark schien ein Ruck zu gehen. Er straffte sich plötzlich und hob den Kopf. Hagen sah sofort alarmiert zum Fenster. Doch da war nichts.
„Ich koche uns ein paar Kartoffeln. Die und Butter und Salz - mehr habe ich nicht", erklärte Jörgens nun und stand auf.
Es war ein merkwürdiges Gefühl, ihm zuzusehen. Als wäre auf einmal der Hausherr in ihm erwacht und befahl, sich seiner Pflichten zu erinnern.
„Gern", erwiderte er. „Mehr ist auch nicht nötig. Darf ich mich mal im Haus umsehen? Mich interessiert, was sich seit damals verändert hat."
Als Jörgens kurz aufschaute, ängstlich zur Küchentür sah und dann nickte, hätte Hagen am liebsten gerufen: Mann, hab dich nicht so! Aber das wäre ungerecht gewesen. Er selbst hatte wochenlang Birgits Anblick nicht aus den Kopf bekommen … und er war es lange Zeit gewohnt gewesen, Leichen zu untersuchen. Hätte Jörgens anders reagiert, hätte er ihn sofort wieder auf die Liste der Verdächtigen gesetzt.
Vor der Tür schaute er den Flur entlang, dorthin, wo sich noch die Kreidestriche auf den Bodenfliesen abzeichneten, mit denen die Kriminaltechnik die Lage von Alexa Jörgens' Leiche markiert hatte. Dann stieg er die Treppe hinauf zum Boden.
Auf dem Dachboden sah es leerer aus als damals. Natürlich, die alten Stühle standen längst in Mühlhof in seinem Community-Stall und einiges andere Mobiliar bei Freunden. Aber die von Holzwürmern zerfressene Truhe stand noch da, ebenso hing das gerahmte und vergilbte Familienfoto noch am Schornstein.
Die Wäscheleinen wurden seit Jahrzehnten nicht mehr benutzt, stellte er anhand der schwarzen Dreckablagerungen

fest, und sollte Jörgens den Teppichklopfer noch einmal benutzen wollen, würde das Ding bei der ersten Berührung in seine Einzelteile zerfallen.

Als Hagen nach seinem Bodenrundgang wieder zur Tür zurückkehrte, bückte er sich und nahm einen glasierten Tonkrug auf. Sogar der Henkel war noch ganz.

Nachdenklich stieg er vom Boden herab. Als er die Haustür öffnete und ihm feiner Sprühregen ins Gesicht wehte, zog er sein Basecap tief ins Gesicht. Dann rannte er zur Hausecke, wo eine Regentonne an der Wand zur Waschküche überlief. Eilig tauchte er den Tonkrug ins Wasser und rieb ihn sauber, so gut das eben möglich war. Goss ihn dann aus und rannte zurück zur Haustür.

„Was hast du auf dem Boden gemacht?", empfing ihn Jörgens.

„Ich war auf Schatzsuche. Schau, was für ein schönes Stück." Hagen zeigte den Krug und stellte ihn auf das Fensterbrett, wo sie vor einer viertel Stunde noch am Tisch gesessen und auf den trüben Hof gestarrt hatten.

Jörgens schaute einen Moment zum Krug, wandte sich dann aber schnell wieder dem Herd zu.

Hagen erschien Jörgens Gesicht wie ein einziger Krampf und er glaubte auch, eine feuchte Spur auf seiner Wange gesehen zu haben. Wahrscheinlich riss er sich nur zusammen, weil er sich vor ihm kein Blöße geben wollte.

Hagen ging zum Küchenschrank, nahm Teller und Besteck heraus und deckte den Tisch. Plötzlich schepperte es hinter ihm. Erschreckt fuhr er herum.

Ein Topfdeckel schlitterte über die Fliesen. Jörgens fluchte und hob ihn wieder auf.

Meine Nerven sind anscheinend auch nicht besser als

Jörgens', überlegte er und schaute einem winzigen Sonnenstreifen hinterher, der über den Hof huschte.

Wenig später saßen sie nebeneinander am Küchentisch. Die Kartoffeln waren wahrscheinlich eigene. Sie schmeckten jedenfalls so, als hätten die Erzeuger ihnen die Zeit gegeben, die sie zum Wachsen und Reifen brauchten, und nicht mit allen möglichen Tricks nachgeholfen.

„Und wie geht's weiter?", fragte Jörgens, nachdem er seine Gabel weggelegt hatte.

Hagen strich sich über den Bauch und sah Jörgens fragend an. „Was meinst du?", fragte er. „Glaubst du, ich will dich tagelang aushorchen? Aber du musst es sagen, wenn ich mich irgendwie nützlich machen kann."

„Gut", erwiderte Jörgens und stand auf. „Dann wasch du ab und ich geh Holz holen. Das wollte ich ja schon am Sonntagabend. Da war genauso ein Scheißwetter wie jetzt, nur dass es schon dunkel war."

„Ich komme mit. Will sehen, was du gesehen hast. Abwaschen kann ich anschließend."

Auf dem Flur zog er seine Halbschuhe an und registrierte, dass Jörgens sich ein Paar Gummistiefel aus dem Bad holte. Die Gummistiefel am Hintereingang blieben unbenutzt. Jörgens zeigte darauf.

„Die passen mir nicht, hatte aber keine Lust zurückzugehen. Ich bin in Latschen raus. Und ohne Lampe. Die Batterien waren alle."

Mit langen Schritten stapften sie quer über den Hof zur Scheune. Neben dem Hauklotz blieb Jörgens stehen.

„Von hier habe ich sie kommen sehen, einer um die rechte Hausecke, einer um die linke. Beide hatten Taschenlampen. Gleich von der Treppe aus haben sie geschossen, als Alexa aus ihrem Arbeitszimmer kam."

Als Jörgens zum Hintereingang zeigte, versuchte Hagen sich vorzustellen, wie das bei Dunkelheit aussehen mochte.

„Du sagtest, es waren Männer. Waren sie jung oder alt?"

Jörgens zog die Schultern hoch.

„Vermutlich ziemlich jung, so wie sie sich bewegten. Zwischen zwanzig und dreißig, schätze ich. Beide trugen dunkle Jacken mit Kapuze. Einer sah etwas kompakter und größer aus und ich glaube, er hatte einen Bart."

„Haben sie sich unterhalten?"

„Zwei oder drei Sätze, glaube ich. Der eine hat zum anderen gesagt, er soll im Auto nachschauen."

„Haben sie sich angesprochen? Fiel ein Name, Vorname, was weiß ich?"

Jörgens schüttelte nur den Kopf.

„Als sie Alexa erschossen hatten, haben sie das Haus durchsucht, anschließend den Hof. Als sich der eine der Scheune näherte, bin ich hier hinten durch das Loch in der Rückwand abgehauen. Aber er hat mich bemerkt, mir hinterhergeballert und ist mir nachgelaufen. Aber irgendwann blieb er zurück. Nach einem Weilchen bin ich wieder zum Hof zurückgerannt. Ich … ich wollte einfach sehen, ob Alexa wirklich tot war."

„Bist du den gleichen Weg zurückgegangen?", fragte Hagen, obwohl er ahnte, dass dem nicht so war.

„Ich bin am Schornstein hochgeklettert und über die Sprossen an der Waschküche wieder runter. Ich wusste ja nicht, ob sie weg sind. Und einer war auch noch da und hat mich nach draußen verfolgt. Ich bin wieder in den Wald gerannt und dann bis zu dir."

„Aber geschossen hat nur einer – oder?", fragte er noch einmal nach. „Und zwar der, der hinter dir hergerannt ist."

Simon Jörgens nickte.

Nachdenklich wühlte Hagen in seinen Taschen, zog dann vorsichtig eine Zigarette aus der Schachtel und ging rauchend in den hinteren Teil der Scheune. Vorbei am Pferdewagen mit der Gummibereifung. Hinter dem großen Dreschkasten fand er das Loch in der Scheunenwand, das Jörgens wohl zur Flucht benutzt hatte. Er schaute sich gründlich um, doch das Kribbeln, auf das er wartete, wollte sich nicht einstellen.

Seufzend ging er zurück zu Jörgens, der inzwischen Brennholz in einen Korb packte, und blieb neben ihm stehen.

Jörgens schaute zu ihm hoch. „Was gefunden?", fragte er.

Hagen schüttelte den Kopf und schaute in den Regen.

An mehreren Stellen plätscherte Wasser in den Fallrohren und floss dann über irgendwelche Kanäle teils zur Mistplatte, teils daran vorbei auf den tiefsten Punkt des Hofes zu, der sich rechts von ihm an der Scheunenecke befand. Auch von der Hofeinfahrt her kam ein kleiner Bach auf die Scheune zu.

Da vorne hatte der Transporter gestanden. Er war inzwischen durch die Firma abgeholt worden. Was mochten die Täter an dem Transporter gesucht haben, fragte er sich. War er ihr eigentliches Ziel?

„Simon, was meinst du, wie lange die wohl gebraucht haben, um das Haus zu durchsuchen?"

„Keine Ahnung. Vielleicht zwei Minuten?", antwortete Jörgens neben ihm und ging dann zurück zum Haus.

Hagen blieb noch einem Moment stehen und schaute zu der Stelle, wo der Transporter gestanden hatte.

Zwei Minuten, überlegte er. Das war auf jeden Fall zu kurz, um nach Beute zu suchen, sie nicht zu finden und dann ersatzweise mit drei Paketen vorlieb zu nehmen.

Verdammt, das passt doch alles nicht zusammen.

35

Während Anne Pagels an ihrem Schreibtisch saß und Ergänzungen in der Tatortskizze vornahm, kam ihr Markus Heldt in den Sinn. Nicht dass sie ihn sich zurückgewünscht hätte. Er war einfach ein weiteres verrostetes Nebengleis mit einem Prellbock am Ende gewesen.
Sie trauerte ihm nicht nach, überhaupt nicht. Was sie nicht zur Ruhe kommen ließ, war, dass sie die Hauptstrecke aus den Augen verloren hatte. Lange war sie zu Hagen Brandt unterwegs gewesen. Er war ihr Traumziel, der Hauptbahnhof gewesen, doch sie hatte den Zug einfach umrangiert und das Gleis zu Hagen gekappt.
Sie seufzte und widmete sich wieder mit Bleistift und Radiergummi der Skizze.
Prellbock, dachte sie. Sackgasse, sowohl in der Liebe als auch im Mordfall Alexa Jörgens. All die Spuren, die sie gefunden hatten, verliefen sich irgendwo oder endeten vor so einem Prellbock. Das ist einfach nur deprimierend.
„Ich komme nicht weiter", sagte plötzlich Fernando von der Tür her und kam herein.
Sie sah ihm entgegen und meinte: „Wem sagst du das?"
„Ich habe nochmal mit Schwellnuss telefoniert. Arbeiten war Jörgens am Sonntag jedenfalls nicht." Fernando kam um den Schreibtisch herum und schaute auf ihr Machwerk.
„Warum machst du das nicht am Computer?", wollte er dann wissen.
„Weil ich eine sentimentale alte Kuh bin. Ich habe es eben so

gelernt", erwiderte sie, noch immer frustriert.

„Aha. Dann ist es das sogenannte Alte Wissen?"

„Kein Kommentar", sagte sie. „Mach dich lieber auf die Socken, statt mich zu kritisieren. Wenn Jörgens nicht arbeiten war, muss das nicht heißen, dass er den ganzen Tag zu Hause gesessen hat, wie er behauptet. Klapper die Nachbarn ab. Wenigstens die Häuser entlang der Straße in Wolfsruh und Schulzendorf. Vielleicht hat ihn ja jemand gesehen."

Als sie Fernandos Blick bemerkte, ergänzte sie: „Also gut, ich komme mit."

Ist heute Dienstag oder Mittwoch, überlegte sie. Erst Tag drei der Ermittlung und sie fühlte sich bereits jetzt müde und überfordert. Die Nacht vom Sonntag steckte ihr noch immer in den Knochen.

*

Diese Klinkenputzerei war wirklich frustrierend, fand Anne, als sie nach zwei Stunden sämtliche Häuser an der Wolfsruher Hauptstraße abgeklappert hatten.

Zum Glück waren es nicht so viele. Die Kirche, das Haus von Bullrieder sowie von dessen Nachbarn hatten sie auslassen können. Die Beine taten ihr trotzdem weh, die Jacke war durchnässt und die Schuhe auch.

„Komm", sagte sie zu Fernando. „In Schulzendorf machen wir nur bis zur Kreuzung und fahren dann nach Hause. Ich brauche jetzt dringend eine Badewanne."

Sie stieg ins Auto. Fernando glitt auf den Fahrersitz und ließ den Motor aufheulen. Als er anfuhr, schloss sie die Augen und spürte, wie sie in den Sitz gepresst wurde.

Herrje, du Angeber, dachte sie, den Spruch mit der Badewanne hätte ich mir schenken sollen.

Und schon wurde sie gegen den Gurt geschleudert, als die

erste Kurve kam. Dort, wo es in eine Senke ging, in der sich der Bahndamm befunden hatte. Dann gleich wieder links und *Hof Birkenhain* flog vorbei.

Sie blinzelte zu ihm hinüber, sagte aber nichts.

Kurz vor dem ersten Haus bremste er leicht und ließ das Auto ausrollen. Links kamen einige Neubauten zum Vorschein, rechts alte Häuser.

Sie erinnerte sich an die scharfe S-Kurve, die weiter vorn kam. Aber Fernando stand schon auf den Klötzern, nahm die Kurve mit Schwung und fuhr an den Straßenrand. Er sprang aus dem Auto und ging zu dem älteren Mann hinüber, der gerade ein paar Hühner wieder in die Toreinfahrt zurücktrieb. Als sie die Beifahrertür öffnete, hörte sie schon, wie Fernando von dem Alten angefahren wurde.

„Wenn Sie weiter so fahren, kommen Sie aber nicht weit, junger Mann. Sonntagabend hätte es hier auch beinahe gekracht. Viel hat nicht gefehlt."

Sie sah Fernando seinen Ausweis zücken und stieg aus.

„Ach, die Polizei. Aber ein Vorbild sind Sie nicht gerade", lamentierte der Alte weiter.

„Verzeihen Sie", sagte Anne, zückte ebenfalls ihren Ausweis und trat näher. „Was war denn am Sonntagabend?"

„Irgend so ein Verrückter, wahrscheinlich mit Papas Firmenwagen, kam von Wolfsruh her angebrettert und erst unten auf der Mitte der Kreuzung brachte er das Auto zum Stehen."

Er zeigte die enge Gasse hinunter, die in etwa 30 Metern auf die Hauptstraße traf. „Der andere, der aus Richtung Sonnenberg kam, war aber zum Glück langsam genug und konnte bremsen. Warum fragen Sie? Hat der doch noch Anzeige erstattet?"

„Nein, eine Anzeige gab es nicht, aber wir suchen den Fahrer dieses Firmenfahrzeugs, wenn es überhaupt der richtige ist. Wann war denn das mit diesem Beinahe-Unfall?"

„Keine Ahnung. Nach sechs, würde ich sagen. Es wird ja jetzt so zeitig dunkel, da verschätze ich mich immer. Aber der muss es wirklich sehr eilig gehabt haben. Ist nicht einmal ausgestiegen, und sein Kumpel auch nicht."

„Und das Auto, was war das für eins?", fragte nun Fernando.

„So ein großes. Wie heißen die denn heute? Früher gab es nur den Barkas, heute kenne ich mich damit nicht mehr aus."

Als Fernando sie ratlos anschaute, musste sie grinsen. Dann sagte sie an den Alten gewandt: „Dafür ist er zu jung."

Sie lachte. „Ein Barkas? Rundrum zu?"

Der Alte schüttelte den Kopf. „Nee, mit Scheiben. Aber es war genau so ein Kasten wie früher der Barkas."

„Ein Sprinter oder ein Kleinbus, würde ich sagen. Die Marke haben Sie nicht erkannt?"

Der Alte schüttelte den Kopf.

„Oder die Farbe?", hakte sie nach.

„Dunkel. Vielleicht schwarz. Mit einer rot-gelben Aufschrift. Aber was draufstand, weiß ich nicht. Das ging zu schnell."

„Vielen Dank. Sie haben uns schon sehr geholfen", sagte Fernando artig. „Nur eine Frage noch: Kennen Sie Herrn Jörgens? Der wohnt ..."

„Klar kenne ich den. Der war ja Sonntag erst hier."

„Moment, Jörgens war hier? Wann?", hakte Fernando augenblicklich nach. Anne ahnte, dass er jetzt eine Möglichkeit sah, sich seine Hypothese bestätigen zu lassen.

„Noch vor dem Frühstück. Sonntags joggt der immer und am Vormittag war es ja auch noch nicht so glatt."

Armer Fernando, ging es ihr durch den Kopf. Immer wieder diese Nackenschläge. Aber er gab nicht auf.

„Nachmittags nicht mehr?", fragte er noch einmal nach.

„Jedenfalls habe ich ihn da nicht gesehen. Ist etwas mit ihm?", fragte nun der Alte.

„Vielen Dank für Ihre Zeit und danke für die Auskunft. Tut mir leid, wir müssen weiter", mischte sie sich nun wieder ein und reichte dem Alten die Hand. Dann zog sie Fernando mit sich zum nächsten Haus.

Immerhin ein Lichtblick, dachte sie.

36

Den Mörder zieht es an den Ort der Tat zurück. Aus Reue?
Oder um wieder zu morden ...

Gleich hinter Schulzendorf fuhr er an den Straßenrand, schaltete die Innenraumbeleuchtung an und schaute noch einmal auf die Straßenkarte.
Direkt hinter der S-Kurve gab es links offenbar einen Weg und der sah aus, als würde man von dort Einblick in den Hof haben. Er würde es sehen. Denn Jörgens musste irgendwann wieder auftauchen, das war sicher.
Gestern war er langsam an *Hof Birkenhain* vorbei gefahren. Nicht zu langsam natürlich, schließlich wollte er nicht auffallen. Aber soweit er sehen konnte, war alles dunkel gewesen. Heute wollte er sich die Rückseite des Hofes anschauen. Wenn Licht war, musste Jörgens auch zu Hause sein.
Jedenfalls konnte er nicht ewig an der Straße oder vor dem Haus herumlungern.
Die Uhr am Armaturenbrett zeigte 19 Uhr. Perfekt.
Langsam ließ er seinen Wagen anrollen. Der Motor blubberte in gezügelter Kraft. Und er hoffte, dass er an der Kraft dieses Motors, an dem ganzen Golf überhaupt, irgendwann wieder so viel Spaß haben würde wie vor Monaten, als Franzi ihn vom Beifahrersitz her angehimmelt hatte.
Ach, könnte er doch alles Geschehene rückgängig machen, überlegte er und schaltete in den zweiten Gang. Warum hatte sie ihn plötzlich ignoriert, einmal sogar angeschrien? Warum

hatte sie ein paar Tage später auf einmal mit diesem Paketzusteller geflirtet?

Aber letztlich spielte das jetzt alles keine Rolle mehr. Nichts ließ sich rückgängig machen.

Franzi, meine liebe Franzi, ist tot.

Schon von weitem sah er Licht durch die Fenster von *Hof Birkenhain* scheinen. Jörgens war also wieder da. Trotzdem wollte er jetzt an seinem Plan festhalten und nichts überstürzen. Erst einmal musste er die Lage peilen und dann war der unauffälligere Weg sowieso der von der Rückseite des Hofes her. Schließlich kannte er ja nun den Mauerdurchbruch in der Scheune. Er würde ihn benutzen, wenn es soweit war.

Ohne zu bremsen oder Gas zu geben rollte er am Hof vorbei, fuhr durch die S-Kurve und zog dann links rüber auf den Weg. Er bremste, hielt an.

Wenig später stand er weiter oben am Wegrand und schaute Jörgens aus 300 oder 400 Metern Entfernung dabei zu, wie er in der Küche hantierte. Zum Beobachten war der Platz perfekt. Leider würde er einen Umweg gehen müssen, wenn er zum Hof wollte. Denn zwischen ihm und dem Hof lag ein Tonstich und daneben noch so ein Tümpel. Durch den ganzen Modder wollte er nun wirklich nicht gehen.

Er zog seine Pistole aus dem Hosenbund und wog sie in der Hand. Noch einmal wischte er mit dem Jackenärmel über die mattschwarze Oberfläche, die sich staubig anfühlte, obwohl er sie vorhin erst mit einem Putzlappen gereinigt hatte. Dann ließ er das Magazin noch einmal aus den Griff gleiten und drückte leicht auf die oberste Patrone.

Alles war in Ordnung.

„Okay, Jörgens, jetzt bist du fällig", knurrte er leise. „Und Franzi wird endlich gerächt … und Mama auch."

Die Pistole in der rechten Hand haltend machte er sich auf den Weg. Am Tonstich entlang folgte er einem Trampelpfad, durchquerte eine Wiese und einen schmalen Waldstreifen. Plötzlich tauchte ein dunkles Gebilde vor ihm auf. Jörgens Scheune.

Er blieb stehen und lauschte. Doch vom Hof her war nichts zu hören. Vorsichtig schlich er weiter zu dem Mauerdurchbruch und spähte hindurch. Ein schwacher Lichtschein, der wohl vom Küchenfenster des Bauernhauses kam, warf trübe Schatten ins Scheuneninnere. Es war gerade hell genug, sich darin ohne Taschenlampe zielgerichtet bewegen zu können.

Vorsichtig kletterte er hinein und schlich um den Dreschkasten herum, an den er sich dunkel erinnerte. Dann hatte er freien Blick zum Haus. In der hell erleuchteten Küche stand Jörgens mit dem Rücken zum Fenster am Herd. Ein besseres Ziel hätte er kaum abgeben können.

„Franzi, für dich!", flüsterte er, lehnte sich gegen den Holzpfosten und hob die Waffe. Doch als er über Kimme und Korn Jörgens' Rücken anvisierte, zitterte seine Hand so stark, dass er noch einmal absetzen musste.

Ich muss näher heran, ging es ihm durch den Kopf.

Dann trat er aus der Scheune heraus und erstarrte im gleichen Moment.

Jörgens hatte den Kopf nach links gewandt, woher gerade eine zweite Person aufgetaucht war. Jörgens hatte eine Bewachung bekommen.

37

Hagen Brandt lag auf dem Rücken, den einen Arm hinter dem Kopf, mit der anderen Hand spielte er gedankenverloren an seinem Handy herum. Zwei Uhr sechzehn.

Er grübelte und grübelte. Und die Gedanken ließen ihn nicht zur Ruhe kommen. Mit dem Daumen startete er die Kontaktliste. Er starrte darauf, zunächst ohne deren Inhalt zu erfassen. Sie war ewig lang und mit jeder Telefonnummer verband ihn irgendeine Geschichte.

Langsam klickerte er sie durch. Von Silke angefangen, die automatisch angezeigt wurde, als die Liste sich geöffnet hatte. Dann kamen ehemalige Kollegen, frühere Immobilienkunden, alte Freunde. Wahrscheinlich lebten einige von ihnen gar nicht mehr oder hatten zumindest die Telefonnummer gewechselt. Und doch erinnerte er sich an jeden von ihnen.

J wie Jörgens drückte er, ohne über den Sinn nachzudenken.

Nein, Jörgens stand aus irgendeinem Grund nicht drin.

Langsam ließ er das Handy aufs Bettlaken sinken und dachte nach. Irgendein Kribbeln war in ihm erwacht und noch wusste er nicht, warum.

Er setzte sich auf, saß noch eine ganze Weile auf der Bettkante, dann schaltete er die Taschenlampe des Handys ein. Langsam ließ er den Lichtstrahl durch Alexa Jörgens' ehemaliges Arbeitszimmer gleiten, auf dessen Couch Simon ihm das Bett bereitet hatte. Simon selbst hätte hier sicherlich nicht schlafen können, das verstand er.

Der Lichtstrahl glitt über den Schreibtisch, über eine altmodi-

sche Kommode, Fensterbretter, einen Sessel.
Er stand auf und ging zur Tür. Nachdem er die Deckenfluter angeschaltet hatte, wanderte er langsam durchs Zimmer und blieb vor dem Schreibtisch stehen.
Der Laptop war an die rechte Seite geschoben, auf der linken lag ein Stapel Hefte. Wahrscheinlich die, die Alexa am Sonntagabend durchschauen wollte. Ein einziges Heft lag in der Mitte, offenbar das erste, das sie kontrollieren wollte. Daneben ein Etui mit Kugelschreibern, sonst nichts.
Auf der Kommode, die im rechten Winkel zum Schreibtisch aufgestellt war, standen Bücher. Fachliteratur, Schulbücher, alte und neue Wörterbücher. Hinter den gläsernen Schiebetüren das Gleiche.
Unter seiner Kopfhaut kribbelte es stärker. Jetzt wie das Vibrato eines Handys. Handy. Richtig.
Da war doch dieser Anruf gewesen, als sie am Sonntag beim Abendessen gesessen hatten. Aber wo war das Telefon? Als er mit Simon vorhin im Wohnzimmer bei einer Flasche Bier den Abend ausklingen ließ, hatte er kein Telefon gesehen.
Na, vielleicht in Simons Schlafzimmer. Da würde er jetzt aber nicht suchen. Flur? Küche?
Er öffnete die Tür und machte Licht. Auf der Flurgarderobe lag nur der Schuhanzieher. Genau wie er es in Erinnerung hatte. Das Wohnzimmer befand sich gegenüber. Als er die Klinke hinunterdrückte, hörte er von der Küche her ein Geräusch.
Die Küchentür war nur angelehnt. Es wurde Licht gemacht. Sicherlich Simon. Der konnte wohl auch nicht schlafen.
„Ach, noch ein Nachtwanderer", sagte er, als er die Küche betrat. Simon stand vor dem Kühlschrank und trank Milch.
„Und was schleichst du hier herum?", fragte der zurück.
„Ich suche euer Festnetz-Telefon."

„Das muss doch im Arbeitszimmer liegen. Ein Handy", erwiderte Jörgens, stellte die Flasche zurück in den Kühlschrank und ging voraus durch den Flur. Im Arbeitszimmer sah er sich suchend um. Dann hob er den Stapel Schulhefte an und das Handy, das darunter gelegen hatte, fiel zu Boden.
Simon bückte sich und hielt es ihm hin.
„Die letzten fünf Gespräche werden immer aufgezeichnet", erklärte er, „und die Telefonnummern natürlich auch. Wir haben das so eingestellt, seit diesem einen Drohanruf."
„Ein Drohanruf? Was hat er gewollt?"
Simon Jörgens hob die Schultern.
„Das wirst du büßen, du Schwein, hat er gesagt und dann aufgelegt."
Aber was? Was sollst du büßen, fragte Hagen Brandt sich und wog das Handy in der Hand.
„Hat er danach noch einmal angerufen?", fragte er und sah Jörgens an, der schnell sein Taschentuch hervorzog und sich schnäuzte, während er den Kopf schüttelte.
„Nein. Dann kamen nur noch Steine geflogen", antwortete Simon mit weinerlicher Stimme. „Verflucht, ich weiß doch auch nicht, was ich büßen soll."
Hagen legte ihm die Hand auf die Schulter.
„Wir werden es schon herausbekommen. Geh am besten schlafen."
Eine Stunde später saß Hagen Brandt noch immer auf seiner Bettkante und ließ wieder und wieder den letzten gespeicherten Anruf ablaufen. Erneut drückte er die Starttaste.
„Jörgens?", fragte eine Frauenstimme. Alexa.
Dann hörte er jemanden husten. Raucher. Dann Stöhnen. Übertrieben. Ein junger Mann? Ein älterer? Das war schwierig zu erkennen.

Dann kicherte ein anderer und es wurde aufgelegt. Das Kichern hatte seltsam geklungen. Lallend. Jung.
Hagen starrte das Handy an, dessen Display eine Handynummer anzeigte, dazu Datum und Uhrzeit. Die Dauer des Telefonats betrug zwölf Sekunden.
Alexas Mörder.
Warum hatte er die Rufnummer nicht unterdrückt? Fühlte er sich so sicher? Oder wollte er gefunden werden? Überhaupt war der ganze Anruf vollkommen unnütz, überlegte er weiter. Es hätte doch genügt sich zu vergewissern, dass einige Fenster erleuchtet waren.
Hagen Brandt stand vom Bett auf und löschte das Licht. Dann legte er sich auf seine Couch und starrte an die Decke.
Verdammt, dachte er. Ich werde euch finden! Ich werde *dich* finden. Und dann werde ich wissen, wessen Handy du benutzt und warum du dir einen Zeugen mitgebracht hast.

38

„Was machst du? Irgendwas Neues?", fragte Fernando, als er ins Büro kam, und schirmte seine Augen mit der Hand ab.
Die Sonne war vor einer halben Stunde aufgegangen und strahlte, als hätte sie einiges nachzuholen.
Anne Pagels schaute von ihren Papieren auf.
„Hagens Auftragsarbeiten sind eingetrudelt. Die Liste mit den Waffenbesitzkarten."
Fernando kam näher und beugte sich über den Schreibtisch.
„Wie viele sind es denn?"
„Was schätzt du?" Sie sah ihn an, als würde er es nie erraten. Also zuckte er nur mit den Schultern.
„Zweitausend."
„Oh Gott. Steht wenigstens hinter einem der Namen in Klammern *Mörder*?"
Was soll man mit so einer Liste anfangen?
„Weißt du, ich halte das für eine Schnapsidee", meinte er dann. „Jörgens werden wir auf diese Weise jedenfalls nicht festnageln."
„Das mag sein: Mit dieser Liste allein bestimmt nicht. Jörgens steht übrigens gar nicht drin, falls du den suchst", erwiderte sie. „Aber ich halte es auch nicht für gut, wenn wir uns auf Jörgens einschießen und rechts und links alles liegen lassen. Wenn er es nun doch nicht war, wenn er seine Frau nicht erschossen hat, was dann?"
Fernando wandte sich ab und ging langsam zum Fenster. Dort blieb er nachdenklich stehen.

Mag sein, dass sie recht hat, überlegte er. Trotzdem kann man Jörgens nicht einfach ausklammern, nur weil er trauert. Trauer kann man schließlich spielen.
Er drehte sich zu ihr um und verschränkte die Arme.
„Sein Alibi bröckelt. Das musst du doch zugeben."
Anne sah ihn an, als rede sie mit einem trotzigen Kind. Ein Lächeln umspielte ihre Lippen.
„Nein, das tue ich nicht", sagte sie dann. „Er war nur joggen. Das kann er vergessen haben. War ja noch vor dem Frühstück, wie der Opa meinte. Und sonst haben wir niemanden gefunden, der ihn gesehen hätte."
Sie hob die Listen an, die sie gerade studiert hatte und fuhr fort: „Hiermit können wir jetzt sicherlich noch nichts anfangen, aber Hagen hat sich bestimmt etwas dabei gedacht. Er glaubt auch nicht daran, dass Jörgens der Mörder ist."
„Vielleicht irrt er sich ja dieses Mal", entgegnete er aufgebracht. „Kann doch sein – oder? Schließlich ist er schon ein ganzes Weilchen raus aus dem Geschäft."
„Das solltest du nicht glauben. Es ist noch keinen Monat her, dass er die Scheunenbrände geklärt hat. Und das fast im Alleingang."
„Trotzdem lasse ich von Jörgens erst ab, wenn ich vollständig überzeugt bin. Ich lass mir das nicht ausreden."
„Niemand verlangt das. Wir sollten eben nur auch die anderen Möglichkeiten durchspielen."
„Und was willst du tun?", fragte er, nun wieder etwas ruhiger.
„Ich werde jedenfalls noch einmal Jörgens aufsuchen und ihn damit konfrontieren, dass er eben nicht den ganzen Sonntag zu Hause war."
„Gut, dann mach das. Ich kümmere mich um die Sprinter."

*

„Herr Jörgens?", rief Fernando gegen den Wind an, als er den Hof betrat und die Mistkarre hinter der schlagenden Stalltür hervorlugen sah.

Simon Jörgens mistete den Schweinestall aus und fuhr jetzt wie angestochen herum, als er ihn noch einmal anrief. Die Mistgabel kam bedrohlich nahe.

Fernando trat einen Schritt zurück, sagte aber nichts.

„Entschuldigung", knurrte Jörgens und nahm ganz langsam und irgendwie zögernd die Mistgabel herunter, als würde er sich erst jetzt an sie erinnern und nun bedauern, nicht gleich zugestoßen zu haben.

„Ich habe Sie nicht kommen gehört."

Oh doch, das hast du, ging es Fernando durch den Kopf. Und wahrscheinlich hat er auch geahnt, wer da kommt.

Da mochte Anne anders drüber denken und seinen Verdacht als Spinnerei abtun, aber er wusste, diese Geste eben sprach nicht gerade für Simon Jörgens. Nun würde er erst recht keine Ruhe geben, bevor er diesen Jörgens zur Strecke gebracht hatte. Und wenn schon nicht zur Strecke gebracht, dann wenigstens in die Ecke getrieben.

„Ja, Herr Jörgens, zu Ihnen wollte ich. Da sind nämlich ein paar Ungereimtheiten aufgetaucht."

„Ungereimtheiten?", fragte Jörgens, drehte sich wieder dem Stall zu und fuhr fort mit seiner Arbeit. „Welche Ungereimtheiten? In dem, was ich Ihnen gesagt habe?"

„Ja, genau." Er zückte seinen Notizblock, als müsse er noch einmal nachlesen. Dann wandte auch er sich halb ab und ging auf den Mistplatz zu. Dorthin würde Jörgens gleich kommen müssen, denn die Mistkarre war inzwischen voll.

„Wissen Sie, Herr Jörgens", sprach er weiter, als dieser dann wirklich die Karre heranschob, „mir will da eines nicht in den Kopf ..." Er hielt inne und wartete, bis Jörgens ihn ansah.

„Sie haben doch den ganzen Sonntag den Hof nicht verlassen. Das sagten Sie doch – oder?"

Kleine Pause, dann fuhr er fort, als keine Antwort kam.

„Dann frage ich mich aber, wieso man Sie in Schulzendorf gesehen hat."

Die eiserne Mistkarre wurde polternd abgestellt. Dann drehte Jörgens sich zu ihm um.

„In Schulzendorf? Kann sein. Morgens war ich joggen", rief er, ging um die Karre herum und begann, den Mist abzuladen.

„Aber nach dem Frühstück habe ich nur noch Fenster repariert und Viecher gefüttert. Da kann mich niemand mehr gesehen haben."

„Soso, nur joggen waren Sie. Gut, das war es dann auch schon. So schnell klärt es sich. So einfach. Ist Ihnen sonst noch etwas eingefallen, das Sie mir bisher verschwiegen haben? Kannten Sie vielleicht doch einen der Männer?"

Als Jörgens nur den Kopf schüttelte, gab er zunächst auf.

„Ist Hagen Brandt im Haus?"

Jörgens zeigte auf die Hofecke, wo Pferdestall und Scheune sich trafen. Dort hockte wirklich Hagen Brandt im Windschatten auf einem Stein und regte sich nicht. Es schien ihm, als habe der ihn überhaupt nicht wahrgenommen. Als seien Jörgens und er selbst einfach Luft.

Es war ein merkwürdiges Gefühl, als er näher trat und noch immer ignoriert wurde. Dass Hagen in bestimmten Situationen wunderlich wurde, hatte er ja schon ein- oder zweimal erlebt, doch dies jetzt war anders. Seine Augen waren geöffnet, doch schien er seine Umgebung nicht wahrzunehmen.

Hagen reagierte nicht, als er ihn ansprach.

39

Hagen Brandt fror, als er sich erneut in die Tiefe reißen ließ. Der Strudel seiner Gedanken ließ ihm keine Wahl. Ein Eisblock in seinem Innern schien von Atemzug zu Atemzug immer größer zu werden. Als bestünde er selbst aus diesem Eisblock. Und durch den Wind hörte er Alexa Jörgens Todesschrei. Dann spulte er seine Gedanken zurück, zum wiederholten Mal, und wird zu Alexa:

Sie fühlt sich müde, als sie sich an den Schreibtisch setzt und sich das erste Heft vornimmt. Sie fragt sich, wie sie das heute noch alles schaffen soll.

Thorben liest sie auf dem Heft und erinnert sich, dass er das Heft zur Deutschstunde vergessen hatte. Sie schlägt es auf und findet die zwei losen Blätter mit dem Diktat. Noch nicht eingeklebt, aber das ist nicht schlimm. Seine Schrift ist krakelig, aber gut zu lesen. Konzentriert folgt sie dem Text. Dort fehlt ein Komma. Ihre rechte Hand tastet nach dem roten Kugelschreiber und findet ihn nicht.

Richtig. Sie hat ihn in der Küche liegen gelassen und steht auf. Während sie weiterliest, öffnet sie die Tür zum Flur, greift zum Lichtschalter ...

Zwei Männer kommen ihr entgegen. Zwei ... Männer. Der eine zeigt mit etwas Schwarzem auf sie. Es sind dunkle Männer, schwarze Umrisse. Der eine, der mit der Pistole, ist älter, dicker. Der andere ...

Er schaute hinauf in den Himmel, über den die Wolken schnell dahinzogen. Dazwischen, als sich eine Lücke auftat, schimmerte die blasse Scheibe des Mondes hindurch. Ein Mondgesicht. Todesschrei.

„Hagen? Hagen!"

Vor ihm stand Fernando Lucio, fuchtelte mit den Armen vor seinem Gesicht herum und schaute ängstlich.

„Was ist? Hast du nervöse Zuckungen?", fragte er, grinste und sagte dann: „Aber gut, dass du hier bist."

Er stand auf, nahm den zurückweichenden Fernando beim Arm und zog ihn mit sich zum Haus.

„Kaffee oder Tee?", fragte er und blieb an der Küchentür stehen. Fernando schüttelte den Kopf.

„Dann gehen wir am besten ins Arbeitszimmer."

Er rückte Fernando den Bürostuhl zurecht und setzte sich selbst auf die Schlafcouch. Einen Moment sagte keiner ein Wort und er dachte wieder an den roten Kugelschreiber, der auf dem Küchentisch gelegen hatte. Simon hatte ihn gefunden und es ihm erklärt, das mit dem Kugelschreiber.

„Hagen, ich wollte nicht stören. Nur, Jörgens ..."

„Vergiss Jörgens", unterbrach er Fernando. „Jörgens kann uns nicht mehr sagen, als er schon erzählt hat. Er ist nicht der Täter, er ist Opfer wie seine Frau."

Fernando ruckelte auf seinem Stuhl herum und wollte offenbar widersprechen. Hagen schüttelte den Kopf.

„Sag mir lieber, was mit den Waffenbesitzern ist", würgte er Fernandos Einspruch im Entstehen ab.

„Die Waffenbesitzer? Ja, die Liste ist da. Es sind ungefähr zweitausend, allein in Oberhavel. Wie willst du da weiterkommen?"

„Hm", brummte er. „Das war klar. Allein die Jäger mit ihren Fangschusswaffen. Manche haben mehrere. Dazu die Sammler und Sportschützen."

Langsam ließ er sich zurücksinken auf das Kopfkissen und dachte nach.

„Am Ortseingang haben wir einen Zeugen gefunden", sagte Fernando. „Jörgens war am Morgen noch joggen und am Abend hat der Zeuge einen Sprinter gesehen, der beinahe einen Unfall gebaut hätte, weil er zu schnell war. Anne kümmert sich darum."

Ein Sprinter also, überlegte Hagen. Davon gab es auch jede Menge. „Gut", sagte er nachdenklich, „das wird wieder eine längere Liste."

Dann stand er auf und nahm das Handy vom Schreibtisch.

„Hier", sagte er und hielt es Fernando hin.

„Das ist das Festnetztelefon der Jörgens. Der Anruf kurz vor dem Abendbrot ist gespeichert. Etwas für die Kollegen der Stimmanalyse. Und prüft die Telefonnummer des Handys, von dem aus angerufen wurde. Wenn ihr wisst, wer der Besitzer ist, sagt mir Bescheid. Ich würde gern dabei sein, wenn ihr hinfahrt."

Fernando nickte und sprang auf.

„Ja, Chef, ich melde mich. Bleibst du noch länger hier?"

„Bis wir ihn haben, Fernando. Bis wir ihn haben."

40

Das Schrillen schreckte Anne auf. Schnell griff sie zum Hörer. „Pagels."
„Jörg Butterbrod hier. Anne, ich hatte gerade einen merkwürdigen Anruf von einer Frau, die an der B 167 zwei Weihnachtspäckchen gefunden hat. War da nicht ..."
„Ich komme!"
Sie knallte den Hörer aufs Telefon, schnappte sich ihre Jacke und verließ eilig das Büro. Kurz darauf stand sie in der Tür zum Wachraum.
„Wo genau? Ist schon jemand unterwegs dorthin?"
Jörg Butterbrods strahlendes Gesicht machte sie beinahe wahnsinnig.
„Nun sag schon."
„Olli und Stan warten draußen auf dich."
Jetzt strahlte er noch mehr.
Sie ließ ihn einfach stehen und rannte hinaus auf den Parkplatz, wo sie hörte, wie ein Dieselmotor gestartet wurde. Sie riss die Hintertür des Streifenwagens auf, warf ihren Spurenkoffer hinein und sprang hinterher.
„Ab geht's", rief sie und wurde gleich darauf in die Polster gepresst.
Stan drehte sich auf dem Beifahrersitz halb um. „Ach", sagte er lachend, „würden die Damen doch immer so folgen, wenn ich rufe."
Sie grinste zurück und winkte ab.
Als sie in Löwenberg links abbogen, klingelte ihr Handy. Kei-

ne Nummer.

„Ja, Pagels?", fragte sie.

„Du Miststück. Ich werde es dir heimzahlen, verdammtes Flittchen!", hörte sie. Dann wurde aufgelegt.

Markus Heldt hatte sie trotzdem erkannt. Nachdenklich und wütend steckte sie das Handy weg.

Hinter Neulöwenberg stützte sie ihren Ellbogen auf den Griff der Tür und schaute über die Felder, die vorbei zu fliegen schienen. Der Regen war immer mehr in Schnee übergegangen. Die Felder wurden von einem kurzen Waldstück abgelöst. Eine Senke, dann wieder Felder.

Sie sah nichts davon. Noch immer brodelte es in ihr.

Olli bremste behutsam. Schloss Liebenberg links von ihnen hinter einem weißen Vorhang. An der Schlossgärtnerei, die verwaist lag, gab er wieder Gas. Vorsichtig diesmal. Erneut ein Waldstück, in der Kurve wurde sie gegen die Türverkleidung gedrückt. Falkenthal. Verstohlen wischte sie eine Träne weg und verfluchte sich dafür, dass sie dieser Anruf so mitnahm. Dann Wiesen, soweit das Auge reichte. Hundert Meter vielleicht, bis die weiße Wand undurchdringlich wurde.

Irgendwo vor ihnen, sie reckte den Hals, musste bald Neuholland kommen. Sie zog ein Taschentuch aus der Jacke und schnäuzte sich.

Bevor sie Neuholland erreichten, bremste Olli, blinkte und fuhr dann gefühlvoll auf einen Feldweg zur Rechten. Neben einer dunklen Gestalt hielten sie.

Die Frau, Anne schätzte sie um die siebzig, zog ihren von Feuchtigkeit dunklen Parker enger um den Körper. Offenbar fror sie, lächelte aber.

Anne gab ihr die Hand und stellte sich vor.

„Schulz", lautete die Antwort. Dann zeigte sie unter ein Ge-

büsch. „Man liest so viel von verschwundenen Postsendungen. Und da habe ich angerufen. Ich wohne hier."
Anne Pagels schaute sich um. Der Weg führte an einer wild wachsenden Hecke entlang ins Nirgendwo. Wenn es Reifenspuren gegeben hätte, stand der Streifenwagen jetzt mitten drauf. Schuhspuren waren im Brachland nicht zu erkennen.
Schade, dachte sie. Die Päckchen werden auch völlig durchnässt sein. Hoffentlich sind es die richtigen.
Schnell zog sie ihre Latex-Handschuhe über, holte eine große Folientüte aus dem Koffer und trat an das Gebüsch heran. Zwei Päckchen. Weihnachtspapier. Klitschnass.
Sie seufzte. Dann drehte sie sich noch einmal zu der Frau um und fragte: „Und wer das hier abgeladen hat ..."
„Hab niemanden gesehen. Hier halten dauernd irgendwelche Autos. Die Leute pinkeln mir dann in die Büsche und verschwinden wieder. Ich habe längst aufgehört, mich darüber aufzuregen."
Sie packte die Päckchen ein. Wenigstens die Empfängeranschriften waren noch lesbar. Wenn es die Päckchen aus Wolfsruh waren, würde sie es in einer halben Stunde wissen.
Sie suchte noch einmal die nähere Umgebung ab, aber ergebnislos oder höchstens mit dem Ergebnis, dass sie nichts weiter fand als eine leere Schnapsflasche und eine verbeulte, rostige Konservendose, in der man zu früherer Zeit vielleicht Linseneintopf verkauft hatte.
Anne kickte sie mit dem Fuß fort, bedankte sich bei der alten Frau und sprang wieder in den Streifenwagen.
*
Als Anne Pagels in ihr Büro zurückkehrte, saß Fernando mit einer Tasse Kaffee und einem Handy in der Hand gemütlich im Sessel.

Wortlos knallte sie die Tüte mit den Päckchen auf den Konferenztisch. Bis jetzt hatte sie ihre Wut zurückhalten können.

„Was hast du da?", fragte Fernando.

„Weihnachtspäckchen aus dem Straßengraben. Was sonst?", fuhr sie ihn an.

„Aha", sagte er lakonisch und erhob sich.

„Wie hießen die Empfänger der in Wolfsruh verschwundenen Päckchen?", blaffte sie. „Du hast doch die Namen aufgeschrieben."

„Anne, was ist los? Hab ich dir was getan, dass du mich so anschnauzt?"

„Das wäre ja noch schöner. Dann hätte ich wenigstens einen Grund, auf dich los zu gehen. Los, sag schon."

Er kam um den Tisch herum, stellte sich dicht neben sie und zog seinen Notizblock hervor. Unwillkürlich wich sie zur Seite aus.

„Reinwald, Schwarz und Nettelbeck." Er schaute auf.

„Okay. Dann fehlt nur noch Reinwald. Die anderen beiden hätten wir gefunden. Wenigstens was."

„Ich hätte da auch noch etwas beizusteuern, das vielleicht deine Laune aufhellt."

Fernando hielt das Handy hoch.

„Was? Hast du bei Tetris gewonnen?", fuhr sie dazwischen, ehe er erklären konnte.

„Nein. Aber was ist los mit dir? Sag endlich."

Die Hand mit dem Handy ließ er wieder sinken.

„Heldt hat angerufen und mich beschimpft. Ich könnte kotzen. Erst lass ich mich von ihm ..." Sie winkte ab.

Hat ja doch keinen Zweck, mich jetzt bei Fernando auszuheulen, dachte sie. Bin ja selbst schuld. Sie erinnerte sich, dass es Fernando gewesen war, der sie vor ihn gewarnt hatte. Aber sie musste es ja besser wissen.

Als sie spürte, wie Fernando näher rückte, ahnte sie, was er wollte, und sah ihn kopfschüttelnd an.

„Sag mir lieber, was mit dem Handy ist", sagte sie, nun etwas ruhiger.

„Das Handy, ja, mit schönem Gruß von Hagen", sagte er zögernd. „Das ist Jörgens Festnetz-Handy. Der letzte Anruf ist gespeichert und die Nummer des Anrufers."

Fernando legte das Handy auf den Tisch, schaltete es ein und drückte ein paar Icons.

Alexa Jörgens' Stimme ertönte, dann ein Grunzen und Kichern.

„Wir sollen es zur Stimmanalyse schicken", sagte Fernando dann. „Keine Ahnung, was Hagen da gehört hat, aber erklärt hat er es mir nicht."

„Aber die Telefonnummer haben wir?", fragte sie nun.

Ihr Ärger verflog langsam und löste sich nach und nach in Dunst auf.

„Ja, immerhin. Eine Handynummer. Die richterliche Anordnung habe ich bereits beantragt." Er verstummte, fuhr aber gleich darauf fort. „Hagen wird mir immer unheimlicher, weißt du?"

Sie schaute zu ihm hoch.

„Na ja, als ich auf den Hof kam, saß er dort auf einem Stein und bemerkte mich gar nicht, obwohl ich direkt vor ihm stand. Er schaute in den Regen ..."

„Ja, ich weiß, Fernando. Er wurde selbst zum Regen. Hätte er vor 4000 Jahren gelebt, wäre er unser Schamane. Glaub mir."

41

„Danke, Anne. Ich muss mir das ansehen."
Hagen beendete das Gespräch und lehnte sich nachdenklich zurück. Als er Jörgens Blick bemerkte, musste er lächeln.
„Etwas Erfreuliches. Zwei der drei Päckchen sind wieder aufgetaucht, und zwar in deinem ehemaligen Zustellbereich bei Neuholland."
„Neuholland?"
Jörgens schien nachzudenken. Nach einiger Zeit schüttelte er den Kopf.
„Nein, dort hatte ich nie Probleme. Mit niemandem."
Hagen stand auf.
„Dann danke ich für die leckeren Bratkartoffeln. Ich fahre jetzt mal hin. Bin in spätestens zwei Stunden wieder hier. Du solltest vorsichtig sein und das Haus möglichst nicht verlassen. Ich traue dem Frieden nicht."
Jörgens Stirn legte sich in Falten, dann winkte er ab.
„Wer soll mir schon etwas antun?"
„Genau das ist die Frage. Derjenige, der dich beim vorigen Mal nicht erwischt hat. Meinst du, ich kampiere hier nur wegen deiner Bratkartoffeln? Mach dir klar, dass du in Gefahr bist. Wenn der Mörder deiner Frau die Gelegenheit bekommt, wird er ohne zu zögern wieder abdrücken."
Jörgens sah irgendwie unschlüssig dabei aus, als wisse er nicht, was von dieser Aussage zu halten war. Oder als sehne er sich danach, dass es wahr würde.
Hagen wandte sich zur Tür, zog Schuhe und Jacke über und

stapfte durch Schneematsch zum Auto.

Hoffentlich hört Jörgens auf mich, dachte er noch, zögerte einen Moment, stieg dann aber ein und lenkte seinen Astra auf die Straße nach Schulzendorf. Mit kurzen Aussetzern nahm er Fahrt auf.

*

An der Stelle, die Anne ihm beschrieben hatte, fuhr er rechts auf den Feldweg und hielt. Als er den Motor ausschaltete, klang der, als hätte er sein Leben ausgehaucht.

Na das konnte ja spannend werden.

Er sprang aus dem Wagen und warf die Fahrertür zu. Dann schaute er sich um. Unter dem Busch auf der rechten Seite hatten, nach Anne, die Päckchen gelegen. Der Straßengraben entlang der Bundesstraße machte hier einen Knick und folgte noch ein Stück dem Feldweg, bis er flacher wurde und schließlich endete. Auf der linken Seite des Weges verdeckte eine Ligusterhecke die Einsicht auf das Haus, in dem wahrscheinlich die Finderin wohnte. Mehr als das Dach war nicht zu sehen. Langsam schlenderte er an der Hecke entlang.

Das war wenigstens mal eine Grundstücksgröße, wie er sie mochte. Er schaute die 50 Meter zurück zur Straße. Dann machte er sich auf den Rückweg, diesmal am Graben entlang, dessen Sohle unter Wasser lag. Es hatte inzwischen aufgehört zu schneien und die Temperaturen lagen offenbar auch über null. Es taute und matschte.

An der Bundesstraße blieb er stehen und zündete sich eine Zigarette an. Zwei Lkws donnerten vorbei. Die Zigarette im Mundwinkel steckte er seine Hände in die Hosentaschen.

In Richtung Liebenwalde versperrten ihm einige alte Laubbäume die Sicht. Der Weg, der auf der gegenüberliegenden Straßenseite von der B 167 abbog, schien gelegentlich befahren zu werden. Es gab Autospuren, die aber nach zwanzig Metern hinter Büschen und Weiden verschwanden.

Schnell überquerte er die Fahrbahn und folgte dem Weg ein Stück, immer bemüht, links des modrigen Weges auf dem Gras zu bleiben. Wenig später hörten die Sträucher auf und er hatte freien Blick über die Weideflächen rechts und links des Weges. Zwei Kilometer, schätzte er, konnte er sehen, bevor das nächste Waldstück begann, auf halbem Weg dorthin ein Gehöft. Vielleicht der nächste Bauer, überlegte er.

Neuholland war ehemaliges Sumpfgebiet und die Holländer, die der Alte Fritz ins Land geholt hatte, waren hier angesiedelt worden, damit sie diese Sümpfe trocken legten. Deshalb war das Land hier so platt und von Gräben durchzogen. Vielleicht wohnten dort hinten die Nachfahren der Holländer. Vielleicht war es ein Erbhof, wie es sie auch in Brandenburg in fast jedem Dorf gab. Trotz der Enteignungen, die es in der Geschichte der Mark immer wieder gegeben hatte.

Nachdenklich trat er die Kippe aus und machte kehrt.

Von dieser Straßenseite aus konnte er in Richtung Liebenwalde die Mehrfamilienhäuser erkennen, die direkt an der Bundesstraße standen, flankiert von einem Firmengelände, das vielleicht früher zur LPG gehört hatte.

Hagen starrte einige Minuten hinüber. Diese Zweigeschosser hatte man in den 50ern und 60ern überall auf dem Lande errichtet, um dem gestiegenen Platzbedarf der Landbevölkerung Rechnung zu tragen. Schließlich hatte man die Flüchtlinge von jenseits der Oder irgendwie auffangen müssen. Alles war aus den Nähten geplatzt. Zuerst hatte fast jeder Bauernhof Untermieter bekommen, dann baute man diese Klötzer in die Landschaft, die nun nach und nach wieder verschwanden. Er riss sich los.

Ja, auch dort konnte man ein Auto zu verstecken. Genauso wie auf dem Einzelhof hinter ihm. Die Päckchen sind jedenfalls nicht umsonst *hier* hinausgeworfen worden.

Nachdem er die Straße überquert hatte, ging er noch einmal bis zum Ende der Hecke und schaute in die Ferne. Der Weg führte schnurgerade durch die Weiden, die immer wieder von langen Reihen mit Pappeln unterbrochen wurden. Ein weiteres Gehöft konnte er nicht entdecken.

Als er sich wieder seinem Auto zuwandte, hörte er das leise Quietschen einer schlecht geölten Tür. Eine Frau trat heraus, wischte sich die Hände an ihrem Parker ab und stapfte Schneereste von den Filzstiefeln. Ihr Blick, mit dem sie ihn musterte, wirkte finster.

„Na, junger Mann, haben Sie wieder meine Hecke gedüngt? Ich finde das nicht so toll", grollte sie.

Er trat näher und suchte ein Weilchen nach seinem Ausweis. Dann zog er ihn heraus.

„Mein Name ist Hagen Brandt, Kripo. Und Sie sind Frau Schulz, nehme ich an. Ich hätte noch ein paar Fragen."

Sie grinste, er grinste zurück, als hätten zwei alte Bekannte sich Witze erzählt.

„Nun, Herr Brandt, dann kommen Sie mal mit. Einen Tee werden Sie wohl nicht ablehnen", sagte sie, drehte sich um und ging zurück zum Haus.

Ihm blieb nichts anderes übrig, als ihr zu folgen. Vor der Haustür ließ sie sich auf einer Gartenbank nieder und treckte die Filzstiefel aus.

Das Haus war ein sogenannter Neubau. Siebziger Jahre. Landhausstil. Und genauso sah es auch innen aus. Bretter, Bretter, Bretter. Alle stark nachgedunkelt. In der Küche, wo eine hohe Tanne vor dem Fenster stand, hatte er den Eindruck, in eine Höhle zu kommen.

Auf dem hölzernen Tisch vor der Eckbank stand eine Laterne mit einer Kerze, die Frau Schulz als erstes anzündete.

„Bitte, nehmen Sie Platz. Genügt Ihnen das Kerzenlicht? Wissen Sie, seit mein Mann gestorben ist, habe ich hier nichts mehr verändert. Für Handwerker fehlt mir das Geld. Und so nimmt sich dieses Haus langsam wie ein Sarg aus. Ich brauche, wenn es soweit ist, nicht einmal mehr umzuziehen."

Sie lachte heiser, entledigte sich ihres Parkers, unter dem nun ein dunkler Rock und ein Selbstgestrickter von ehemals rosa Farbe zum Vorschein kamen, und wandte sich dem Gasherd zu. Sie klapperte mit dem Pfeifkessel und brachte dann Teetassen und einen Aschenbecher.

„Bitte. Wenn Sie rauchen wollen, tun Sie sich keinen Zwang an. Mein Mann hat geraucht und seit er tot ist, vermisse ich diesen ekelhaften Gestank sogar manchmal, wenn ich morgens in die Küche komme."

„Kommen denn nicht gelegentlich Freundinnen oder Nachbarn zu Besuch?", fragte er. Das Ziel seines Hierseins war ihm noch nicht ganz klar. Leicht verwaschen blinkte es, das Ziel, im Morgennebel. Sozusagen.

„Ach, hier lebt jeder für sich. Besuche? Nein. Nächste Woche ist die jährliche Rentnerweihnachtsfeier und das war's schon."

Sie kam mit der Teekanne und setzte sich ihm gegenüber.

„Ich dachte, man verbringt hier auf dem Lande sein Leben als gute Nachbarn. In einer Zweckgemeinschaft sozusagen, in der man aufeinander angewiesen ist."

„Schön wäre es ja", entgegnete sie. „Aber sogenannten Eingeborene gibt es hier kaum noch, wissen Sie? Na ja, verhungern werde ich schon nicht. Das tägliche Brot bringt der Bäckerwagen und für den Notfall habe ich ein Fahrrad und ein Telefon. Mehr ist nicht nötig. Der nächste Nachbar dort drüben auf der anderen Straßenseite ist einen Kilometer entfernt. Aber der ist mir nicht geheuer."

Er schaute sie aufmerksam an, als eine kleine Pause entstand, und ließ ein schmales Lächeln heraus. Sie versuchte offenbar, in seinem Gesicht zu lesen und kam zu einem Schluss:

„Nicht, was Sie glauben. Es spukt dort nicht. Aber die Menschen dort sind mir unheimlich. Manche wenigstens."

Er räusperte sich und zog seine Zigaretten hervor.

„Warum unheimlich?", fragte er, als sie auf sein Stichwort zu warten schien. Dann nahm er sich eine Zigarette und drehte sie zwischen den Fingern.

„Dort wohnen Behinderte. Kinder, aber zumeist Jugendliche. Es ist seit 20 Jahren ein Pflegeheim. Verstehen Sie mich richtig: Ich habe nichts gegen diese Kinder. Manchmal steht ein Junge hier vorn an der Straße mit seinem großen runden Kopf. Er steht einfach da und schaut. Manchmal hier zu mir herüber, manchmal schaut er den Autos nach. Aber immer bleibt sein Gesicht so unbewegt, gefühllos, will mir scheinen. Das ist unheimlich."

Sie lachte wieder ihr heiseres Krächzen, wurde aber gleich wieder ernst. „Aber nun habe ich diesen Jungen schon ein paar Tage nicht mehr gesehen."

„Und sonst kommen sie nie raus aus dem Heim? Gehen spazieren oder so?", fragte er nachdenklich.

Irgendwas hatte in ihm zu kribbeln begonnen, als er an die helle, etwas lallende Stimme des zweiten Anrufers dachte. Es war, als tanzten Schatten hinter den Gardinen hell erleuchteter Fenster. Schattenspiele, dachte er.

„Doch. Sie gehen spazieren. Immer in der Gruppe. Bis auf dieser eine Junge eben. Na ja, ansonsten haben sie auch ein

Auto. Sie fahren immer mit so einem kleinen Bus, der wohl jemandem vom Pflegepersonal gehört. Ein ziemlich verrostetes, schwärzliches Ding mit gelb-roter Aufschrift. Die Kinder drücken sich immer ihre Nasen an den Scheiben platt und manchmal lachen sie wie wild, dass man es bis draußen hören kann."

Jetzt zündete er seine Zigarette an. Die Finger zitterten leicht.

Da war sie, seine Spur, überlegte er, während Frau Schulz munter weiterplapperte. Ein verrostetes Ding mit gelb-roter Aufschrift ... und ein Junge, der immer an der Straße steht.

Seine Spur, ja.

Später, als er bereits vor seinem Astra stand und in die Dämmerung hinüber zur anderen Straßenseite schaute, überlegte er bereits, wie er es anstellen sollte.

Ein Pflegeheim für Behinderte mit irgendeinem dunklen Geheimnis. Oh, mein Gott, dachte er, wenn das wahr wäre; die Zeitungen würden sich überschlagen.

Doch zuerst würde er noch bei dem Alten am Schulzendorfer Ortseingang anhalten, überlegte er und sprang ins Auto.

Als er den Schlüssel im Zündschloss drehte, gab das Auto keinen Piep von sich.

Nicht verstehend versuchte er es noch einmal.

42

Gerade war Anne Pagels dabei, den Schreibtisch abzuschließen, als ihr Handy klingelte.
Verdammt, nicht schon wieder Markus, dachte sie, suchte es aus ihrer Tasche und drückte erleichtert auf Verbinden.
„Hallo Hagen, mein Schatz. Brauchst du mich?"
„Ja, ich brauche dich. Bin mit meinem Wagen liegen geblieben und hab mich bis nach Liebenwalde zur Werkstatt schleppen lassen. Aber nun komme ich hier nicht mehr weg."
„Eigentlich, lieber Hagen, habe ich ganz viel zu tun. Und ein Bitte war in deiner langen Rede nicht vorhanden. Ich habe ganz genau aufgepasst."
Sie musste lachen, als sie etwas brummen hörte, das mit viel Fantasie auch hätte ein Bitte sein können.
Auf dem Weg zu ihrem Auto fühlte sie sich irgendwie beschwingt und sie wusste, dass es an Hagen Brandt lag. Immer noch oder wieder – so genau wusste sie das nicht. Jedenfalls war dieser Gedanke der reinste Blödsinn.
„Anne, du spinnst doch", sagte sie beim Einsteigen lachend zu dem Plüsch-Weihnachtsmann, der am Innenspiegel hing.
Denk von mir aus an Fernando, du dämliche Kuh, dachte sie, aber lass Hagen aus dem Spiel. Er will heiraten.
*
An der großen Kreuzung in Liebenwalde bog sie links ein und dann noch zweimal links, bevor sie Hagen am Bordstein stehen sah.
„Da hast du dir aber die finsterste Ecke ausgesucht, um je-

manden anzuhalten", rief sie, als Hagen einstieg.
„Stimmt. Aber schau mal dort drüben."
Er zeigte zum Fenster auf ihrer Seite und sie drehte den Kopf.
„Dort stehen so wunderschöne alte Ruinen und die Eigentümer wollen sie abreißen. Das ist doch schade, oder nicht?"
Sie versuchte, durch die Scheibe etwas zu erkennen. Vergeblich. Sie zuckte mit den Schultern.
„Bei Tage ist es besser", sagte er und fügte kryptisch hinzu: „Wir müssen sowieso noch einmal her. Okay, hast du noch etwas Zeit? Ich würde gern mit dem Opa in Schulzendorf reden. Danach kann ich bestimmt prima schlafen."
In der nächsten halben Stunde sagte keiner ein Wort. Hagen schien die ganze Zeit über irgendwas nachzudenken, bei dem sie ihn nicht stören wollte.
Er hatte offenbar abgenommen, zumindest im Gesicht war er schmaler geworden. Außerdem war da das winzige Zucken seiner Wange.
„Weißt du schon, wie lange die brauchen für das Handy?", fragte Hagen, als sie den Schulzendorfer Ortseingang passierten. Auf der rechten Straßenseite huschte gerade ein altes Haus vorbei, das sicher eines Tages zusammenfallen würde, wenn ein etwas größerer Laster daran vorbeipolterte.
„Ich weiß nicht. Der Richter hat zugestimmt. Nun muss bloß die Firma noch aus die Puschen kommen."
Sie bremste, fuhr dann rechts in die Gasse und hielt gegenüber der Stelle, wo noch Fernandos Bremsspur zu sehen war.
Die Backsteinmauer versperrte den Blick auf das Grundstück, doch irgendwoher kam Licht.
„Hier drüben", sagte sie und zeigte zu dem Holztor. „Brauchst du mich?"
„Nein, bleib hier."

Hagen verschwand hinter dem Gartentor. Als sie die Seitenscheibe herunterließ, hörte sie ihn klingeln. Dann eine Männerstimme, dann Hagen, dann klappte die Haustür. Stille.

Plötzlich ein Scheinwerfer. Was da hinter ihr in die Gasse einbog, konnte nur eine Harley sein, jedenfalls dem Motor nach. Das Töppern ließ ihre Ohren klingeln. Das Motorrad hielt neben ihr. Gleich darauf ein zweites.

„Schau mal, eine Muschi in rosarot." Helm und Motorradbrille erschienen direkt vor ihrem Gesicht. „Hast du ein bisschen Zeit, Muschi?", fragte eine tiefe Stimme.

Sie zog in aller Ruhe ihren Ausweis hervor und hielt ihn der Brille vor das Gesicht.

„Verpiss dich, Mann!", zischte sie, „sonst zeig ich dir, wer hier die Muschi ist."

Ohne noch ein Wort zu sagen, gab er Gas. Der andere folgte.

„Bullenmuschi", hörte sie noch, bevor die beiden verschwanden. Dann kam auch schon Hagen durchs Tor, mit dem Alten im Schlepptau.

„Anne, kommst du mal mit, bitte? Es gibt Arbeit."

Beide gingen vor zur Kreuzung, sie folgte ihnen eilig, nachdem sie noch eine Taschenlampe aus dem Kofferraum geholt hatte.

„Hier war es", sagte dann der Alte und zeigte auf die andere Fahrbahnseite. „Der von links kam, konnte erst ziemlich weit vorn zum Stehen kommen. Deshalb musste der ... Wie sagten Sie, Sprinter? Deshalb musste der Sprinter einen weiten Bogen fahren und kam dort drüben über die Bordsteinkante. Heute Nachmittag habe ich die Reifenspuren noch gesehen."

Nebeneinander überquerten sie die Hauptstraße.

Sie schob die beiden Männer zur Seite, bückte sich und hielt die Lampe schräg etwa 50 Zentimeter über den Boden. So war nicht nur die Reifenspur deutlich auf dem aufgeweichten Boden zu sehen, sondern auch das Reifenprofil warf harte Schatten.

„Nicht reinlatschen", sagte sie und ging zurück, um Gips und Kamera zu holen. Unterwegs knurrte sie: „Was sind wir doch für Stümper."

Sie ärgerte sich. Da hatten Fernando und sie selbst den Alten ausfindig gemacht, dann aber sozusagen die wichtigste Spur liegen gelassen. Ohne Hagen würden sie diesen Fall anscheinend nie aufklären.

Schnell machte sie ihre Fotos und goss die Spur mit Gips aus. Als sie wieder im Auto saß und darauf wartete, dass Hagen sich anschnallte, sah sie ihn an und fragte:

„Und welche Überraschungen hast du noch für mich? Fernando und ich, wir tappen in diesem Fall durch den Wald wie die sprichwörtlichen Blindfüchse."

Er grinste sie an. Dann strich er ihr über die Wange.

„Nicht ärgern. War alles purer Zufall. Und vergiss nicht, dass ich einfach mehr Zeit zum Nachdenken habe.

Mir sitzt der Kripo-Chef nicht im Nacken wie dir und mich wundert sowieso, warum der sich noch nicht gemeldet hat, um dir etwas Druck zu verschaffen. Oder hat er?"

Sie lachte auf und schüttelte den Kopf.

„Nein, hat er nicht. Stimmt. Das wundert mich auch etwas. Okay, wohin jetzt?"

„Zum gemütlichen Abend bei Simon Jörgens. Ich denke immer noch, dass er Schutz braucht. Anscheinend ist der Kripo-Chef in dieser Hinsicht auch anderer Meinung."

Sie nickte nur und ließ den Motor an.

Ein paar Minuten später hielt sie vor Jörgens' Haus. Bevor Hagen ausstieg, hielt sie ihn kurz am Arm fest.

„Warte, bitte." Sie kramte kurz im Handschuhfach. „Das wollte ich dir noch geben: Jörgens Festnetzhandy. Wir brauchen es nicht mehr", erklärte sie. Hagen wog das Handy nachdenklich in der Hand.

„Weißt du, eigentlich bin ich gar nicht scharf darauf, noch einmal hier zu übernachten. Aber ich fürchte wirklich um Jörgens. Kannst du mir nicht Fernando zur Unterstützung schicken? Ich schätze, diese und die nächste Nacht noch, dann dürften wir ihn haben."

„Willst du mir nicht sagen, was du heute Nachmittag herausgefunden hast?"

„Eigentlich nichts. Aber ich komme morgen Vormittag vorbei, wenn hier heute nichts mehr passiert. Ach, das hätte ich beinahe vergessen: Kannst du Weihnachtspapier besorgen? Möglichst solches wie bei den wiedergefundenen Päckchen? Ein paar Kisten wären auch nicht schlecht ... Bis morgen."

Hagen stieg aus und verschwand in der Toreinfahrt, während sie sich verwirrt zurücklehnte.

43

Gleich nach dem Abendessen hatte sich Hagen von Simon Jörgens verabschiedet mit der Absicht, sich auf seiner Schlafcouch in Alexas ehemaligem Arbeitszimmer auszustrecken und zu schlafen.

Er fühlte sich wirklich müde, neuerdings schon bei solch geringer Anstrengung wie dem Nachdenken über irgendwelche aufgefundenen Weihnachtspäckchen. Und wenn dann noch Probleme hinzu kamen wie das mit seinem Auto, dann war mit ihm gar nichts mehr anzufangen.

Und nun? Er lag auf dem Rücken und sah in den klaren Sternenhimmel, der durch das Fensterkreuz in vier gleichmäßige Rechtecke aufgeteilt war.

Gerade war er noch beim Hinüberdämmern, als das Fensterkreuz von einem Scheinwerfer angestrahlt wurde. Der Motor eines Autos, das anhielt.

Hagen war hellwach. War das der Mörder, auf den er wartete, den er die ganze Zeit gefürchtet hatte, da er ihn noch nicht sehen konnte?

Schnell sprang er auf und schlüpfte in seine Schuhe. Draußen wurden die Scheinwerfer ausgeschaltet. Hagen stolperte im Dunkeln durch das Zimmer und riss die Tür auf. Mit zwei Schritten war er an der Vordertür.

„Halt, Polizei!", rief er. „Stehen bleiben!"

„Hagen? Ich bin es nur, Fernando. Deine Verstärkung."

Er erkannte Fernandos Stimme und öffnete erleichtert die Faust. Solche Überraschungsangriffe ohne ernsthaft etwas in

der Hinterhand zu haben, waren Himmelfahrtskommandos.
Er hasste sie. Aber so war das eben, wenn man hier nur seine Freizeit verbrachte.
„Komm rein, Fernando." Sie klopften sich gegenseitig auf die Schulter. „Schön, dass du noch kommen konntest."
Hagen schloss hinter ihnen die Haustür und machte Licht. Simon hatte neugierig die Küchentür geöffnet.
Neuigkeiten hatte Fernando nicht zu berichten, also bekam er die Couch im Wohnzimmer zugewiesen und zehn Minuten später lagen Haus und Hof wieder da wie verlassen.
Und endlich konnte Hagen auch richtig entspannen. Silke fiel ihm ein. Was mochte sie gerade tun? Wahrscheinlich schläft sie vor dem Fernseher, überlegte er. Wie sehr sie sich doch verändert hat. Noch vor Wochen hätte sie bereits am ersten Abend angerufen und gezetert, wo er denn bliebe. Sie hätte ihm richtiggehend die Hölle heiß gemacht, warum denn alles wichtiger sei als sie.
Sicherlich war das keine Existenzangst, eher vielleicht Eifersucht wegen Anne. Doch nun glaubte sie anscheinend, Anne sei in festen Händen bei Markus Heldt. Außerdem hatte er schließlich eingewilligt, sie zu heiraten. Unter diesen Bedingungen war sie wieder zu der Silke geworden, die er immer geliebt hatte.
Als draußen wieder ein Auto vorbeifuhr und für kurze Zeit die Zimmerdecke erhellte, griff er zum Handy, das auf dem Nachttisch lag.
Schnell tippte er noch eine SMS: „Lebe noch und liebe dich."
Kurz darauf war er eingeschlafen.

44

Bärchi lag auf dem Rücken. Er hielt seine Hände dicht vor das Gesicht, damit er seine Finger im Dunkeln erkennen konnte.

„Eins", sagte er laut ins Zimmer und fasste seinen Daumen. Die Zwei war der Zeigefinger, die Drei der Mittelfinger. So zählte er bis zum kleinen Finger. Doch jetzt wurde es schwieriger. Schließlich wollte er es bis zur Fünfzehn schaffen.

Tante Ines hatte gesagt, morgen sei sein Geburtstag, der fünfzehnte. Außerdem hatte sie gesagt, man durfte nicht fünfzehn werden, wenn man nicht bis dahin zählen konnte.

Aber er wollte Geburtstag haben. Wer Geburtstag hat, bekommt eine Torte und noch ein anderes Geschenk.

Draußen auf dem Flur klapperte etwas. Eine der Tanten wischte den Fußboden. Bärchi wusste, dass man den Flur immer nachts wischt, weil dann niemand auf dem nassen Fußboden ausrutschen kann. Und am Morgen war dann alles wieder stumpf. Er hatte es ausprobiert.

Wieder hob er seine Hände. Dieses Mal nahm er die rechte Hand zum Zählen.

„Sechs", rief er und kicherte laut, als es ihm eingefallen war.

Da ging die Tür auf und das Licht schien durch einen Spalt herein.

„Bärchi? Du schläfst ja noch gar nicht."

Tante Ines kam heran und setzte sich auf die Bettkante.

„Du bist doch hier der Älteste. Da muss du aber auch als erster schlafen. Also, was ist?"

„Bärchi muss zählen. Ich, ich, … Geschenk zu Geburtstag."
Es ärgerte ihn, dass er immer die Hälfte der Wörter vergaß, wenn er aufgeregt war.
Tante Ines lachte, beugte sich zu ihm herunter und knuddelte ihn an den Ohren. Dann gab sie ihm einen Kuss auf die Wange. Das mochte er sehr gern.
„Bärchi, mach dir darum keine Sorgen. Wir beide üben morgen früh noch einmal, damit das auch klappt zum Frühstück."
Jetzt kniff sie ihm in die Wange.
„Ja? Wollen wir das so machen? Gut. Dann kannst du jetzt schön schlafen."
Sie stand wieder auf und ging zur Tür.
„Tante Ines?", rief er ihr hinterher.
„Ja, Bärchi? Was ist denn noch?"
„Ich ... schon Geschenk. Onkel Atze. Weggefahren", sagte er ganz langsam und vergaß trotzdem wieder die Hälfte. Dann sagte er noch: „Mitnehmen? Frühstück?"
„Onkel Atze ist morgen nicht da. Aber wir üben noch das Zählen. Schlaf schön."
Tante Ines ging hinaus. Die Tür schloss sich leise.
„Mitnehmen. Frühstück. Ja", flüsterte er, drehte sich auf die Seite, steckte den Daumen in den Mund und schlief ein.

45

Hagen Brandt erwachte davon, dass Fernando die Fenster aufriss. Kalte Luft drang ins Zimmer.
„Los, raus aus den Federn oder willst du den ganzen Vormittag verschlafen?", rief Fernando, lachte und verschwand wieder. Aus Richtung Küche hörte er Geschirr klappern.
Er setzte sich auf. Draußen war es wirklich schon hell.
Eine Viertel Stunde später am Frühstückstisch fragte Fernando zwischen zwei Bissen:
„Was hast du heute vor, Hagen? Anne erzählte mir, dass sie dich gestern aus Liebenwalde abgeholt hat. Was gab es denn dort?"
„Nichts", knurrte er und dann: „Heute packen wir Weihnachtsgeschenke ein."
„Weihnachtsgeschenke?"
„Ja. Ist doch bald Weihnachten, oder nicht?"
„Aber ..."
Hagen stand einfach auf, wischte sich noch den Mund ab und zog Schuhe und Jacke an.
„Kommst du oder bleibst du hier? Ich muss noch woanders hin."
Fernando stopfte die letzte Stulle in den Mund.
„Komme."
Zwanzig Minuten später hielten sie in der Einfahrt seines Hofes in Mühlhof. Fernando blieb im Auto. Silke war nicht da. In seinem Arbeitszimmer setzte er sich an den Laptop, suchte nach einer bestimmten Telefonnummer und rief dort

an. Als man ihm freundlich erklärt hatte, dass er willkommen wäre, lehnte er sich entspannt zurück.
Doch das Kribbeln in seinem Kopf wollte nicht nachlassen. Würde das wirklich so klappen, wie er es sich vorstellte?
Dann packte er zwei Reisetaschen voll. Wenig später waren sie wieder unterwegs zum Revier.
*

Zum zweiten Frühstück hatte Fernando Streuselschnecken vom Bäcker geholt, nun saßen sie zu dritt in Annes Büro. Zwischen ihnen auf dem Konferenztisch stapelten sich kleine und große Päckchen.
Hagen war zufrieden mit Annes Vorarbeit. Denn sie hatte Geschenkpapier bekommen, das aussah wie das des großen Versandhändlers, in dem die verschwundenen Päckchen eingepackt waren.
„Und wie soll es nun weitergehen?", fragte Anne und sah ihn gespannt an. „Wofür sind die Päckchen eigentlich? Hast du Patenkinder oder sowas?"
Hagen schmunzelte. Bisher hatte er sie hinhalten können. Doch nun musste er wohl raus mit der Sprache. Er schaute auf die Bürouhr. Noch zwei Stunden.
„Nicht ganz, aber so ähnlich. Wir stellen unserem Mörder beziehungsweise seinem Mittäter eine Falle. Leider ist die etwas kompliziert. Aber was bleibt uns übrig, da wir den Eigentümer des Handys ja noch immer nicht kennen."
„Eine Falle?", fragte Fernando ungläubig. „Meinst du wirklich, dass irgendjemand auf eine Päckchen-Falle herein fällt? Ich versteh das nicht. Das hieße ja ...", Fernando brach grübelnd ab. „Nein", sagte er nach einem Moment des Nachdenkens. „Keine Idee."
„Also gut, ich erkläre mal, was ich denke."

Er holte sein Handy aus der Tasche und legte es auf den Tisch vor sich.

„Aber hört euch das hier zuvor noch einmal an. Wir fahren nachher dorthin, wo ihr vermutlich diese Stimme hören werdet. Wir müssen sie irgendwie erkennen. Also, hört genau hin. Es ist die zweite Anrufer-Stimme, um die es mir geht."

Entschlossen drückte Hagen auf PLAY und drehte die Lautstärke voll auf.

„Jörgens?", hörten sie die Stimme von Alexa Jörgens. Dann etwas, das wie ein Würgen klang. Hagen hob den Zeigefinger. Kichern. Gurgelndes Kichern.

„Ja, und?", fragte Fernando. „Das haben wir inzwischen hundert Mal abgehört. Da ist ..."

Hagen hob die Hand.

„Hör noch einmal genau hin."

Er ließ den letzten Teil der Aufnahme noch einmal ablaufen.

Kichern. Gurgelndes Kichern.

Noch einmal von vorn.

„Kann das ein Kind sein?", fragte Anne zögernd. „Ein Kleinkind? Ich bin ja keine Expertin, was Kinder betrifft ..."

Hagen wackelte mit dem Kopf.

„Ich bin mir darin auch nicht sicher. Und ich gebe zu, dass die Idee ziemlich verrückt ist. Aber wo wir hinfahren, da ist jedenfalls alles möglich", erklärte er. „Ihr werdet es dann schon sehen."

Noch einmal schaute er zur Uhr.

„Kommt, lasst uns aufbrechen zum Geschenke überreichen."

*

Diesmal saß Hagen selbst hinterm Steuer des Dienstwagens. Es herrschte Ruhe. Weder Anne noch Fernando wussten, wohin die Reise gehen sollte. Während sie über die Bundesstraße

167 rollten, überlegte er sich das Szenario der Aktion, die vor ihnen lag.

Als er auf Höhe Falkenthal an der Kreuzung abbremsen musste, weil 70km/h vorgeschrieben waren, gab er dahinter nicht wieder Gas, sondern rollte gemächlich über den glatten Asphalt und überlegte. Ein Brummi hinter ihm hupte und fuhr dann vorbei. Anne schaute fragend vom Beifahrersitz her. Hagen Brandt ignorierte ihren Blick.

Eigentlich müsste Anne ihn kennen: Immer wenn er sich der Klärung eines Falls zu nähern glaubte, verschloss er sich. Nicht etwa, weil er den Ruhm allein ernten wollte. Es war eher die Unsicherheit, die ihn schweigen ließ: Hatte er sich dieses Mal nicht selbst in die Irre geführt?

Nun tauchte fünfhundert Meter vor ihnen die Stelle auf, wo die alte Frau die Päckchen gefunden hatte. Hagen trat die Kupplung und schaltete in den zweiten Gang, als sie heran waren. Wieder anhaltendes Hupen hinter ihnen.

Als sie allein auf der Straße waren, bog er links in den Feldweg ein. Dann hielt er an und schaltete den Motor aus.

Anne sah er an, dass sie wusste, wo sie sich befanden, aber Fernando, den er durch den Rückspiegel beobachtete, hatte keine Ahnung.

„Also gut. Anne weiß ja, wo wir hier sind. Fernando, hinter uns liegt die Stelle, wo die Päckchen gefunden wurden. Und gleich daneben wohnt die alte Frau, die sie gefunden hat. Ich bin gestern noch einmal bei ihr gewesen und wir haben uns prächtig unterhalten."

„Aha", machte Anne. Fernando blieb still, nachdem er kurz zum Heckfenster hinausgeschaut hatte.

„Vor uns werdet ihr gleich einen alten Bauernhof zu sehen bekommen. Dorthin wollen wir aus zweierlei Gründen. Zum einen ist das ein Pflegeheim für behinderte Kinder und Jugendliche – ihr erinnert euch vielleicht an dieses Lachen im Telefon, mit dem wir nichts richtig anfangen konnten – zum anderen haben die einen Fahrdienst, einen schwarzen Sprinter mit gelb-roter Aufschrift."

„Moment mal", ließ sich Fernando hören. „Du meinst den Sprinter, der in Schulzendorf beinahe einen Unfall gebaut hat?"

„Eben jenen. Und jetzt wisst ihr auch, warum wir hier sind und warum wir Päckchen gepackt haben ..."

„Klar", kam es wieder von Fernando. „Die Immobilienfirma Hagen Brandt kommt mit Spenden zu Weihnachten. Ich hoffe, du hast auch an die Presse gedacht."

„Deshalb ... da kommt sie ja."

Hinter ihnen bog ein hellblaues Känguru auf den Feldweg ein und hielt. Am Steuer die Hansen.

„Ach, Frau Hansen. Pünktlich wie bestellt", sagte Anne und lachte auf.

„Und so fügt sich alles zusammen. Ihr lasst mich reden und verteilt brav die Päckchen an jeden, der eins haben will. Ich lasse mich und meine Mitarbeiter feiern. Von der Kripo habt ihr jedenfalls noch nie etwas gehört. Alles klar?"

„Klar, Chef", rief Fernando. Anne schmunzelte und nickte nachdenklich.

Hagen schaute zur Uhr auf dem Armaturenbrett, ließ die Seitenscheibe herunter und schob den hochgereckten Daumen raus. Dann fuhr er an.

Schaukelnd ging es den Feldweg entlang, durch die Kurve und dann lagen die Wiesen vor ihnen. In der Ferne weideten Rinder. Etwa genauso weit entfernt lag der Hof.

Je näher sie kamen, desto mehr steigerte sich die Spannung in ihm. Allerdings wusste er auch nicht genau, was er erwarten sollte. Behinderte Menschen, ja, natürlich – aber ob sich seine Undercover-Aktion so entwickeln würde, wie er hoffte?

Aus der Ferne lag der Hof wie verlassen zwischen den Wiesen. Altes Mauerwerk, alte Dachziegel erkannte er, als sie sich näherten.

Noch zweihundert Meter. Hundert.

Da wurde plötzlich das große Tor geöffnet und eine kleine Horde von Kindern, Jugendlichen und Erwachsenen kam heraus an den Weg. Einige sprangen herum, andere trippelten hinterher und hielten Freund, Freundin oder Pflegerin an den Händen.

Eine junge Frau mit Kochmütze und Küchenschürze sprang hervor und trieb die Vorwitzigen zurück. Alles in allem war es ein bunter Haufen, der sie erwartete und offenbar gespannt verfolgte, was jetzt geschehen sollte.

Hagen fuhr langsam heran und hielt direkt vor der Einfahrt.

Hoffentlich singen sie jetzt nicht, dachte er und stieg aus.

Da hob auch schon eine der Frauen die Hand ... aber nur, um zu winken. Dann kam sie näher. Eine kleine dickliche Frau im schlecht sitzenden Kostüm, linkisch lächelnd, aber (bildlich gesprochen) mit offenen Armen. Er schätzte sie auf etwas über fünfundfünfzig, so hatte er sich immer Frau Holle im Märchen vorgestellt oder die Frau des Pfarrers.

„Herr Brandt, nicht wahr? Ich kenne Sie aus dem Fernsehen", sagte sie und gab ihm die Hand. „Grunwald, Sandra Grunwald ist mein Name. Wir haben heute Morgen telefoniert. Ich freue mich für meine Schützlinge. Und die Pressetante muss wohl sein."

„Ja, Frau Grunwald. Ich bringe gern ein paar Geschenke und bitte glauben Sie nicht, das sei alles nur wegen der Werbung.

Da hätte es gewiss werbeträchtigere Möglichkeiten gegeben. Es ist einfach so, dass eine Geschäftspartnerin von Ihnen und Ihren Schützlingen erzählt hat und sie redete so begeistert, dass ich mich kurzerhand entschloss herzukommen."

Sie holte Luft und er ahnte, was kommen würde. Schnell sagte er: „Geschäftsgeheimnis", und lächelte.

Hansen, die Pressetante, wie Sandra Grunwald sie genannt hatte, ließ ihre Kamera aufblitzen, während er so viele Hände schüttelte, dass er schon einen Muskelkater fürchtete. Doch dann sah er erleichtert die Hansen nicken und drehte sich zu Anne und Fernando um, die unschlüssig am Auto standen.

„Bringt ihr bitte die Taschen mit? Dann können wir mit der Bescherung beginnen", rief er ihnen zu und lächelte erneut Frau Grunwald an.

„Meine Mitarbeiter freuen sich schon den ganzen Tag darauf", erklärte er ihr schmunzelnd.

„Und meine Kids erst", erwiderte sie. „Wollen wir hineingehen?"

Er nickte und folgte ihr langsam, als ein Mädchen von vielleicht neun Jahren plötzlich seine Hand ergriff und ihn hinter sich her zog. Dabei musterte er vor allem die älteren Heiminsassen.

Es gab nur zwei oder drei größere, die seines Erachtens nach in die engere Wahl kamen, und auch zwei, die das Jugendalter bereits hinter sich hatten. Auch wenn er das betreffende Fahrzeug noch nicht entdeckt hatte, einer von ihnen musste dabei gewesen sein, als Alexa Jörgens starb. So viel war sicher.

Als sie den Hof betraten, hing eine ganze Traube an ihm. Einige zogen ihn an den Händen, andere plapperten in einer Tour. Dass das Auto auch hier nicht geparkt war, sah Hagen auf den ersten Blick. Also folgte er ohne zu zögern Sandra

Grunwald, deren Ziel offenbar das Nebengebäude war, das direkt an das ehemalige Bauernhaus angrenzte.
„Das ist unser Speiseraum", erklärte sie. „Drüben im Haupthaus liegen die Zimmer zum Schlafen und für die Therapien, Untersuchungen und was sonst so nötig ist. In der großen Scheune haben wir unsere Spieltiere: zwei Esel, zwei Schweine, Kaninchen, Hühner und Enten. Fast wie ein richtiger Bauernhof."
Sie lachte.
Er betrachtete die bunte Fassade, die offenbar ein Graffiti-Künstler gestaltet hatte. Da war ein Spielplatz unter einer großen Sonne, dazu Kinder und ein paar Erwachsene. Jeweils zu deren Füßen standen Namen.
Die könnten wichtig werden, überlegte Hagen, wenn wir erst einmal wissen, wer der richtige ist. Dann konzentrierte er sich wieder auf seine Rolle und folgte der Leiterin des Pflegeheims, die die Stufen so flink hoch hüpfte, dass ihre rundlichen Waden unter dem Rock hervorblitzten.
Oben drehte sie sich noch einmal um und rief: „Kommt, Kinder, kommt! Jeder nimmt auf seinem Stuhl Platz und je schneller das geht, desto eher hat jeder sein Geschenk."
Hagen trat zur Seite. Jetzt trennte sich sozusagen die Spreu vom Weizen. Manche flitzten wirklich hinein, so schnell es ging, andere brauchten Krücken, Rollator oder die helfende Hand einer Pflegerin. Aber allen schien es nicht schnell genug zu gehen.
Er stutzte, als er einen der Jugendlichen sah, der ein weinerliches Gesicht machte und sich nicht vom Fleck rührte. Mit über die Brust verschränkten Armen stand er da und schielte unglücklich zur Grunwald.
Als sie den Jungen bemerkte, rief sie: „Bärchi, du auch.

Komm schon. Du kannst doch nichts dafür."

Und zu Hagen gewandt meinte sie: „Bärchi hat heute Geburtstag und hatte irgendwoher schon ein Geschenk bekommen. Jetzt glaubt er offenbar, das war's für ihn heute, weil ich mit ihm schimpfen musste."

Warum, das sagte sie nicht, sondern wirbelte die Stufen wieder hinunter und holte *Bärchi* ab.

Dann kamen noch seine *Mitarbeiter* mit den Taschen und los ging es. Im Speiseraum war ein Tisch direkt neben dem schon geschmückten Weihnachtsbaum leer geblieben. Auf dem Weihnachtstischtuch breiteten sie nun ihre Geschenke aus.

Sandra Grunwald sprach ein paar Worte, gab ihrer Freude Ausdruck, dankte im Namen der Kinder, Jugendlichen usw. Er selbst bedankte sich, auch im Namen der Mitarbeiter, für die freundliche Begrüßung. Die Hansen machte Fotos.

Dann disponierten sie kurz um und brachten jedem Heimbewohner sein Geschenk an den Platz. Einige fingen an zu schwatzen, andere waren konzentriert beim Auspacken.

Bärchi packte nicht aus. Hagen ging langsam auf ihn zu und blieb dann vor ihm stehen.

„Bist du gar nicht neugierig?", fragte er Bärchi, der mit unkontrolliert scheinenden Bewegungen seine Hände knetete. „Oder soll ich dir helfen?"

„Nein, kann schon ..." Bärchis Stimme war ungewöhnlich hoch für sein Alter. Doch Hagen wusste nicht, ob das an der Behinderung liegen konnte. Denn eigentlich musste dieser Bärchi mitten in der Pubertät stecken.

Der Junge, der links neben ihm saß, flüsterte Bärchi etwas ins Ohr. Dessen Augen begannen zu leuchten und dann kam dieses gurgelnde Kichern aus Bärchis Kehle, das Hagen erstarren ließ.

Wir haben ihn, jetzt haben wir ihn, schoss es ihm durch den Kopf. Ja, sie waren auf der richtigen Spur und diese Spur hieß Bärchi.

Als er zu Anne und Fernando hinüberschaute, sah er Annes Nicken. Fernando schien nichts mitbekommen zu haben. Er bückte sich gerade über einen Papierkorb, der neben der Tür stand, und wühlte darin herum. Als er sich aufrichtete, hatte er etwas in der Hand, das Hagen selbst aus der Entfernung erkannte: Weihnachtspapier! Das, wegen dem sie gekommen waren.

Fernando sah herüber und zeigte auf das Papier. Dann schob er es vorsichtig in eine Folientüte. Es blieb die Frage, ob sie gleich die Hosen herunterlassen sollten.

Nein, überlegte er, lieber noch warten. Schließlich wussten sie noch gar nichts. Weder wer der Fahrer des Autos war, noch warum Alexa Jörgens überhaupt sterben musste und wie das alles zusammenhing.

„Bärchi, du kannst es ruhig auspacken", sagte gerade Sandra Grunwald, die neben ihn getreten war. Dann erklärte sie:

„Das Geschenk von heute früh, weiß der Himmel, woher er es hatte, war in genau solchem Geschenkpapier eingewickelt. Ich musste es ihm wegnehmen."

Hagen schaute offenbar so fragend, dass sie leise hinzufügte:

„Es war Sexspielzeug drin. Ein Vibrator."

Ihre Wangen erröteten, als sie das sagte. Dann schlug sie die Augen nieder, begann aber gleich darauf zu glucksen. Es klang beinahe so wie das Lachen von Bärchi vorhin. Nur die Tonlage war anders, nicht so quietschend.

Als sie ihn wieder anschaute, lächelte sie und fragte:

„Sind Sie deshalb hier, Herr Brandt?"

Jetzt konnte er das Auflachen nicht unterdrücken. Die ganze

Maskerade war also umsonst gewesen. Er schüttelte belustigt den Kopf und raunte ihr dann zu:
„Nein und Ja. Nicht wegen des Sexspielzeugs, aber wegen des Päckchens. Vielleicht können wir uns nachher, wenn der ganze Mummenschanz vorbei und die Pressetante verschwunden ist, ein wenig unterhalten."

*

Es dauerte nicht mehr lange und der letzte Blitz erlosch. Hagen sah, wie die Hansen auf ihn zusteuerte.
„Nun, lieber Herr Immobilienmakler, bist du mit mir zufrieden?", fragte sie und grinste.
„Aber sicher, Hansen. Weißt du schon, wann der Artikel erscheint? Den will ich natürlich nicht verpassen."
„Gegenfrage." Ihr Grinsen wurde noch breiter. „Sollen deine sogenannten Mitarbeiter auch mit aufs Bild?"
Nun platzte sie beinahe vor Heiterkeit.
Herrje, die Hansen ahnte also auch etwas. Hätte er sich ja denken können, da die Kripo schließlich in einer Mordermittlung steckte und aus Sicht der Öffentlichkeit anderes zu tun hatte, als für einen Makler Publicity zu machen.
Sein eigenes Lächeln fühlte sich selbst für ihn schief an.
„Nein, möglichst nicht. Ich will ihnen keine Schererein machen."
„Geht es um ...", begann sie, brach aber ab, als er die Hand hob. Er war sicher, sie würde den Mund halten und sich an jede Absprache halten, die er anbot. Oft genug hatten sie schon zusammengearbeitet, zu beiderseitigem Nutzen.
„Hansen, keine weiteren Fragen jetzt. Ich fische noch im Trüben. Es ist zu früh, verstehst du?"
Hansen nickte. Sie gaben sich die Hand und er schaute ihr nachdenklich hinterher, als sie den Saal verließ. Neben der

Tür warteten Anne und Fernando auf ihn. Die Geschenke waren verteilt, ihre offizielle Aufgabe erledigt.
Plötzlich ging die Tür wieder auf. Sandra Grunwald schaute herein und winkte ihm zu.
Zeit zu reden.
*

Zu viert saßen sie in dem kleinen Büro der Heimleiterin, jeder hatte einen Topf Kaffee vor sich. Fernando holte seinen Notizblock hervor, als sei dies das Zeichen dafür, dass sie nun mit der eigentlichen Arbeit beginnen wollten.
Inzwischen überlegte sich Hagen seine Eröffnung.
„Also, Frau Grunwald", begann er dann, „zuerst die Karten auf den Tisch: Frau Pagels und Herr Lucio sind von der Kripo und ermitteln in einem Mordfall, der uns über einige Umwege hierher geführt hat. So etwas Ähnliches hatten Sie ja schon vermutet."
Frau Grunwald nickte und lächelte.
„Dann seien Sie so freundlich", bat Fernando, „und erzählen uns zuerst, wie dieser Bärchi zu seinem Päckchen kam. Wie heißt er eigentlich richtig?"
Fernando legte das Geschenkpapier auf den Tisch, das er in eine Folientüte verpackt hatte, und wies darauf.
„Bärchi? Florian Hinze. Aber ich glaube, ich bin die einzige, die seinen richtigen Namen kennt. Alle nennen ihn hier Bärchi."
„Und das Päckchen?", hakte Fernando nach.
„Ehrlich, keine Ahnung. Ich habe noch kurz mit Ines Hinze gesprochen, die Nachtschicht hatte. Die Namensgleichheit ist übrigens zufällig. Jedenfalls war sie gestern Abend noch in seinem Zimmer und Bärchi, Florian Hinze, hat auch etwas von einem Geschenk geplappert, aber sie ist nicht schlau dar-

aus geworden."

Fernando erhob sich.

„Dann geh ich mal und rede mit ihr", sagte er und ließ sich kurz ihr Aussehen beschreiben.

„Und am Morgen? Wie lief das ab?", fragte Hagen, als die Tür sich hinter Fernando geschlossen hatte.

Sandra Grunwald hob die Schultern.

„Er brachte dieses Päckchen zum Frühstück mit. Wir haben ihm gratuliert, ein Lied gesungen, dann hat er ausgepackt. Ich stand noch daneben." Sie errötete wieder wie vorhin und lächelte dabei.

„Pure Neugier. Aber als ich das Bild auf der Verpackung sah … Nun, ich habe es ihm sofort weggenommen und versucht, ihn davon abzulenken. Wir hatten ja auch ein kleines Geschenk vorbereitet."

„Hat er irgendwas gesagt über die Herkunft des Päckchens?", fragte Anne. Doch Sandra Grunwald schüttelte nur den Kopf.

„Was vermuten Sie?", fragte er nun. „Irgendwie muss er ja da herangekommen sein."

„Ehrlich. Ich weiß es nicht. Zum Einkaufen oder Spazieren fahren wir immer zusammen. Höchstens um den Hof herum dürfen sie sich allein bewegen. Vielleicht hat er es irgendwo gefunden."

„Und abends oder nachts? Dürfen Ihre Schützlinge dann auch nach draußen?"

„Nein. Wissen Sie, der Hof hat nur zwei Ausgänge: das Hoftor und das hintere Scheunentor. Beide werden abends verriegelt. Natürlich kann jeder die Riegel von innen öffnen, falls es mal brennt oder so. Schlösser gibt es da jedenfalls nicht."

„Und Bärchi? Hat er das mal ausgenutzt?", fragte nun Anne.

„Nun, er gehört ja hier zu den Älteren. Abends ist er immer

der Letzte und manchmal mussten wir ihn auch suchen. Vor allem im Sommer, wenn es so lange hell ist. Aber ich wüsste nicht, dass er mal in der Nacht hinausgegangen wäre."

Hagen nahm einen Schluck von dem inzwischen kalt gewordenen Kaffee. Dann schaute er erst zu Anne und dann zu Sandra Grunwald.

Jetzt war Vorsicht geboten, überlegte er. Doch sie mussten die Frage stellen.

„Wie viel Personal haben Sie denn hier?", fragte er, die eigentliche Frage weit umgehend.

„Fünf ausgebildete Pflegerinnen und zwei Köchinnen. Einen Fahrdienst gibt es noch. Der arbeitet zwar nicht nur für uns, ist aber so oft hier, dass er schon fast zum Personal gehört."

„Haben Sie hier auch einen Arzt?", fragte nun Anne.

„Ich bin Psychologin. Für die anderen Krankheiten fahren wir ins Krankenhaus nach Oranienburg."

„Mit dem Fahrdienst?", platzte er dazwischen.

„Ja, Frieder Busse wohnt dort hinten in einem der nach dem Krieg erbauten Mehrfamilienhäuser. Der ist schneller hier als jeder Krankenwagen."

Er machte sich eine Notiz, während Anne fragte: „Können wir mit Bärchi reden? Es wäre wirklich wichtig."

Sandra Grunwald schüttelte langsam den Kopf. Sie schien zu überlegen, welche Argumente sie anführen sollte.

„Wissen Sie, Bärchi ist jetzt fünfzehn, aber sein Verstand ist bei etwa sechs Jahren stehen geblieben. Sein Gedächtnis, vor allem das Kurzzeitgedächtnis versuchen wir zu trainieren, aber mit mäßigem Erfolg. Darüber hinaus ist seine Fähigkeit, sich zu äußern, derart eingeschränkt, dass selbst das Pflegepersonal, das täglich mit ihm zu tun hat, ihn nicht wirklich versteht."

„Und wenn Sie das Gespräch führen?", unterbrach er sie.
„Versuchen kann ich es natürlich. Heute Nachmittag ist sein nächster Termin bei mir. Ich würde ungern davon abweichen. Wir bemühen uns um einen gewissen Rhythmus. Die Patienten sind daran gewöhnt, wissen Sie?"
„Gut, kann ich dabei sein?", fragte Anne.
„Lieber wäre mir ehrlich gesagt der Herr Brandt. Bärchi fühlt sich aus irgendeinem Grund sicherer, wenn ein Mann anwesend ist. Wir haben das getestet und gelegentlich Frieder Busse dazu angefordert."

46

Als Fernando Lucio gerade das Gespräch mit *Tante Ines*, eine Vernehmung mochte er ihr Geplauder nicht nennen, beendet hatte, hörte er Hagen Brandts Stimme auf dem Flur. Sie waren also auch fertig. Schnell steckte er sein Notizbuch in die Tasche und verabschiedete sich.

„Gut, abgemacht. Dann bin ich so gegen vierzehn Uhr wieder hier", hörte er Hagen erklären und wartete, bis sie heran waren. Alle zusammen steuerten sie auf den Ausgang zu und verließen den Hof.

Hagen telefonierte kurz und fragte dann: „Könnt ihr mich in Liebenwalde absetzen? Mein Auto ist fertig."

Fernando fing den Autoschlüssel geschickt auf, den ihm Hagen zuwarf.

„Irgendwas Neues mit dieser Tante Ines?", fragte Anne, als er warten musste, um auf die Straße nach Liebenwalde einbiegen zu können.

Er schüttelte nur den Kopf und konzentrierte sich auf den Verkehr. Während er die erste Lücke nutzte und sich mit Vollgas und durchdrehenden Rädern in den Verkehr einfädelte, klingelte Annes Handy.

Sie fummelte es aus ihrer Tasche und meldete sich mit Namen. Als sie kurz zugehört hatte, wurde ihre Stimme laut: „Markus. Du hast es selbst versaut. Also gib mir nicht die Schuld an deiner Unfähigkeit! Verstehst du mich, verdammte Scheiße! Und ruf mich nie wieder an, sonst werde ich ..."

Er sah, wie Anne die Tränen kamen. Dann kam Hagens Hand

von hinten und nahm ihr das Handy ab.

„Pass auf, mein Freund. Ich denke, die Ansage war deutlich", sagte nun Hagen mit ruhiger Stimme. „Solltest du es nicht verstanden haben, ..." Hagen knurrte noch etwas wie: „Aufgelegt" und reichte das Handy wieder nach vorn.

Fernando grinste in sich hinein. Hagen hätte er auch nicht zum Feind haben wollen.

Gerade passierten sie irgendein Betriebsgelände und die Mehrfamilienhäuser rechts der Bundesstraße wurden sichtbar.

„Wollen wir nicht gleich hier halten? Hier wohnt doch dieser Busse", fragte Anne, nachdem sie sich die Nase geputzt hatte. Ihre Stimme klang wieder kämpferisch, obwohl ihr Markus Heldt offenbar ziemlich zu schaffen gemacht hatte.

Fernando bremste und setzte den Blinker. Plötzlich spürte er Hagens Hand auf seiner Schulter.

„Fahr weiter, Fernando. Ermittelt doch erstmal, wer er ist, und greift dann zu."

Er fuhr trotzdem in die Seitenstraße und hielt erst hinter dem dritten Haus in der Zufahrt zu einem Betriebsgelände an. Dann drehte er sich zu Hagen um.

„Anne hat recht, Hagen. Wir wissen seinen Namen und er hat eine Pistole. Wir müssen zugreifen. Schnellstmöglich."

„Schnellstmöglich, ja? Und dann geht's wieder in die Hose, weil wir die Lage nicht unter Kontrolle bekommen? Nein. Fahrt ihr zurück und ermittelt erst einmal, wer er ist. Dann treffen wir uns wieder am Pflegeheim. Und zwar mit ordentlicher Verstärkung. Das ist meine Meinung."

„Aber wozu?", fragte er nach hinten. „Wir brauchen doch nur erstmal schauen, in welchem Eingang und welchem Stockwerk er wohnt. Wenn er nicht gerade im Parterre wohnt, kann er uns doch gar nicht durch die Lappen gehen."

Anne legte ihre Hand auf seinen Arm. „Lass gut sein. Hagen hat recht. Mit Verstärkung ist es sicherer."
Er schüttelte heftig den Kopf.
„Einverstanden bin ich damit nicht. Wirklich nicht. Mir juckt die Nase, wenn ich nur daran denke, dass wir hier wieder wegfahren und den Mörder frei herumlaufen lassen."
Entschlossen schaltete er den Motor aus.
„Fahrt ihr nach Liebenwalde. Ich bleibe hier", sagte er bestimmt und öffnete die Fahrertür.
Während Anne hinters Steuer wechselte, drehte Hagen die Scheibe herunter und winkte ihn heran.
„Fernando", sagte Hagen ernst, „mach bloß keinen Mist jetzt. Klingelschilder kontrollieren und dann beobachten. Nichts weiter. Verstanden?"
„Ja doch", entgegnete er. „Nun haut endlich ab. Ich mache das schon."
Wütend schaute er dem Dienstwagen hinterher. Hagen behandelte ihn ja wie ein Kind und das hatte er nun wirklich nicht verdient. Schließlich war er nun lange genug bei der Kripo und wusste selbst genug darüber, was zu tun war. Warum mischte sich Hagen nur überall ein?
Langsam ging er auf das Ensemble der genau gleich aussehenden zweigeschossigen Häuser zu. Jedes hatte vorn einen Eingang. Balkone gab es nicht. Alles schien schlicht, funktional und unsaniert. Ein schmaler unbefestigter Weg führte hinter dem letzten Gebäude von der Bundesstraße nach hinten zu den Garagen und auf den gemeinsamen Innenhof.
Hoffentlich beeilen sie sich, ging es ihm durch den Kopf.
Als Fremder fiel man hier auf wie ein bunter Hund.

47

„Jetzt sind wir ihm so nahe gekommen und doch wissen wir überhaupt nichts über sein Motiv."
Anne Pagels schaute kurz zu Hagen hinüber, der nach vorn auf die Fahrbahn starrte und mit den Fingern irgendeinen Takt auf das Armaturenbrett klopfte.
„Hast du eine Ahnung, warum er Alexa Jörgens erschossen hat?", fragte sie, als von ihm keine Antwort kam. „Vielleicht Rache? Und wenn, wofür? Ich kann es mir nicht erklären."
„Sie war nicht das eigentliche Ziel. Er wollte Simon Jörgens, hat ihn aber nicht fassen können", erwiderte er nachdenklich. „Insofern hat Fernando schon recht: Wir müssen ihn schnellstmöglich erwischen. Jedenfalls heute noch. Du setzt mich also nur an der Werkstatt ab und fährst ins Revier. Suche über diesen Busse zusammen, was du finden kannst."
„Und was hast du vor?"
„Ich sammle Fernando wieder ein und warte auf dich und die Verstärkung."
Sie verstand seine Vorsicht. Und schließlich kam es auf ein oder zwei Stunden auch nicht an. Jetzt, wo sie wussten, wonach sie suchen mussten.
An der Werkstatt sprang Hagen aus dem Auto. Sie wendete und fuhr in zügigem Tempo zurück nach Gransee. Unterwegs informierte sie die Leitstelle und forderte Unterstützung an.
Jörg Butterbrod, der Revierleiter, empfing sie an der Tür und drückte ihr einige Computerausdrucke in die Hand.
„Hier sind die Auszüge vom Einwohnermeldeamt und von der

Kfz-Zulassungsstelle", sagte er, während er neben ihr die Treppe hinaufeilte. „Den Kripo-Chef habe ich auch informiert. Ich soll gratulieren."

„Danke, Jörg, aber zum Gratulieren ist es zu früh. Erst einmal müssen wir ihn haben."

Sie schloss das Büro auf und stürmte zu ihrem Schreibtisch. Schnell überflog sie die Liste mit den Waffeninhabern.

„Frieder Busse. Da ist er", rief sie Jörg Butterbrod zu, der in der Tür stehengeblieben war. „Er hat eine Vis, ein polnisches Fabrikat, Kaliber 9mm. Alles passt."

Ja, alles passt, wiederholte sie in Gedanken, und trotzdem hatte sie ein mulmiges Gefühl.

„Und wie ist er dazu gekommen? Das Ding muss doch uralt sein. Hat man diese Vis nicht im 2. Weltkrieg benutzt?"

Sie richtete sich auf und sah Jörg an.

„Ein Erbstück offenbar. Der vorherige Besitzer war ein Otto Busse."

Ein Blick auf die Bürouhr sagte ihr, dass Hagen seine Verabredung mit der Grunwald in anderthalb Stunden hatte. Wenn sie bloß wüsste, was er und Fernando jetzt trieben.

48

Auch Hagen Brandt machte sich Sorgen.

Fernando hatte in der Vergangenheit oft seine guten Seiten gezeigt, ging es ihm durch den Kopf, doch auch einige Aussetzer waren dabei gewesen, die nur mit Glück nicht in einer Katastrophe endeten.

Und genau letzteres war der Grund, weshalb Hagen in der Werkstatt zahlte, was sie verlangten, und nur wenige Minuten später vom Hof rollte, ohne auch nur die kleinste Erklärung zu verlangen. Auch für das Ensemble um Rathaus, Kirche und Ackerbürgerhäusern hatte er keinen Blick, sondern konzentrierte sich auf den Sattelschlepper, der vor ihm her bummelte, als hätte der Fahrer in der einen Hand einen Becher Kaffee und in der anderen ein gutes Buch.

Kaum hatten sie die Tourist-Info passiert und eine letzte unübersichtliche Linkskurve, gab Hagen Gas und rauschte, hart an der Grenze des Erlaubten, an dem Sattelzug vorbei. Er schaffte es gerade so, sich vor der Brücke am Ortsausgang von Liebenwalde und dem darauf zum Vorschein kommenden Motorrad wieder rechts einzuordnen. Sein alter, gerade reparierter Astra bockte vor Überanstrengung.

Hagen fluchte und nahm den Fuß vom Gas. Als es hinter der Brücke wieder bergab ging, hatte der Sattelzug hinter ihm aufgeholt, gab erst Lichthupe und ließ dann das Horn ertönen, dass Hagen sich fühlte wie auf einer Bergstraße in den Alpen.

Vorsichtig gab er wieder Gas. Diesmal ging es gut. Der Motor lief wie ein Marathonläufer. Bergab eben. Mit hundert Sachen ging es über die breite, kurvige Piste. Getrieben vom Sattelzug, der dicht hinter ihm blieb und seinen Rückspiegel komplett ausfüllte.

Das Ortseingangsschild von Neuholland brachte die Erlösung. Er blinkte, bremste und bog rechts auf einen Weg ein, wobei er jeden Moment damit rechnete, doch noch von dem Sattelzug erwischt zu werden. Einheimische nennen das Brandenburg-Rodeo.

Er musste grinsen, während er am Ende des Weges auf einem Betriebshof wendete und den Astra anschließend neben dem Weg in die Büsche drückte. Dreißig Meter vor ihm lag die Bundesstraße, schräg hinter den Büschen die Häuser, an denen sich irgendwo Fernando aufhalten musste.

Hoffentlich hatte der keinen Mist gebaut.

Mit langen Schritten ging er vor bis zur Hauptstraße und blieb kurz hinter dem letzten Busch stehen. Bis zu den Häusern auf der anderen Straßenseite gab es keine Deckung mehr. Die großen Bäume vor den Häusern waren längst kahl. Aber es war auch keine Menschenseele zu sehen, auch kein parkendes Auto aber auch kein Fernando.

Wo mochte der stecken? Vielleicht auf dem Innenhof, zwischen den Garagen oder in irgendwelchen Hintertüren? Falls es dort Versteckmöglichkeiten gab. Letztlich blieb ihm selbst jetzt aber nichts anderes übrig, als mehr oder weniger unsichtbar die fünfzig Meter bis zum nächsten Hausgiebel hinter sich zu bringen. Dort gab es keine Fenster, dafür zwei Eiben. Dort konnte man ungesehen um Ecken linsen und sich einen Überblick verschaffen.

Plötzlich hatte er eine Idee, kehrte noch einmal zurück zum Astra und öffnete den Kofferraum.

Wenige Minuten später stiefelte ein Bauer in Filzstiefeln,

Schirmmütze und abgelederter Jacke über die Straße und ging auf die Häuser zu.

„Bauer Hubert, bist du das?", wurde er angesprochen, als er die Eiben erreichte und sich zwischen ihnen hindurch zur Hauswand drängte.

„Und du bist Förster Eichel – oder?", fragte er zurück, grinste Fernando an und wurde gleich darauf ernst.

„Wie steht's? Hast du ihn gefunden?", fragte er und sah Fernando an.

„Jedenfalls wohnt er gleich hier in diesem Haus, Parterre, in der mittleren Wohnung. Aber gesehen habe ich weder ihn noch sein Auto. Vielleicht ist er arbeiten."

„Möglich. Die Grunwald hat gesagt, er fährt nicht nur für das Heim. Haben die Häuser Hintereingänge?"

Fernando schüttelte den Kopf. „Nur den vorne. Aber es gibt auch nur drei Garagen auf dem Hof und nur eine wird, den Reifenspuren nach zu urteilen, als Garage benutzt."

Er überlegte, was nun zu tun war, und wackelte mit dem Kopf, als Fernando ihn fragend ansah.

„Ziemlich viele Unbekannte – oder?", fragte Fernando.

„Ja, also pass auf. Wir machen das folgendermaßen ...", antwortete er und erklärte ihm seinen Plan.

„Du rufst mich an, wenn sich etwas tut", beendete er seine Erklärung kurz darauf, schaute auf seine Uhr und stiefelte dann zurück zum Auto.

*

Draußen vor dem Pflegeheim fuhren Autos vor. Hagen stand vom Tisch auf und ging zum Fenster. Nachdem er einen kurzen Blick hinausgeworfen hatte, drehte er sich wieder zu Sandra Grunwald um.

„Dürfen wir mit den Streifenwagen auf Ihren Hof? Wir müssen ein wenig Verstecken spielen."

Sie nickte und fragte: „Was haben sie vor, Herr Brandt?"

„Wir müssen mit Herrn Busse reden. Dringend. Und ich will sehen, wie er reagiert. Deshalb darf er vorher nichts von uns wissen. Klar? Und jetzt rufen Sie ihn bitte an, ob er herkommen kann."

Er sah, wie misstrauisch sie war und dass sie nichts von dem verstand, was von ihr erwartet wurde. Natürlich nicht. Wozu der Aufwand wegen eines Päckchens, mochte sie denken.

„Aber wozu? Was hat er getan?"

„Möglicherweise hat er gar nichts getan. Ich muss ihn einfach sprechen, ohne dass man ihn vorgewarnt hat. Bitte, Frau Grunwald."

Sie seufzte, zögerte noch einen Moment und griff dann zum Telefon. Als sie gewählt hatte, langte er über den Tisch und schaltete den Lautsprecher ein.

„Busse. Was gibt's denn?", kam es aus dem Telefon.

„Frieder, ich bin's, Sandra. Hier ist ..." Sie unterbrach sich und schaute ihn unschlüssig an. Aus dem Lautsprecher hörte er Fahrgeräusche. Frieder Busse saß im Auto. Hagen nickte. Sie gab sich einen Ruck und er merkte, wie sie sich zur Lüge durch rang. „Hier ist ein kleiner Unfall passiert. Bärchi hat sich verletzt. Kannst du kommen und uns zum Krankenhaus fahren?"

„Natürlich. Ich bin auf dem Rückweg von Oranienburg und fahre gerade durch Freienhagen. Fünf Minuten."

„Gut. Bis gleich."

Er nahm ihr den Hörer aus der Hand und legte auf. Dann erhob er sich und ging nach draußen. Dort wies er die Fahrzeuge ein und bereitete Anne kurz auf das Kommende vor. Dann eilte er wieder ins Haus. Als er in den Flur einbog, hörte er, wie Sandra Grunwald den Jungen namens Bärchi zu sich hereinholte. Mit wenigen Schritten war er an der Tür. Dann schlüpfte er mit ins Büro und setzte sich ans Fenster. Sandra Grunwald tat, als sei er Luft. Trotzdem knetete Bärchi seine Hände und schielte immer wieder zu ihm herüber.

„Also, dann beginnen wir mit dem Unterricht", sagte Sandra Grunwald und nahm eine kleine Glocke in die Hand, mit der sie leise läutete. Die Schulglocke, erkannte er. Bärchi war offenbar darauf geeicht. Sofort saß er still und schaute aufmerksam zu seiner Lehrerin.

„Heute wollen wir uns erinnern, wie die Wochentage heißen", erklärte sie Bärchi und fuhr fort: „Welcher Tag ist denn heute?"

„Freitag." Bärchi nickte dazu.

„Und gestern und vorgestern?", fragte sie weiter.

„Donnerstag und Mittwoch. Und davor waren Dienstag und … Montag." Jetzt strahlte Bärchi sie an.

Die Lehrerin blieb ernst. Ruhig sagte sie: „Gut gemacht, Bärchi. Was kommt vor dem Montag?"

„Sonntag …" Seine Stimme blieb irgendwie hängen. „Da war Bärchi …" Jetzt verstummte er ganz.

Hagen bemerkte, wie Bärchi sich an etwas erinnerte. War er selbst es jetzt, der störte? Der Junge schielte wieder zu ihm herüber.

„Bärchi, du musst aufpassen. Hörst du?" Sie wartete geduldig, bis Bärchi sie wieder anschaute, blickte selbst aber keinen Moment zu ihm herüber.

„Also Sonntag. Was haben wir am Sonntag gemacht?"

„Spazieren … Wiesen. Musseunn."

Mit Bärchi ging irgendwas vor. Hagen rührte sich nicht. War das Aufregung, die Bärchi stottern ließ?

„Richtig. Und am Sonntagabend? Was haben wir am Sonntagabend gemacht?"

Bärchis Hand ging jetzt zum Mund, als würde er ihn zuhalten wollen. Ein Weilchen passierte gar nichts. Er spielte an seiner Unterlippe, dann schlug er sich wieder mit der Hand auf den Mund.

„Bärchi Geburtstag ... zählen", erklärte er dann. „Eins ..."

„Nein, Bärchi. Sonntagabend. Was hast du gespielt?", fragte Sandra Grunwald streng dazwischen.

Hagen wandte keinen Blick von dem Jungen und ließ sich auch nicht ablenken, als draußen ein Auto zu hören war. Busse fuhr vor. Eine Autotür klappte.

Zugriff!, dachte er und starrte weiter Bärchi an.

„Zwei ..."

Sandra Grunwald hob die Schultern und warf ihm einen kurzen Blick zu. Ich kann nichts dagegen tun, schien ihr Blick sagen zu wollen. Und sie hatte wohl recht. Es gab da offenbar etwas, worüber er nicht sprechen wollte.

Ob Busse ihm verboten hat, darüber zu reden, fragte er sich. Es würde jedenfalls einen Sinn ergeben.

Er erhob sich von seinem Stuhl und wandte den beiden den Rücken zu. Vor der Hofeinfahrt schnappten die Handschellen um die Handgelenke eines älteren beleibten Mannes mit Vollbart. Dessen Haare waren dunkel und glatt nach hinten gekämmt. Er schien aufgebracht.

Gut, dachte Hagen, das wäre ich auch. Aber soll das wirklich der Mann sein, der hinter Simon Jörgens her gerannt und hinter ihm her geschossen hat?

Er kraulte nachdenklich seinen eigenen Drei-Tage-Bart.

Aber zumindest die Waffe würden sie in dessen Wohnung finden, da war er ziemlich sicher. Oder im Keller oder im Auto.

Der Sprinter vor dem Haus war jedenfalls der richtige.
Hagen schaute zu, wie Busse von Olli in den Streifenwagen verfrachtet wurde. Die beiden nahmen sich figürlich überhaupt nichts und Hagen musste an Ollis Sprint denken damals bei der Festnahme in Altlüdersdorf. Warum sollte Busse das also nicht können? Ein Alter schienen sie ja auch zu sein.
Als sich die Straße vor dem Haus geleert hatte, drehte er sich wieder um. Bärchi war verschwunden und er hatte es gar nicht bemerkt.
Es war ein wirklich seltsames Gefühl. Ausgekuppelt und abgehängt hatten sie ihn.
Wie hatte es Roland Bergener einmal ausgedrückt? Zu alt, zu fett und unnütz. Auch ein 55-jähriger Maurer auf Hartz IV musste sich so fühlen. Davon gab es ja hier jede Menge, mit kaputten Knochen und ohne Aussicht auf den verdienten Lebensabend.
„Sie sind unzufrieden", stellte Sandra Grunwald fest und holte ihn aus seinem Jammertal. Er musste lächeln.
„Nein, eigentlich nicht. Ich konnte helfen und widme mich jetzt wieder mit psychologischer Finesse meinen Immobilien. Mehr kann ich nicht erwarten." Er zückte seine Visitenkarte und hielt sie ihr hin. „Sollte Bärchi doch noch etwas sagen ..."
„Dann rufe ich Sie an. Versprochen", antwortete sie.
Als er die Tür hinter sich zuzog, beschloss er, nun die Polizei ihre Arbeit machen zu lassen. Noch länger wollte er Silke nicht warten lassen. Er freute sich auf einen gemeinsamen Abend.

49

Auch Fernando Lucio setzte sich in Bewegung, als Hagen mit seinem alten Astra davongefahren war. Er zwängte sich zwischen Hauswand und Eibe hindurch und spähte dann an der Hausvorderseite entlang. Niemand war zu sehen außer den vereinzelten Autos auf der Bundesstraße. Zwischen Haus und dem davor liegenden Betonstreifen gab es eine Art Vorgarten, bestehend aus Rasen und kleinen Pflanzinseln. Schnell überquerte er die Rasenfläche und öffnete möglichst leise die Haustür. Die Sohlen seiner Laufschuhe verursachten kaum einen Laut auf dem Linoleum der Stufen, als er an der Wohnungstür vorbeihuschte, hinter der laut Namensschild ein Frieder Busse wohnte. Es war ein einfaches schwarzes Schild mit weißem Schriftzug. Keine Schnörkel oder Verzierungen.
Typisch männlich eben, überlegte er im Vorbeigehen. Busse wohnt sicher allein.
Auf halber Treppe, wo er durch ein Fenster die Bundesstraße sehen konnte, setzte er sich auf eine Stufe und lauschte. Im Haus war alles still. Wenn sich in einer Wohnung wirklich jemand aufhielt, dann machte der wohl Mittagsschlaf.
Minute für Minute verrann, Autos brummten vorbei. Er wurde schläfrig. Es fiel ihm immer schwerer, die Augen offen zu halten.
Plötzlich wurde unten die Haustür geöffnet. Fernando war sofort hellwach, stand lautlos auf und bewegte sich weiter nach oben. Vor den Wohnungstüren im 1. Stock blieb er stehen. Jemand klapperte an den Briefkästen.

Er entspannte sich. Wahrscheinlich der Briefträger.
Doch dann hörte er Schritte auf der Treppe. Langsame Schritte. Das Geländer bewegte sich. Schlurfen auf dem ersten Treppenabsatz. Dann wieder die Tritte auf den Stufen.
Fernando schaute nach oben. Es gab einen Dachboden, seine letzte Zuflucht. Leise und schnell bewegte er sich und drückte dann seinen Rücken neben der Tür zum Boden gegen die Wand.
Die Schritte erreichten den nächsten Treppenabsatz, Schlüssel klapperten. Dann wurde eine Tür aufgestoßen und wieder geschlossen. Stille.
Er atmete aus. Und wieder ging unten die Haustür. Jemand rannte die Stufen hoch und klingelte an irgendeiner Wohnungstür.
Fernando fluchte in sich hinein und rührte sich nicht.
Dann wummerte es durchs ganze Treppenhaus, als unten eine Faust gegen die Wohnungstür schlug.
„Papa, ich bin's, Atze", wurde unten gerufen.
Fernando drückte vorsichtig die Klinke der Bodentür hinunter und zog. Offen. Schnell schlüpfte er hinein. Atze konnte ihm gestohlen bleiben. Im Zwielicht schaute er sich um.
Ein Dachboden wie alle Dachböden in solchen Häusern: dreckig, kalt, mit Wäscheleinen, Schornsteinen und einigen Bretterverschlägen.
Oma hatte früher in einem solchen Haus gewohnt und er konnte sich erinnern, dass man in seiner Kindheit bei Oma wenigstens ab und zu die Böden gefegt hatte. Natürlich im Sommer, wenn niemand seine Wäsche hier aufhängte. Damals hatte auch noch jeder seine eigene Antenne auf dem Dach gehabt, die mehrmals im Jahr neu ausgerichtet werden musste, um auch die West-Sender empfangen zu können.

Aber jetzt gab es ja Kabelfernsehen und SAT-Schüsseln.

Vom Treppenhaus her war plötzlich wieder dieses Vibrieren des Geländers zu hören. Jemand nahm immer drei Stufen auf einmal. Wie eine Katze verschwand Fernando hinter dem nächsten Schornstein, als die Bodentür geöffnet wurde.

Er hörte sie wieder ins Schloss fallen und wie sich Schritte auf die Bretterverschläge zu bewegten. Scharniere quietschten, dann herrschte Stille.

Langsam schob sich Fernando nach vorn und spähte um den Schornstein herum. Der zweite Bretterverschlag von links stand offen. Er sah die Rückseite eines leicht übergewichtigen Kerls. Zwischen Jeans und Sweatshirt leuchteten Rücken und der Arschansatz hell hervor, während der irgendwas zu suchen schien. Ein Pappkarton wurde zur Seite gestellt, dann bückte sich der Dicke und hielt, als er sich wieder aufrichtete, ein kleines Bündel aus grauem Stoff in der Hand. Irgendwas im Putzlappen.

Als er sich umdrehte, verschwand Fernando wieder hinter dem Schornstein. Mehr als eine knubbelige Nase, kleine Augen und einen dunklen Vollbart hatte er nicht sehen können.

Die gewichtigen Schritte kamen wieder näher, dann ging erneut die Bodentür. Schritte auf der Treppe, Ruhe.

In die Ruhe hinein klingelte sein Handy. Fluchend stellte er es auf lautlos.

„Ja, Fernando Lucio", sagte er.

„Ich komme jetzt, mein Schatz, und ich bringe Gäste mit."

Es war Annes Stimme und er hörte Gelächter im Hintergrund. Wahrscheinlich saß sie im Streifenwagen und alle hörten mit.

„Gut, Schatz", sagte er und merkte selbst, wie steif es klang. Schnell unterbrach er die Verbindung.

Anne war eine merkwürdige Frau. Mal benahm sie sich ihm

gegenüber albern wie jetzt eben, mal spürte er vorsichtige Annäherungsversuche. Was sollte er nur von ihr halten?

Leise öffnete er die Bodentür, lauschte kurz und schlüpfte dann hinaus. Es würde zwar gleich laut werden im Treppenhaus, trotzdem wäre es ihm unangenehm gewesen, von irgendwelchen Mietern angesprochen zu werden, die einen möglichen Einbrecher verjagen wollten.

Kalter Wind fuhr ihm ins Gesicht, als er durch die Haustür hinaustrat. Die Strahlen der Nachmittagssonne beleuchteten die Büsche auf der gegenüberliegenden Straßenseite. Der Wind kam aus Norden und wehte ihm einzelne Schneeflocken ins Gesicht. Doch bevor ihm richtig kalt wurde, sah er den Streifenwagen kommen, und trat unter dem schmalen Vordach hervor.

Als der Streifenwagen vor dem Hauseingang hielt, beugte Fernando sich neugierig vor und schaute auf die Rückbank. Doch dort saß nur Anne. Er öffnete ihr die Hintertür.

„Oh, sehr zuvorkommend, der Herr. Danke schön", sagte Anne, als er ihr die Hand entgegenhielt und ihr beim Aussteigen half.

„Gern doch. Aber wo hast du Herrn Busse gelassen?"

„Schon in Richtung Gransee unterwegs", antwortete sie.

„Schlüssel?", fragte er dann.

Sie hob die linke Hand und klimperte mit einem Schlüsselbund und schwenkte dabei übertrieben ihren Hintern. Hinter sich hörte er das Lachen des Polizisten und eilte ihr hinterher.

„Warte mal. Hat er dir gesagt, wo die Pistole ist?", rief er.

„Nein, aber wir werden sie schon finden."

Sie lief die Treppe hoch und schloss die Wohnungstür auf. Dann zog sie Latex-Handschuhe aus ihrer Jackentasche und gab ihm ein zweites Paar.

Vor ihnen lag ein kurzer Flur, von dem lediglich eine Tür abging. In einer kleinen Nische hing eine Jeansjacke, darunter ein Schuhschrank. Das Wohnzimmer war einfach eingerichtet. Es diente gleichzeitig zum Schlafen. Nebenan gab es lediglich noch ein Bad und eine winzige Küche. Beides war schnell durchsucht.

Fernando öffnete den Fernsehschrank und blieb auf dem Teppich davor hocken. Eine Blechkassette und ein paar Zeitschriften. Neben der Kassette lag ein Schlüssel. Er nahm beides heraus, schloss auf und hob den Deckel an.

Nichts.

Anne beugte sich über ihn. Sie sahen sich an, dann stellte er die Kassette zurück und schloss den Schrank.

Abwartend schaute er zu Anne, die in der Mitte des Zimmers stand und sich suchend um sich selber drehte. Dann sah sie ihn an. Irgendwie ratlos.

„Ja, ich gebe es zu: Du hattest recht", sagte sie. „Und jetzt?"

Er stand auf.

„Auf dem Dachboden gibt es Bretterverschläge und wenn ich mir den Kachelofen anschaue, existiert sicherlich auch ein Kohlenkeller. Wir sollten bei einem Nachbarn klingeln."

Im 1. Stock öffnete eine alte Dame die Wohnungstür, noch bevor er klingeln konnte. Wahrscheinlich war sie es, die er vorhin gehört hatte. Sie schaute misstrauisch.

„Was poltern Sie hier auf dem Flur herum und stören die Mittagsruhe?", fragte sie herrisch.

„Polizei. Verzeihen Sie", erwiderte er, als wäre das hier normal. Dann schaute er kurz auf das Namensschild und erklärte steif: „Frau Deutschmann, bitte begleiten Sie mich auf den Dachboden. Ich brauche Ihre Hilfe, welcher Verschlag dort zu welcher Wohnung gehört. Sonst öffne ich möglicherweise noch den falschen."

„Unterstehen Sie sich, meine Bodenkammer aufzubrechen. Dann rufe ich die Polizei."

Ein Ausweis ist offenbar nicht genug. Er beugte sich übers Geländer.

„Kollegen, kann mal einer von euch hochkommen? Eine Dame verlangt die Polizei."

Gleich darauf polterten Schritte die Treppe hoch. Einer der Uniformierten tauchte auf dem Treppenabsatz unter ihnen auf.

„Ja, was gibt es denn? Haben Sie ein Problem, junge Frau?", fragte der, blieb aber stehen, als sie abwinkte.

„Jaja, ich komme mit." Sie zog innen den Wohnungsschlüssel ab und steckte ihn von außen wieder in die Tür. Dann zog sie sie zu, rüttelte noch einmal daran und ging dann vor ihm die Treppe hoch. Der Schlüssel blieb stecken.

Verständnislos schüttelte Fernando den Kopf und folgte ihr und Anne.

Vor den Bretterverschlägen blieben sie stehen.

„Also", sagte die Alte und zeigte nach links. „Krause, Busse, Krause zwei, meiner, Krause drei und der letzte ist leer."

Er schaute verblüfft auf den zweiten Bretterverschlag. Im Hintergrund hörte er noch, wie sich Anne bei ihr bedankte.

„War das nicht der ...", murmelte er und zog die Tür auf.

Stimmt. Da lag er, dieser Karton, den der bullige Typ vorhin zur Seite gestellt hatte. Ob es da einen Zusammenhang gab?

Der Karton war jedenfalls leer, ebenso die Kiste mit der Fernseher-Werbung, zwei Schuhkartons und der Bierkasten in der Ecke. Dann gab es noch einen Fahrradreifen, ein Skateboard ohne Räder und eine Blechdose mit Handwerkzeug.

Sie gingen nach unten. Anne schaute noch in den Keller, was er selbst für unnötig hielt.

Warum sollte Busse eine Pistole, die auf seinen Namen registriert war, im Keller verstecken? Sie hätte in der Kassette sein müssen. Selbst dann, wenn Busse der Täter war. Schließlich konnte er unmöglich damit gerechnet haben, dass man ihn erwischt. Kein Mörder ging von vornherein davon aus. Und wenn doch, dann hätte er niemals seine eigene Pistole verwendet oder sie in der Havel versenkt.
So dämlich konnte niemand sein.
*
Während Anne auf dem Parkplatz des Polizeireviers Busses Auto durchsuchte, bereitete Fernando die Vernehmung vor. Er setzte sich in den Technikraum, fuhr den Rechner für den Mitschnittservice hoch und rief beim Revierleiter an.
Sie konnten Busse hochbringen. Ja, er würde ihn selbst vernehmen und nicht Hagen Brandt. Was dachten die sich eigentlich? Dass er hier nur Kaffee kochte?
Dann machte er sich seine Notizen, wobei er im Kopf noch einmal durchging, was sie gegen ihn in der Hand hatten. Viel war es nicht. Das wichtigste Indiz waren sicherlich das Auto und die Tatsache, dass er damit als Fahrdienst für das Pflegeheim fuhr. Dort hatten sie das Päckchen gefunden. Auf Busse war eine Pistole des Kalibers registriert, mit der Alexa Jörgens erschossen wurde.
Viele kleine Indizien, aber nichts wirklich Handfestes. Wo ist die Pistole abgeblieben, ging es ihm durch den Kopf. Im Auto? Das würde sich ja gleich herausstellen.
Durch die von der anderen Seite verspiegelte Scheibe sah er zu, wie Busse von Jörg Butterbrod in den Vernehmungsraum geschoben wurde. In Handschellen natürlich. Jörg setzte ihn auf den Delinquentenstuhl und blieb an der Tür stehen.
Busse zog sich den Stuhl an den Schreibtisch und stützte dort

seine Ellbogen auf. Mit dem schwarz-grau melierten Vollbart sah er grimmig aus. Die kleinen Augen huschten hin und her, bis er den Spiegel gegenüber fixierte. Es kam Fernando vor, als würde Busse ihn anstarren und dabei die Zähne fletschen.
Busse spielt *Wilder Mann*, überlegte er. Ist er wirklich so selbstsicher, wie er sich gibt?
Entschlossen klappte Fernando sein Notizbuch zu und ging hinüber ins Vernehmungszimmer. Als er die Tür hinter sich schloss, sprang Busse auf.
„Was wollt ihr von mir? Verdammt! Mach' mich gefälligst los!" Es sah aus, als wolle Busse ihm die drohende Faust entgegenstrecken. Doch das misslang. Sein Gesicht verzog sich zu einer schmerzhaften Grimasse.
Fernando blieb stehen und schaute ruhig zu, wie sein Gegenüber sich die Handgelenke rieb. Dann sagte er:
„Herr Busse, bitte nehmen Sie wieder Platz und beruhigen Sie sich. Ich werde Ihnen sagen, weshalb Sie hier sind. Das kann ich aber nicht, solange Sie mich bedrohen."
„Ich? Ich bedrohe hier niemanden! Ich bin ein unbescholtener Bürger. Sie können mich nicht einfach so von der Straße wegfangen und einsperren."
Busse verstummte, ließ noch einmal sein zorniges Funkeln sehen und setzte sich dann. Schmunzelnd nahm Fernando Platz. Er schaltete das Mikrofon ein, nannte Datum, Uhrzeit und die Namen der Anwesenden. Busse fuhr sofort wieder auf:
„Wozu nehmen Sie das auf? Es ist mein Recht zu verlangen, dass nichts von mir aufgenommen wird. Schließlich habe ich nichts getan."
„Herr Busse, bitte. Wir wollen ganz in Ruhe ein paar Sachen klären. Ich nehme das zu Ihrem eigenen Schutz auf. Wir er-

mitteln in einem Mordfall und zählen auf Ihre Mithilfe."
Busse schluckte und sah ihm direkt in die Augen. Darin war keine Angst, nichts Gehetztes, nichts was darauf hindeutete, dass ihm irgendeine Schuld bewusst war. Er schien nachzudenken. Fernando ließ ihm die Zeit. Dann fragte er:
„Herr Busse, Sie fahren regelmäßig für das Pflegeheim in Neuholland. Ist das richtig?"
Busse nickte. „Ja, und für noch ein paar andere. Krankentransporte eben."
„Fährt noch jemand anders für das Pflegeheim?"
Jetzt hob Busse die Schultern.
„Nein, nicht dass ich wüsste. Warum?"
„Warum ich diese komischen Fragen stelle? Ich will es Ihnen sagen: An der Bundesstraße zwischen Ihrer Wohnung und dem Pflegeheim fanden wir einige Weihnachtspäckchen. Sie waren alle in Geschenkpapier eingewickelt. Können Sie sich an diese Päckchen erinnern?"
„Weihnachtspäckchen? Nein, davon weiß ich nichts. Wie kommen Sie gerade auf mich? Vielleicht hat ein Paketdienst sie verloren."
„Sehen Sie, und genau damit habe ich ein Problem." Fernando unterbrach sich, tat, als würde er nachdenken, und wandte sich nach links. „Jörg, bist du so gut und holst uns einen Kaffee?" Dann sah er Busse wieder an.
„Sie mögen doch Kaffee, Herr Busse? Tut mir leid, ich bin ein schlechter Gastgeber."
Fernando grinste innerlich, als er sah, wie die Spannung in Busse stieg.
„Ja, bitte. Ein Kaffee wäre wirklich nicht schlecht. Aber warum haben Sie ein Problem? Paketdienste fahren doch jede Menge dort herum, gerade jetzt vor Weihnachten."

„Das ist bestimmt richtig. Aber Sie kennen doch Bärchi, den behinderten Jugendlichen aus dem Pflegeheim. Kennen Sie ihn?"
Busse nickte.
„Gut, Sie kennen ihn. Er hat heute Geburtstag. Wussten Sie das? Ja, er hat heute Geburtstag und brachte zum Frühstück genau solch ein Päckchen mit an den Frühstückstisch. Verstehen Sie mein Problem? Wie kam Bärchi zu diesem Päckchen? Ich kann mir nicht helfen: Da passt etwas nicht."
„Vielleicht ... vielleicht ist Bärchi spazieren gegangen. Der macht das manchmal. Aber was hat das mit einem Mord zu tun? Sie hatten doch gesagt, es sei eine Mordermittlung."
Die Tür ging auf. Jörg Butterbrod brachte zwei Plastebecher herein und stellte sie behutsam auf den Tisch. Fernando nickte dankend, nahm einen Schluck und lehnte sich zurück. Aufmerksam betrachtete er Busse und sagte dann:
„Richtig. Eine Frau wurde getötet. Alexa Jörgens hieß sie."
„Kenne ich nicht. Wer ist das?"
Busses Reaktion war prompt gekommen. Kein Zögern, kein Nachdenken.
Verdammt, ging es ihm durch den Kopf. Wir haben den falschen. Aber wer war es dann?
„Eine andere Frage, Herr Busse: Wo haben Sie Ihre Pistole?"
Jetzt zögerte Busse wirklich und schaute misstrauisch zu ihm herüber.
„Na zu Hause unterm Fernseher in einer Kassette. Sie waren doch dort."
„Ja, wir waren dort, aber die Kassette war leer. Wer hat denn noch Zutritt zu Ihrer Wohnung?"
„Niemand." Busses Antwort platzte förmlich heraus.
Zu schnell, dachte Fernando, viel zu schnell. Sie würden gra-

ben müssen. Gab es irgendwelche Familienangehörige, Freunde? Verdammt. Doch nachhaken würde jetzt nichts bringen. Ohne auf seine Notizen zu schauen wusste er, dass nur noch eine Frage offen war, die geklärt werden musste.
„Herr Busse, eine letzte Frage und nur der Form halber: Wo waren Sie am vorigen Sonntag zwischen 17 und 24 Uhr?"
„Am Sonntagabend?" Busse dachte kurz nach. „Bei einem Kumpel in Oranienburg. Er hatte Geburtstag. Ich denke, ich habe gegen halb sechs den Linienbus genommen und war kurz vor Mitternacht wieder zu Hause."
„Der Kumpel kann das sicherlich bestätigen?"
Busse nickte nur. Fernando ließ sich die Adresse geben und stand auf.
„Gut, ich werde das überprüfen. Bis dahin werden Sie leider unser Gast bleiben müssen."
Er nickte Jörg zu, verließ den Vernehmungsraum und blieb einen Schritt weiter stehen.
Dieser Busse hat es eigentlich gut, überlegte er, der würde jetzt wieder in die Zelle wandern und sein Abendessen bekommen, würde warten, bis man sein Alibi überprüft hatte, und darüber einschlafen. Ich dagegen ...
Die Tür von Annes Büro wurde aufgestoßen. Anne trat auf den Flur.
„Ach, da bist du ja", rief sie. „Kommst du mal? Ich habe Neuigkeiten."
„Ja, ich auch."
Er schlenderte auf sie zu und war sich sicher, dass sie die Pistole nicht gefunden hatte. Aber was sonst brachte sie so auf?
„Schau mal", sagte sie, als er eintrat. „Das Ergebnis vom Handy ist da. Es gehört Franziska Wilhelm."
„Ja und? Wie du das sagst, müsste ich sie kennen. Tu ich aber

nicht."

„Nein, aber vielleicht sagt dir die Adresse etwas? Hier, schau."

Sie hielt ihm das Blatt Papier vor die Nase. Er nahm es und las die wenigen Zeilen.

„Ist das nicht Bundesstraße 167, Ecke Nassenheider Chaussee?", fragte er erstaunt und sah sie an.

„Genau dort, wo wir gerade gewesen sind. Nur eben das Nachbarhaus. Witzig, was?"

„Was ist witzig daran?", fragte er aufgebracht. „Busse war es nicht. Der hat ein Alibi, das ich jetzt allerdings noch überprüfen muss. Scheiße, die Handy-Tussi machst du also alleine oder wir fahren morgen zusammen hin. Such es dir aus."

„Mein Gott, Fernando, warum dieser Frust? Und warum lässt du ihn an mir aus? Nun komm mal wieder runter und sag mir, was los ist."

„Eigentlich nichts", antwortete er und schluckte den Ärger hinunter.

„Aber?"

„Aber? Aber ich lasse mich hier von Hagen herumschubsen, durchsuche fremde Wohnungen und vernehme unschuldige Bürger ... und dabei weiß ich seit mehreren Stunden, dass Busse es nicht gewesen sein kann, denn der ist viel zu alt, wenn man Jörgens glauben will. Und ehrlich, Anne, das ist Scheiße und das bringt mich auf die Palme."

Anne drehte sich um, ging zum Sessel, setzte sich und zeigte auf den anderen Sessel. Ihr Gesicht sagte: Erzähle.

Aber er wollte sich jetzt nicht hinsetzen, sondern wanderte immer um den Konferenztisch herum.

„Als ich auf euch wartete, war ich auf dem Dachboden. Ein Kerl kam hoch, ziemlicher Hüne. Wie Busse, nur 20 Jahre jünger und 20 Kilo weniger. Der kramte in Busses Bretterverschlag herum und nahm etwas mit, das wie ein alter Putzlappen aussah. Leider wusste ich da noch nicht, dass es Busses Verschlag war. Und als ich den Busse vorhin in den Vernehmungsraum kommen sah, dachte ich nur: Was denn, so ein alter Knacker? Anne, da stimmt doch etwas nicht."

Er blieb stehen und sah sie an. Sie schien nachzudenken. Plötzlich sprang sie auf, sah zur Bürouhr und erklärte: „Also gut, wir fahren jetzt beide zu Busses Alibi und morgen früh schnappen wir uns diese Wilhelm."

„Nein, anschließend. Nicht erst morgen."

50

Hagen tupfte mit dem Pinsel auf die Palette, wo er Karmesinrot mit Weiß gemischt hatte, und wandte sich dann wieder den Wolken auf der Leinwand zu.

Mit den Worten *Wir brauchen noch Weihnachtsgeschenke* hatte Silke ihn begrüßt, als er vor etwa zwei Stunden das Haus betrat, und dann verlangt, er solle sich Gedanken machen.

„Na prima. Gedanken statt Abendessen", hatte er geknurrt.

Aber da Silke keine Ruhe geben würde, bevor er nicht irgendwas zustande gebracht hatte, war er lieber gleich ins Büro gegangen und malte nun *Landschaft in Öl*. Das Einzige, was er wirklich gut konnte, wie er immer fand.

Als er zurücktrat und das Bild betrachtete, fand er das aber gar nicht mehr. In seiner jetzigen Stimmung sollte er nicht malen, sagte er sich. Himmel in schwarz und karmesinrot. Er sollte ein paar goldene Weihnachtskugeln in den Himmel hängen und ein paar Brotkrumen für mehr Plastizität – schlimmer konnte es dadurch auch nicht werden.

Alles für den Weihnachtsmann, den alten Vollbartträger ... Er stutzte.

Verdammt! Busse war zu alt. Nie im Leben hätte Jörgens diesen fast 60-jährigen Mann als jung bezeichnet.

Verdammt, Simon!

Hagen warf den Pinsel in die Verdünnung. Die Palette rutschte vom Stuhl und schlitterte über den Parkettfußboden. Er ließ sie liegen.

„Silke, ich muss noch einmal nach Wolfsruh", rief er, während er sich die Hände säuberte und gleichzeitig in seine Schuhe schlüpfte. Den Putzlappen warf er auf die Garderobe, riss seine Jacke vom Haken und rannte zum Auto.

Während er zügig durch Mühlhof fuhr, wählte er Jörgens Nummer. Die Sprachbox.

„Simon", rief er, „schließ die Türen ab und lass dich nicht an den Fenstern sehen. Ich bin auf dem Weg zu dir."

Der Astra schlitterte, als er auf die Landesstraße einbog. Kurz vor Gransee sprang die Freisprechanlage an. Anne!

„Hagen, Busse hat ein Alibi. Wir fahren jetzt wieder dorthin, wo Busse wohnt. Das Handy gehört einer Franziska Wilhelm und die wohnt im Nachbarhaus. Jörgens geht nicht ans Telefon", knarrte die Stimme.

„Weiß ich. Bin in zehn Minuten bei ihm." Er unterbrach die Verbindung.

Jetzt nur keine Blitzer in Gransee. Er nahm den Weg quer durch die Altstadt, ignorierte die entgegengesetzte Einbahnstraße.

Wieder das Handy. Er lauschte, dann trat er auf die Bremse, um das Donnern des Kopfsteinpflasters zu verringern.

„Simon, Hagen hier. Bei dir alles in Ordnung?"

„Ja, ich war in der Scheune, hab Kleinholz gemacht und bin gerade wieder rein."

„Ich bin auf dem Weg zu dir. Schließ dich ein. Hörst du?"

Plötzlich hörte er im Handy etwas krachen. Glas splitterte. Ein lauter Knall. Jörgens schrie auf. Dann polterte es wieder im Handy. Hagen fluchte laut und gab Gas. Die Verbindung brach ab.

Minuten später, die ihm wie Stunden vorkamen, raste er durch Wolfsruh und bog in die Straße nach Schulzendorf ein, wo Jörgens' Hof lag. Vor ihm war alles dunkel. Der Astra flog förmlich in die Senke. Dann kam der Hof in Sicht.

Licht im Flur. Kein Auto vor dem Haus.

Verdammte Scheiße!

Er sprang aus dem Astra und rannte die Stufen zum Vordereingang hoch. Glassplitter unter der Tür, die einen halben Meter offen stand. Neben der Tür drückte er sich an die Wand und lauschte. Nichts.

Schnell huschte er hinein, drückte sich in die Türfüllung zum Arbeitszimmer. Nichts. Nur sein Atem ging schwer.

Er spähte den Flur entlang. Vor der Küchentür lag Jörgens.

Vorwärts. Rechts in den Flur zum Bad. Kurz lauschen.

Dann kniete er neben dem bewusstlosen Jörgens. Das T-Shirt war an der rechten Schulter blutig und immer mehr Blut sickerte hervor.

Puls war da. Er drückte mit dem Handballen auf die Wunde. Jörgens Handy lag einen Meter weiter. Der Touchscreen hatte einen Sprung, aber es funktionierte. Er rief die 112 und gab alles durch. Immer wieder schaute er sichernd den Flur rauf und wieder runter, aber es blieb still.

Dann informierte er Anne, die mit Fernando gerade Neuholland erreichte. Lautes Fluchen. Ja, sie würden kommen.

Simon Jörgens rührte sich nicht. Hagen schob vorsichtig seine Hand unter dessen Kopf, um ihn ein wenig zur Seite zu drehen. Auch im Genick spürte er warmes Blut.

Verdammt, wann kamen die endlich?

Er blinzelte und spürte das Kitzeln von Tränen auf seinen Wangen. Etwas tropfte vom Kinn auf seine Hand, die er noch immer auf die Schusswunde presste.

Dann kam die Sirene. Schritte polterten. Er ließ sich nach hinten gegen die hölzerne Bodentreppe sinken. Nun konnte er die Tränen nicht mehr aufhalten.

51

Fernando blieb vor der Eingangstür stehen und drückte sich in die Ecke, als die Sanitäter mit Jörgens auf der Trage nach draußen wollten. Dessen Gesicht sah blass aus, die Augen waren geschlossen, aber anscheinend lebte er.
Anne hockte bereits bei Hagen Brandt und befragte ihn.
Fernando untersuchte die Eingangstür. Eine der kleinen Scheiben war kaputt, eingeschlagen anscheinend oder eingeschossen, um die Tür öffnen zu können. An einer Glasscherbe, die noch in der Tür heftete, hingen Fasern und klebte etwas Rot-schwarzes, das konnte er mit bloßem Auge sehen.
Damit haben wir den wahren Täter. Nur finden mussten sie ihn noch. Denn Busse saß schließlich in der Zelle des Polizeireviers.
Der Täter war jedenfalls durch die Vordertür gekommen und wahrscheinlich auch wieder gegangen. Ob das Auto direkt vor dem Haus geparkt hatte? Um die Uhrzeit? Das erschien ihm doch merkwürdig.
Er trat noch einmal nach draußen.
Ja, vermutlich genau dort, wo jetzt der Krankenwagen stand. Mist. Aber vielleicht war da noch etwas zu machen. Doch zunächst musste er sich anhören, was Hagen zu sagen hatte.
Außer Anne stand nun auch der Arzt bei Hagen. Offenbar spritzte der ihm irgendwas.
Beruhigungsmittel für Hagen? Man, den muss es aber wieder erwischt haben, überlegte er und trat näher, als der Arzt fertig war und den Sanitätern hinterhereilte.

Hagen sah fast genauso blass aus wie vorhin Simon Jörgens, nur dass der ehemalige Kriminalhauptkommissar auch noch rot-geschwollene Augen hatte.

„Hast du ihn noch gesehen?", fragte Anne gerade.

Hagen schüttelte den Kopf.

„Nein, auch kein Auto. Nichts. Passiert ist es, als ich gerade durch Gransee fuhr. Simon rief zurück, da hörte ich es im Hintergrund knallen. Aber irgendwas muss schiefgelaufen sein für den Täter. Vielleicht eine Ladehemmung. Die Schusswunde ist an der Schulter. Ein zweites Mal hat er nicht geschossen, sondern ihm wahrscheinlich mit der Pistole ins Genick geschlagen."

„Du meinst, da war ein Pfuscher am Werk, der noch nie etwas von Waffenreinigen gehört hat? Beim letzten Mal hat er doch das Magazin leer geschossen", mischte er sich ein.

„Ja, möglich. Das beweist eigentlich nur, dass der Täter aus einer Art Notlage heraus handelt. Er macht das jedenfalls nicht zum Spaß."

Hagens Idee ist vielleicht gar nicht so dumm, überlegte er. Die Alternative ...

„Okay, diskutiert ihr das mal. Ich muss mich um die Spuren kümmern", unterbrach Anne seine Gedanken. Er nickte.

„Ach ja, vielleicht sind da noch Reifenspuren vor der Tür. Auf jeden Fall sind Fasern und Blut am Türglas. Brauchst du Hilfe?", rief er ihr noch hinterher. Doch sie winkte nur ab. Fernando wandte sich wieder Hagen zu.

„Und, geht's wieder? Das mit Busse war ja ... eine schöne Pleite."

Fernando vermied die Formulierung, die er eigentlich hatte verwenden wollen und mit der er Hagen einen Großteil der Schuld zugewiesen hätte. Es wäre nicht wirklich fair gewesen. Und er selbst war schließlich bei diesem Fall auch gründlich in die Irre gelaufen. Von wegen: Jörgens hat seine Frau erschossen.

Er setzte sich neben Hagen auf die Bodentreppe.

„Hör mir auf mit Busse", sagte der indes. „Als ich von oben aus dem Fenster der Grunwald auf Busse schaute, habe ich noch gegrübelt, warum der so alt ist. Simon hätte es gesehen. Aber wie geht's jetzt weiter?"

„Wir wollten doch gerade zu der Eigentümerin des Handys, als du anriefst. Vielleicht weiß sie, wer es benutzt hat."

Hagen schaltete sein Handy ein und gleich wieder aus. Dann schüttelte er den Kopf und erklärte:

„Nach acht. Das ist zu spät für heute. Aber gleich morgen früh. Ich würde dann gern mitkommen. Der Täter muss dort wohnen. Irgendwo dort. Und morgen kriegen wir ihn."

*

Irgendwann vor Mitternacht kam Fernando nach Hause.

So übellaunig und aufgekratzt wie er sich fühlte, würde er jetzt niemals schlafen können. Er ließ sich in den – wie er ihn nannte – Erbsessel fallen, den er bei seinem Auszug dem Vater aus dem Kreuz geleiert hatte. Er merkte, wie mies er sich fühlte. Eigentlich hatte er heute Abend joggen wollen. Doch warum eigentlich nicht jetzt?

Die Jogginghose. Dann noch die Schuhe. Wenig später flog die Wohnungstür krachend hinter ihm zu.

Dabei war es ihm völlig egal, ob die Nachbarin ihn morgen wieder zur Rede stellte wegen des nächtlichen Lärms. Wirklich egal. Weder das Türknallen noch seine polternden Schritte die Treppe vom Dachgeschoss hinunter waren für die Nachbarin bestimmt. In ihm kochte einfach die Wut auf den Tag, den Misserfolg, sich selbst und Hagen Brandt.

Ja, auch Hagen Brandt hatte, fand er, seine Wut verdient.
Vor dem Haus in der Vogelsangstraße, in dem er mit viel Glück die Dachgeschosswohnung gemietet hatte, wandte er sich nach rechts und dann gleich wieder rechts auf die Südpromenade. Sie fungierte gleichzeitig als Fuß-, Rad- und Fahrweg für die Anlieger, allerdings nicht mehr um diese Zeit. Der Weg, der an der südlichen Stadtmauer entlang führt, lag verwaist. Immerhin stand alle fünfzig Meter eine Laterne, sonst hätte er sich eine andere Strecke suchen müssen. Aber diese entlang der Mauer mochte er nun mal am liebsten.
Sein Atem wurde immer regelmäßiger, je näher er dem Ruppiner Tor kam. Doch als es vor ihm auftauchte, wäre er beinahe über die Beine eines Mannes gestolpert, der aber – gegen die Hauswand des ehemaligen Erotik-Shops gelehnt – friedlich weiter schnarchte.
Er ließ ihn liegen. Die zwei oder drei Stunden bei 3 Grad würden ihn schon nicht umbringen.
Als er auf die Nordpromenade einbog, begann seine Wut sich zu verflüchtigen. Zwar hatte Busse unschuldig in der Zelle gesessen, aber das mussten Hagen und Anne verantworten und würden es auch. Aber dass ihm der Hüne auf Busses Dachboden entwischt war, das musste er auf seine eigene Kappe nehmen, auch wenn er nicht ernsthaft daran glaubte, dass Busses Pistole auf dem Dachboden versteckt war. Es gab einfach keine Anhaltspunkte dafür. Oder doch?
Er blieb abrupt stehen. Die Luft schien ihm klar, und sein Kopf war es plötzlich auch.
Das Gesicht, das er für einen Moment gesehen hatte. Das Bündel in der Hand. Das Poltern unten an der Wohnungstür.
All das hing zusammen … mit Busse.

52

Gegen zehn hatte Hagen Brandt das Krankenhaus verlassen und sich ins Auto gesetzt. Inzwischen qualmte die vierte Zigarette und in seinem Kopf herrschte noch immer Chaos.
Ja, Simon würde es wohl schaffen, hatte der Arzt gesagt, sich aber ansonsten auf nichts festlegen wollen. Die Kugel in der Schulter sei nicht das Problem, die hatten sie bereits entfernt, aber die Wunde im Genick stammte offenbar von einem heftigen Schlag, vielleicht vom Handgriff der Pistole, und hatte einen Halswirbel verletzt. Man wusste noch nicht, ob dies eine Lähmung zur Folge haben würde.
Jedenfalls war Simon bis jetzt nicht erwacht und hatte deshalb natürlich auch nichts aussagen können. Dass es zunächst dabei bleiben würde, davon mussten sie ausgehen, und ebenso davon, dass die Gefahr für Simon noch nicht gebannt war. Deshalb hatte es Hagen auch nicht gewundert, als plötzlich ein junger Polizist vor dem Krankenzimmer aufgetaucht war. Als erstes hatte der seinen Ausweis verlangt, bevor er sich den Stuhl vor der Intensivstation zurecht rückte und sich auf einen langweiligen Nachtdienst einrichtete.
Unten bog plötzlich ein Auto auf die Straße zum Krankenhaus ein und kam den Hügel herauf. Als es hielt und anschließend direkt neben ihm rückwärts einparkte, erkannte er Anne Pagels' rosaroten VW Käfer. Der Motor erstarb und kurz darauf saß sie neben ihm.
„Ist der Posten schon eingetroffen?", fragte sie, als wäre es überhaupt keine Frage, warum er um diese Zeit im Auto vor

dem Krankenhaus saß.

Er nickte. Und als sie Luft holte für den nächsten Satz, sagte er schnell:

„Das habe ich verbockt, Anne. Ich weiß es. Und daran können weder du noch Fernando etwas ändern."

Sie legte ihre Hand auf seinen Oberschenkel, wollte etwas sagen, nahm sie dann aber schnell weg. Die Geste hatte sich vertraut angefühlt, zu vertraut, und Anne hatte es bemerkt.

„Okay", sagte sie dann und fuhr nach einer kurzen Pause nüchtern fort: „Lass es uns auswerten. Wie sind wir auf Busse gekommen, wo falsch abgebogen?"

„Es ist Busses Auto und Busses Arbeitsstelle. Vielleicht, nein, wahrscheinlich Busses Pistole. Und doch ist Busse nicht der Täter."

„Genau das ist der Punkt. Wer war es also? So viele Möglichkeiten kann es doch nicht geben? Busse hat gesagt, er fahre das Auto als Einziger. Also müssen wir nach jemandem suchen, der sowohl an die Autoschlüssel als auch an die Pistole kommt."

„Genau. Und Bärchi kennt ihn."

„So ist es: Bärchi kennt ihn."

Anne beugte sich zu ihm herüber, gab ihm einen Kuss auf die Wange und stieg aus. Wenig später war sie verschwunden.

Nachdenklich starrte Hagen vor sich hin, und als er die nächste Zigarette aus der Schachtel nahm, merkte er, dass er eigentlich gar keine Lust darauf hatte, dass Lippen und Zunge bereits brannten wie entzündet. Sein Magen knurrte und wann er das Letzte getrunken hatte, wusste er auch nicht mehr.

53

Anne Pagels schloss ihren Käfer ab, überlegte kurz und ließ das Tor dann offen. Sie konnte sich nicht dazu aufraffen, sich jetzt auch noch mit den Doppelflügeln abzumühen, die immer klemmten.
Hagen hätte jetzt bestimmt laut aufgelacht, ging es ihr durch den Kopf. Sie, die immer darauf achtete, dass alles genau an seinem Platz lag, ließ einfach das Tor offen, weil es ihr nicht wichtig war. Wie oft hatten sie früher gestritten und anschließend stundenlang nicht geredet wegen solcher Nichtigkeiten? Damals, als sie zwanzig waren, damals als sie nach zwei Jahren das Gefühl gehabt hatte, nicht mehr mit ihm leben zu können. Dass er ihren Ansprüchen nicht genügte.
Stolpernd ging sie durch den dunklen Vorgarten zum Haus. Erst als sie einen Fuß auf die unterste Stufe stellte, schaltete der Bewegungsmelder das Außenlicht an. Es dauerte einen Moment, bis sie den richtigen Schlüssel gefunden und ihn ins Schloss gesteckt hatte. Da hörte sie plötzlich ein Geräusch hinter sich und fuhr herum.
Müde und schreckhaft, so fühlte sie sich schon die ganze Woche und schaute jetzt Nachbars Kater zu, dessen auserkorenes Opfer offenbar unter dem großen Rhododendron Schutz gefunden hatte. Doch so einfach würde der Kater es der Maus – oder was immer es war, das sich zwischen Ästen und altem Laub versteckte – nicht machen. Er ließ sich nieder und begann sich zu putzen, als interessiere er sich überhaupt nicht mehr für seine Beute.

Genau wie Hagen, musste sie plötzlich denken und lachte auf. Aber ihr Lachen klang trocken und erschöpft, wenn es auch dazu reichte, dass der Kater aufsprang und sich trollte.

Später, als sie das Glas Orangensaft auf den Tisch stellte und sich selbst auf die Couch fallen ließ, konnte sie kaum noch die Augen offen halten. Das gelbliche Licht der 6-Watt-Lampe, das von der Diele hereinschien, tat ihren Augen gut. Auch wenn sie nun sehen musste, dass sie die Schuhe einfach vor der Garderobe stehen gelassen hatte und ihre Tasche vom Schränkchen gekippt war.

Egal.

Als sie merkte, dass irgendwas unter ihrem Hintern drückte, versuchte sie, auch dies zu ignorieren, raffte sich dann jedoch auf und tastete danach. Die Fernbedienung des Fernsehers. Verständnislos starrte sie darauf und warf sie auf den Tisch.

Die Jörgens hatten keinen Fernseher, fiel ihr ein, während sie die Augen schloss und sich langsam zur Seite kippen ließ.

Ihr Gehirn produzierte noch einen Hinterkopf mit wippendem Pferdeschwanz ... dann einen bärtigen Mann mit einer Pistole in der Hand ...

54

Hagen fuhr hoch, als die Tür aufgerissen wurde und das Deckenlicht der Innenraumbeleuchtung anging. Er versuchte, sich zu orientieren.
Da war jemand in Jeans mit Schlag und einer dicken Jacke, der sich auf den Beifahrersitz fallen ließ. Anne. Sie beugte sich zu ihm herüber und gab ihm einen Kuss auf die Wange.
Hatte er das nicht heute schon einmal erlebt? Auf dem Krankenhausparkplatz? Nein, das war gestern gewesen.
Er schaute nach draußen. Dunkelheit, der Nachtschatten eines Häuserblocks. Dann schaute er zu Anne, die gerade Kaffee in die Kappe einer Thermoskanne goss.
Sie reichte ihm den Becher und zeigte ihre strahlend weißen Zähne. Dann ging die Innenraumbeleuchtung aus.
„Genauso hat Silke mich auch angesehen, als ich vor ihrer Couch stand." Sie lachte ein helles, frohes Lachen.
So laut.
„Du warst bei Silke?", knurrte er und nahm einen Schluck.
Beinahe hätte er den Becher fallen gelassen, als er sich die Zunge verbrühte.
„Autsch!", entfuhr es ihm. Jetzt war er wach. „Was machst du hier?"
„Ja, ich wollte zu dir und natürlich standen alle Türen offen. Jedenfalls hattest du nicht abgeschlossen, aber dein Bett war leer. Also dachte ich mir, dass ich dich hier finden würde. Hier, beim Mördernest."
„Mördernest? Hier? Mörder betreiben doch Motels an einsa-

men Fernverkehrsstraßen."

„Ja klar. Und was machst du dann hier? Hattest du wenigstens Erfolg, wenn du dir schon die Nacht um die Ohren schlägst?"

Er versuchte es noch einmal mit dem Kaffee, schmeckte aber nichts. Die Zunge brannte noch immer. Trotzdem hoffte er auf die Wirkung des Koffeins. Dabei versuchte er, sich zu erinnern, was er beobachtet hatte.

„Busse kam gegen elf nach Hause und schläft wohl jetzt. Zwei Stunden lang ist er im Wohnzimmer auf und ab gelaufen, bevor er das Licht löschte."

„Ja, er hatte wohl doch einiges zu durchdenken. Kann er den Täter kennen? Muss er wohl, wie wäre der sonst ..."

Hagen hatte noch einen Schluck genommen und hob die Hand.

„Warte, es ging noch weiter. Nach zwei fuhr ein Auto auf den Hof. Dort drüben, der olivgrüne Golf."

Er zeigte nach links zu den Garagen, die nur als Schemen zu erkennen waren.

„Ein junger Mann, nicht ganz so bullig wie Busse, stieg aus und ging nach vorne. Ein Weilchen passierte nichts, dann ging plötzlich hier über Busse die Beleuchtung auf dem Dachboden an ..."

Er ließ die Seitenscheibe ein Stück runter und lauschte. Ein Automotor erstarb irgendwo. Vielleicht auf dem benachbarten Firmengelände? Wohl kaum. Heute war Samstag.

„Was ist?", fragte Anne.

Er hob die Schultern, schaltete sein Handy ein und wieder aus. Sechs Uhr dreißig.

„Da ist jemand gekommen."

Etwas raschelte, ohne dass er wusste, woher es kam. Plötzlich ging die Hintertür auf und jemand ließ sich auf die Rückbank fallen.

„Guten Morgen, zusammen. Seid ihr schon lange hier?"

Fernando kicherte und gähnte dann. Anne nahm ihm den Kaffeebecher aus der Hand und schenkte nach, bevor die Beleuchtung wieder ausging.

„Hagen war die ganze Nacht hier", erklärte sie. „Busse war zu Hause und jemand anderes war auf dem Dachboden."

„Ja, ich weiß schon: Mein Alter etwa und korpulent. Stimmt's?", fragte Fernando von hinten. „Der war gestern schon da oben und hat etwas aus Busses Bretterverschlag geholt, etwas, das in einem Putzlappen eingewickelt war."

„Wirklich?"

Hagen drehte den Kopf nach hinten und versuchte, Fernando anzuschauen.

„Ja, das war, als du schon weg warst und bevor Anne hier vorfuhr. Ich hatte im Treppenhaus gewartet und mich dann auf dem Dachboden versteckt, als jemand ins Haus kam. Ich dachte, es sei unklug, mich vorher im Haus sehen zu lassen."

Fernandos Erzählung klang in Hagens Kopf nach, als er sich wieder nach vorn drehte und nachdenklich hinter dem Lenkrad in sich zusammensank. Nach einem Weilchen richtete er sich wieder auf.

„Anne, was sagen eure Datenbanken? Hat Busse einen Sohn, einen jüngeren Bruder, Neffen oder was weiß ich?", fragte er dann ruhig.

„Ich weiß nicht. In den polizeilichen Datenbanken gibt es jedenfalls keine Hinweise und an die kommunalen komme ich nicht so einfach heran. Jedenfalls nicht in der Nacht und nicht am Wochenende." Sie seufzte.

Nun schien minutenlang jeder seinen Gedanken nachzuhängen. Jedenfalls trat Stille ein im Wagen.

Er zündete sich eine neue Zigarette an und ignorierte Fernandos demonstratives Husten. Dann schaute er hinüber zu dem Nachbarhaus, wo im 1. Stock am hinteren Giebel seit einiger Zeit Licht brannte. Vielleicht musste dort auch jemand zur Arbeit, überlegte er und fragte sich, wie sie nun vorgehen sollten.

Anne unterbrach seine Gedanken: „Also, wenn ihr mich fragt, sollten wir uns zuerst das Mädel schnappen, von dessen Handy der Anruf bei Jörgens kam. Sie heißt Franziska Wilhelm, wie ihr wisst, und ist zwölf Jahre alt. Sie kann uns sicherlich sagen ..."

„Nein, wir müssten als erstes wissen, ob die Pistole auf dem Dachboden liegt, dann greifen wir ihn uns."

„Wen greifen wir uns?", fragte Fernando.

„Na den, der die Pistole dort versteckt hat. Er wohnt dort drüben im Nachbarhaus. Und ihr werdet es nicht glauben: Er heißt auch Busse."

Hagen öffnete die Fahrertür und stieg aus.

Hinter ihm rief Fernando: „Komm, Anne." Dann klappten zwei Autotüren.

Ohne sich noch einmal umzuschauen, ob die anderen folgten, ging er durch die Lücke zwischen den beiden Häusern und blieb abrupt stehen.

Ein Auto bog auf den Weg ein, den er selbst vor einigen Stunden benutzt hatte, um hinter die Häuser zu kommen, und hielt an. Jemand stieg aus, schlug die Autotür zu und rief:

„Hallo Hagen. Lange nicht gesehen."

55

Fernando beeilte sich beim Aussteigen. Nicht zuletzt, um dem Zigarettenmief im Auto zu entkommen. Außerdem liebte er die Morgenluft, die so frisch war in diesen Dezembertagen, ohne dass einem gleich die Nasenflügel gefroren. Er rief noch: „Komm, Anne", und rannte hinter Hagen her.
Noch ein Busse, das war doch klar, dachte er. Endlich ging es los. Endlich würden sie sich den Mörder greifen.
Gerade hatte er Hagen eingeholt, als der plötzlich stehen blieb, und er selbst stoppte gerade noch rechtzeitig ab, um ihn nicht über den Haufen zu rennen. Dann sah er, was Hagen offenbar zu dessen Verhalten inspiriert hatte: ein Auto. Und denjenigen, der ausstieg, erkannte er sofort. Hörte dessen „Hallo Hagen. Lange nicht gesehen", und war mit wenigen Schritten bei ihm.
„Mensch, Jonas, was machst du denn hier?", fragte er und nahm, für die zwischen ihnen übliche Begrüßung, die Grundstellung eines Boxers ein. Jonas Lück schlug ihm ohne Vorwarnung und ohne dass er es irgendwie kommen sah, mit der geballten Faust gegen den Oberarm. Dann erst begann er zu tänzeln und lachte: „Hey Fernando, du schläfst ja noch! Komm schon, komm schon. Hoch die Fäuste."
Bevor er sich zu einer rechten Geraden entschließen konnte, war Hagen heran, Jonas hörte mit dem Tänzeln auf und begrüßte ihn und dann auch Anne.
Hagen hatte ja meist diese Wirkung, dass der Spaß bei seinem Erscheinen vorbei war, trotzdem schien er sich über Jonas

Lücks Erscheinen zu freuen. Über die Maßen zu freuen, würde sein antiquierter Deutschlehrer es auszudrücken pflegen. Für ihn selbst war Jonas' Erscheinen einfach nur geil.

Hagen jedenfalls nahm Jonas und ihn selbst am Arm und zog sie beide zum Hausgiebel hinüber. Klar, damit sie nicht frühzeitig entdeckt wurden und der ganze Spaß in einer endlos rennenden Verfolgerei endete. Hagen hätte das sowieso nicht gekonnt, das mit der Rennerei.

„Jonas, erzähl mal: Warum bist du hier?", fragte Hagen sachlich. Und Jonas erzählte:

„Ich hatte doch diesen Sonderauftrag vom Kripo-Chef. Wahrscheinlich hatte er gemeint, dass das ein einfacher Fall ist, den ich allein bearbeiten kann. Es ging um einen Todesfall auf der Entbindungsstation. Eine werdende Mutter war bei der Entbindung gestorben. Vorigen Freitag ist das gewesen. Der Arzt hatte Anzeige erstattet, weil die Mutter noch ein Kind war."

„Und das Mädchen ... lass mich raten ... hieß Franziska Wilhelm und war erst zwölf", platzte Fernando dazwischen.

Jonas schaute ihn ziemlich verdutzt an und nickte dann.

„Musste ja so sein. Wenn wir uns schon zufällig hier treffen, dann muss der Zufall auch Methode haben", meinte Hagen und Anne fügte hinzu:

„Das erklärt ja nun einiges. Das arme Mädchen."

In den folgenden zehn Minuten tauschten Hagen und Jonas ihre Informationen aus und Hagen entwarf den Schlachtplan. Das war ja nun auch einfach.

„Jonas und Anne reden mit der Familie des Mädchens, Fernando holt die Pistole", erklärte Hagen.

Das war es auch schon und Anne, die immer an alles denkt, was die Strategen vergessen, drückte ihm den Fotoapparat in die Hand.

„Hier, Fernando, mach ja ordentliche Fotos", sagte sie grinsend, „sonst darfst du nie wieder ran."

Er schaute ihr ins Gesicht und es schien ihm im Dämmerlicht, als würden ihre Stirn und die Wangen Farbe bekommen.

Doch sie boxte ihm gegen den Oberarm wie Jonas vorhin und wandte sich schnell ab. Und als würde sie ihn eifersüchtig machen wollen, ergriff sie nun Jonas' Arm.

„Komm, Jonas, an die Arbeit."

Er schaute ihnen hinterher.

Verdammt, ging es ihm durch den Kopf, bin ich wirklich eifersüchtig auf Jonas, auch auf ihn? Denn Hagen alleine reichte eigentlich als Konkurrent. Dann fiel ihm wieder der Traum ein. Wie Anne sich über ihn beugte … Ihre helle Haut.

56

Anne Pagels schaute noch einmal zurück, als sie hinter Jonas den Hausflur betrat.
Ein süßer Junge, dachte sie noch und schob schnell die Tür hinter sich zu, damit er nicht sah, wie ihr Gesicht glühte.
Herrje, seit ihrem gemeinsamen Abendessen dachte sie laufend an ihn, träumte sogar ...
„Kommst du?", fragte Jonas, der schon eine Treppe hoch gestiegen war und sich nun über das Geländer hinunterbeugte.
Er und Fernando waren etwa gleichaltrig, wobei Jonas eher der norddeutsche Denker war. Ruhig, analytisch und wenn er aufhörte zu trainieren, würde sich seine Muskelmasse in Fett umwandeln. Sie mochte ihn, aber Fernando mit seinen blonden Haaren und der Stupsnase, mit seiner Quirligkeit fand sie anziehender. Ja, Fernando würde ihr Spaß machen, dachte sie noch. Dann stieß sie sich von der Haustür ab und eilte Jonas hinterher.
Der wartete vor der Wohnungstür auf sie und klingelte erst, als sie genickt hatte. Kaum war das Klingeln verklungen, wurde auch schon die Tür geöffnet.
In der Diele stand eine junge Frau. Sie war nackt bis auf einen Slip und konnte nicht viel älter als Jonas sein. War das die Mutter? Dann muss auch sie ihr Kind sehr zeitig bekommen haben, ging es Anne durch den Kopf. Jedenfalls bevor sie zwanzig war.
Auf den Vater des toten Kindes war sie gespannt.
Die Frau musste Jonas bereits kennen, denn sie winkte ihn

wortlos hinein. Sie selbst schloss sich einfach an, ging an der jungen Frau vorbei und wartete dann, dass sie die Tür schloss.
„Mein Name ist Anne Pagels, Kriminalhauptkommissarin", stellte sie sich vor und schaute in die vom Weinen verquollenen Augen. Darin lag nicht nur Traurigkeit, sondern noch etwas anderes, das sie nicht gleich deuten konnte.
Doch als sie den unsicheren Gang sah und ihr gelalltes „Kommt rein" hörte, gab es in dieser Beziehung kaum noch Fragen. Alkohol oder irgendwelche Drogen.
Die Wilhelm ging voraus in ein Zimmer, das alles mögliche war, nur nicht aufgeräumt oder gar geputzt. Sie ließ sich auf die Couch fallen und zog die schlanken Beine unter ihren Po. Griff zu der Flasche billigen Fusels und goss sich ein Wasserglas halb voll.
Abgesehen davon, dass es keinen freien Stuhl gab, bot sie auch nicht an, sich zu setzen. Zum Glück auch keinen Schnaps.
Jonas stellte sich ans Fenster, Anne lehnte sich gegen den Türrahmen.
„Nun, Frau Wilhelm, warum haben Sie mich um fünf aus dem Bett geklingelt? Was können wir für Sie tun?", fragte Jonas und sah sie an. Die flachen Brüste mit den spitzen Brustwarzen, ihr ganzes provozierendes Verhalten (ob es nun absichtlich geschah oder wenigstens teilweise dem Alkohol geschuldet war) schienen ihn in keiner Weise zu irritieren.
Sie trank von ihrem Schnaps, setzte das Glas auf ihr Knie und lehnte sich zurück. Ihr Blick zu Jonas war herausfordernd, als sie ihre Schulter zurück nahm und fragte:
„Hast du denn überhaupt keine Gefühle, Kommissar Lück?"
„Wer war es, Frau Wilhelm? Wer hat Ihre Tochter geschwängert?", fragte Jonas fordernd hart.

Anne schaute ihm in die Augen, während er das fragte, und sah die Wut darin, die er offenbar kaum unterdrücken konnte.

„Wer!?" Nun mit lauterer Stimme.

„Der Kerl von nebenan. Busse! Wer denn sonst?", antwortete sie mit kreischender Stimme.

„Erst hat er mich gevögelt und als ich ihn nicht mehr rangelassen habe, ist er zu meiner Tochter gegangen! Das Schwein! Was glaubst du denn?"

Ihr letzter Satz ging im Schluchzen unter. Sie heulte hemmungslos. Zog die Beine vor ihre Brust, als würde sie sich nun ihrer Nacktheit schämen, und umklammerte ihre Knie.

Anne stieß sich vom Türrahmen ab, ging näher und stützte sich auf dem Tisch ab.

„Ist er der Vater von Franziska?"

„Was?" Sie hörte augenblicklich auf zu heulen, hob den Kopf und sah sie an.

„Nein, was hast du denn für schmutzige Fantasien? Das Schwein soll Franziskas Vater sein?"

Plötzlich sprang sie von der Couch und wollte ihr offenbar an die Gurgel. Doch Jonas war schneller. Er hielt ihre Handgelenke fest und warf die Wilhelm auf die Couch zurück.

Dann sagte er: „Gehen wir", und schob sie selbst vor sich her zur Tür, als würde das Abschleppen von willenlosen Frauen sein Hauptberuf sein.

Als Jonas hinter sich die Tür zugezogen hatte, drehte Anne sich zu ihm um und sah ihm in die Augen. Sie schienen ihr ausdruckslos, als sei es ihm wirklich gelungen, all seine Gefühle auszuschalten. Ein Roboter, in dem nach einer Unendlichkeit des Daseins nun echtes Leben erwachte. Genau so sah er aus. Und als sie fragte: „Geht's wieder, Jonas?", da kam auch das Lächeln zurück, wenn auch etwas linkisch.

Unten vor der Haustür trafen sie wieder auf Fernando und Hagen, die sich ziemlich aufgeregt unterhielten. Fernando hielt ihr eine Plastiktüte entgegen.

„Hier, unsere Beute", sagte er und strahlte sie an.

„Prima, dann können wir ja loslegen. Wir haben den vermutlichen Täter, der das Mädchen geschwängert hat. Er wohnt oben in der Mittelwohnung. Wo wohnt euer Täter?"

„Auch oben in der Mittelwohnung", antwortete Hagen. „Das wird ein Abwasch. Okay, dann würde ich vorschlagen, Jonas holt sein Auto direkt hierher vor die Haustür, Anne wartet hier und wir beide gehen hoch. Einverstanden?"

Jonas nickte und nahm Kamera und Tüte, Fernando und Hagen verschwanden im Hauseingang.

„Und ich bin hier nur das Anhängsel oder was?", knurrte sie missmutig und begann, in ihrer Tasche nach dem Handy zu fahnden.

Als sie es gefunden hatte, ließ Jonas gerade den Motor an und vom Hausflur her, die Tür hatte sich noch nicht vollständig geschlossen, kam erst leises Klingeln, dann brüllte jemand etwas, dann ein lautes Poltern. Das eiserne Treppengeländer vibrierte wie wild. Neugierig lauschte sie.

Als ein großer bulliger Mann die Treppe heruntergerannt kam, ging sie in Grundstellung. Die Tasche ließ sie einfach fallen, das Handy lieber nicht. Es blieb in der rechten Hand, vorgestreckt wie zur Abwehr. Den linken Arm in Brusthöhe angewinkelt wartete sie.

Der eilig Flüchtende nahm sie erst im letzten Moment war, stutzte kurz und ehe er den nächsten Schritt tun konnte, zog sie ihre rechte Hand zurück und rammte ihm den Handballen der linken genau unter die letzte Rippe.

Und hoch die Beine, dachte sie, und es sah wirklich für einen

Moment so aus, als würde er wie beim Training beide Beine hochreißen und sich mit den Armen abfangen. Aber nichts da. Gelernt ist eben gelernt.
Sie ließ die Arme sinken und entspannte, als er stöhnend zu Boden ging und krampfhaft versuchte zu atmen.
„Ist was passiert?", fragte Fernando grinsend, als er durch die Haustür kam.
„Nö. Alles super", lautete ihre Antwort. Dann bückte sie sich nach ihrer Tasche, ganz so, als sei ihre Arbeit getan und das Gepäck nach einem Urlaub fertig für die Heimreise.
Aber sie wusste genau, dass ihre eigentliche Arbeit nun erst beginnen würde. Sie brauchte die Kleidung von Busse junior, die Schuhe, die Fingerabdrücke. Ach ja, und das Handy von Franziska Wilhelm. Dies alles würde sie mit den Spuren vom Tatort vergleichen. Dann erst konnte sie sich zurücklehnen und von Fernando träumen.
So nahm sie es sich jedenfalls vor.

57

Als Busse junior wiederbelebt und ins Auto verfrachtet worden war, hatte Hagen Brandt sich mit der Ausrede eines schlechten Gewissens Silke gegenüber verdrückt. Natürlich wollte er wirklich endlich nach Hause, auch wegen Silke, aber zum einen musste er nachdenken, zum anderen duschen und frühstücken.

Hat Busse wirklich „Platz da, Alter!" gerufen, überlegte er unterwegs und schüttelte dann amüsiert den Kopf.

Silke strahlte ihn jedenfalls an, als er müde die Küchentür öffnete. Sie ließ die Zeitung sinken und sagte nach dem Begrüßungskuss etwas wie: „Mein strahlender Held ist zurück."

Das mit dem *Strahlend* war nicht wenig an der Wahrheit vorbei. Er fühlte sich müde und ausgelaugt. Sein gequältes Lächeln schien auch Bände zu sprechen.

„Oh je, dann geh erstmal duschen. Ich mache dir Frühstück und dann schauen wir mal."

Ja, sie kannte ihn und er war dankbar, dass sie ihn nicht mit einer Verballawine überschüttete.

Unter der Dusche hatte er etwa fünf Minuten lang das Gefühl, wach zu werden und sich auf das Wochenende zu freuen. Etwa so lange wie sein Gehirn brauchte, um gewisse Synapsen zu schließen und Simon Jörgens' Gesicht vor seinem inneren Auge zu reproduzieren.

Bleich, die Augen geschlossen, mit Sauerstoffmaske vor Mund und Nase. Leblos bis auf den Brustkorb, der sich regelmäßig hob und senkte. Klar war nur nicht, ob Jörgens dies aus

eigenem Antrieb tat oder ob das Heben der Brust nur ein Ergebnis der Arbeit der angeschlossenen Maschine war.
Später spürte er die Schwester, die ins Zimmer trat, wahrscheinlich um nach ihm zu schauen, und er wunderte sich über das Regengeprassel, das ihn selbst durchnässte, Simon Jörgens jedoch nicht. Der Regen verging, er begann zu frieren. Doch Silke legte ihm ein Handtuch um die Schulter, zog ihn an sich, trocknete seine Haare, den Rücken und küsste seine Tränen fort.
Ein Seufzen entfloh ihm. Er ließ es gehen. Und während er sich ankleidete, schien die Sonne herein und blendete ihn.
Silke stand an der Tür. Beim Zähneputzen sah er ihre Besorgnis im Spiegel.
„Es geht wieder", sagte er mit der Zahnbürste im Mund. Dann hörte er den Kaffeeautomaten die Bohnen mahlen.
Kaffee, dachte er, was für ein frohes, irgendwie lebensgeiles Wort. Und als er gleich darauf *Silke* dachte, schien ihm zumindest der Morgen gerettet.
Er trocknete sich das Gesicht ab und ging entschlossen in die Küche. Entschlossen, das Wochenende zu genießen.
Lange hielt der Entschluss nicht. Nur bis zur zweiten Tasse Kaffee. Denn das war der Moment, an dem Silke ihre Zeitung sinken ließ und fragte:
„Du warst auf Geschenketour? Davon hast du gar nichts erwähnt."
„Du warst wohl gerade einkaufen, als ich hier war. Tut mir leid. Aber wir müssen noch einmal von vorn anfangen mit dem Einkaufen von Geschenken."
Silke antwortete nicht, sondern sah ihn nur fragend an. Da begann er zu erzählen. Von Alexa und Simon Jörgens, vom alten Busse, vom jungen Busse und dem Pflegeheim, wohin er ihre

Geschenke geschleppt hatte, um Zugang dorthin zu bekommen. Und das Schöne war: Silke akzeptierte seine Beweggründe. Wortlos. Nur durch das Nicken ihres Kopfes zeigte sie, dass sie ihn verstand und sein Handeln guthieß. Dann verschwand sie wieder hinter der Zeitung.

„Ach ja, da waren noch drei Anrufe von Immobilienkunden, die du wohl schon kennst. Sie wollten dir mailen", sagte sie, als er sich erhob.

„Gut. Dann schau ich mal, bevor wir etwas anderes planen."

Im Büro roch es erwartungsgemäß. Nach kaltem Rauch und Zigarettenkippen in vollen Aschenbechern. Nach überhastetem Aufbruch.

Er öffnete die Fenster und leerte den Aschenbecher, während der Laptop hochfuhr. Die wenigen Mails waren schnell beantwortet. Vorweihnachtliche Flaute eben. Da trat immer Ruhe ein, wenn nicht die Landesregierung zum Jahreswechsel die Grunderwerbssteuer anhob wie letztes Jahr. Gerade wollte er noch den Kontostand prüfen, als die Tür aufging und Silke hereinkam. Sie setzte sich auf's Fensterbrett und schaute ihn nachdenklich an.

Er wartete.

„Ich habe ja davon keine Ahnung", fing sie dann an, „aber willst du das mit diesem Jugendlichen wirklich auf sich beruhen lassen?"

Irgendwie verstand er nicht, wovon sie sprach, und hatte das Gefühl, dass in seinem Hirn ein paar Schaltungen klapperten. Dann begann es ihm zu dämmern.

„Welcher Jugendliche? Meinst du den aus dem Pflegeheim? Bärchi?"

Sie nickte.

„Du sagtest, das Motiv fehlt euch noch für den Mord und

auch für den zweiten Mordanschlag. Und aus diesem Bärchi hast du nichts herausbekommen."

„Ja, mehr oder weniger. Die Heimleiterin hat nichts herausbekommen. Du meinst, ich soll es noch einmal probieren?"

Hagen verstand nicht recht, wie Silke jetzt darauf kam. Früher hatte sie sich nie für diese Probleme interessiert, die ausschließlich sein Metier waren. Ganz im Gegenteil. Seine gelegentlichen Aushilfseinsätze bei der Kripo hatten sogar dazu geführt, dass sich Silke zeitweise von ihm trennte.

Und jetzt kam sie plötzlich mit Vorschlägen?

Jedenfalls lächelte sie ihr schelmisches Grinsen, mit dem sie ihn viel zu selten überraschte, wie er fand.

„Glaubst du nicht, dass das was bringt?", fragte sie und antwortete gleich selbst: „Du kannst doch sowas. Das weiß ich."

„Aber ich bin kein Spezialist für behinderte Kinder."

Sie wandte ihren Kopf zum Fenster hin und schaute ein Weilchen über das Brachland in Richtung Mühlhof. Dann sah sie ihn wieder an und sagte:

„Und wenn du mit diesem Bärchi nach Wolfsruh fährst?"

Er wollte schon abwiegeln, doch dann stutzte er.

Ganz langsam begann eine Idee in seinem Kopf Gestalt anzunehmen. Dann sprang er auf.

„Komm mit. Ich brauche dich dabei."

58

Die Szene hatte etwas Irreales. Der kalte Wind peitschte Schnee und Regen aus dunklen Wolken. Die hingen so tief wie am letzten Sonntag und verdunkelten den Tag.
Hagen Brandt wartete auf dem Beifahrersitz und schaute zum alten Busse, während Silke und Anne Pagels vorn aus dem Dienstwagen sprangen und zum Hof hinübereilten.
Bärchi auf dem Rücksitz gurgelte und kicherte, Sandra Grunwald versuchte, ihn zu beruhigen.
Niemand von ihnen glaubte noch an die Schuld des alten Busse, aber sie hatten sich darauf geeinigt, dass es auch nicht schaden konnte, ihn dabei zu haben. Eigentlich mochte er ihn und als er versuchte, sich dessen Leben vorzustellen, merkte er, wie wenig er über ihn wusste. In den Akten stand, Busse sei Witwer. Nicht viel mehr.
Als Hagen ausgestiegen und sich eine Zigarette angezündet hatte, stellte er sich an die Fahrertür. Busse hatte die Seitenscheibe heruntergelassen.
„Warum leben Sie eigentlich allein, Herr Busse, und nicht mit ihrem Sohn zusammen?"
Busse sah ihn verdutzt an, räusperte sich und sagte dann:
„Das ist eine längere Geschichte und hängt mit meiner verstorbenen Frau zusammen. Sie hat sich damals im Knast erhängt." Dann fügte er traurig flüsternd hinzu: „Und jetzt auch noch mein Atze ..."
„Was war passiert?"
Busse seufzte. Dann stieg er aus und zog ihn hinter den VW

Bus in den Windschatten.

„Frau Psychologin ist immer sehr neugierig. Ich will nicht, dass sie das breittratscht. Wir haben unseren Atze damals, als das losging, zu meine Schwester gegeben. Sie wohnte ja gleich nebenan und er sollte aus der Schusslinie bleiben. Denn die großen LPG-Bosse hatten meine Frau, die eine kleine Buchhalterin war, zum Sündenbock auserkoren."

Als Busse innehielt, reichte Hagen ihm nachdenklich seine Zigarettenschachtel und gab Feuer. Beide schwiegen nun und sahen den Frauen hinterher, die gerade durch die Einfahrt verschwanden. Sie würden alles vorbereiten. Und ihnen beiden blieb nur die Rolle der Zuschauer.

„Ich weiß, was Sie denken", sagte Busse plötzlich, „dass mein Sohn dies hier angerichtet hat ..."

Hagen schwieg und wartete auf die Fortsetzung, die vielleicht endlich dazu führen könnte, dass er verstand, was mit den Jörgens geschehen war.

„Kennen Sie den Begriff *Sündenbock*? Meine Schwester konnte sich stundenlang darüber ereifern. Und mein Sohn war, als dies alles passierte, in einem Alter, in dem er wahrscheinlich das meiste verstand. Dem Sündenbock wurden schon zu allen Zeiten sämtliche Sünden aufgeladen. Anschließend hat man ihn gesteinigt, gekreuzigt oder eben heutzutage ins Gefängnis geworfen."

Plötzlich hörte es sich so an, als würde Busse weinen. Er schniefte und zog ein Taschentuch aus der Hose. Doch er konnte sich jetzt nicht mehr um ihn kümmern. Es war soweit: Im Arbeitszimmer ging das Licht an. Silke erschien am Fenster und hob den Daumen.

Hagen öffnete die Beifahrertür. Er beugte sich vor zum Handschuhfach, nahm die Taschenlampe heraus und reichte sie

Bärchi nach hinten.

„Noch nicht dunkel", erklärte der und kicherte wieder.

„Nimm sie trotzdem mit."

Er beeilte sich, um das Auto herumzukommen. Bärchi sprang heraus, kicherte kurz und hielt dann den Finger auf seine Lippen. „Atze ... still", flüsterte er.

Hagen hielt die Grunwald zurück, die Bärchis Hand nehmen wollte. Sie und Busse sollten folgen, aber auf Abstand.

Dann konzentrierte sich Hagen auf Bärchi, diesen eigenartigen fünfzehnjährigen Jungen mit dem Verstand eines sechsjährigen. Der hatte den Kopf zwischen die Schultern gezogen, als würde es genügen, sich ganz klein zu machen, nur dass man ihn nicht sah. Er spürte förmlich dessen Aufregung. Sie zu unterdrücken, hatte er offenbar nie gelernt. Wie ein nervöses Fohlen trippelte Bärchi von einem Bein auf das andere.

Hagen trat von hinten an ihn heran.

„Du gehst jetzt durch die Einfahrt, Bärchi. Ich komme von der anderen Seite. Aber leise, ja?"

Bärchi nickte heftig und begann, auf die Einfahrt zuzutrippeln. „Atze da lang", hauchte er, dass Hagen es kaum verstehen konnte. Für Bärchi war es jetzt ganz dunkel rundum. Sturm und Regen peitschten. Es war wieder der Abend, an dem er mit Atze hier hergekommen war, der Abend, an dem Alexa Jörgens starb.

Wieder Bärchis leises Kichern: „Atze ... leise ... lang."

Die kleine Pforte neben der Einfahrt hatten die Frauen einen Spalt offen gelassen. Bärchi drückte sie ganz auf und trippelte dabei auf der Stelle. Dann war er drin.

An der Hausecke fummelte er kurz an der Taschenlampe herum und schaltete sie ein. Jetzt trat Hagen neben ihn. Bärchi suchte seine Hand und zog ihn vorwärts.

„Komm ... Atze ... leise."
Als sie die Haustür erreichten, sah Hagen im Flur Licht brennen. Sie traten auf die Schwelle und irgendwie spürte er eine Veränderung in Bärchi. Er trippelte nicht mehr. Reckte sich stattdessen, ließ Hagens Hand los. Riss plötzlich beide Hände nach vorn.
„Ba ba ba!", rief er und stürmte die Treppe hoch. Rechts in die Küche. „Ba ba ba!"
Silke, die er auf halber Treppe zum Dachboden hocken sah, ließ die Videokamera kurz sinken, riss sie doch gleich darauf wieder hoch, als Bärchi wieder herauskam und den Flur nach hinten rannte. Auf Anne zu.
„Ba ba ba ..."
Hinter sich hörte Hagen jemanden schluchzen. Er drehte sich um und zog Sandra Grunwald mit sich nach draußen.
„Bitte, beruhigen Sie sich", sagte er und zog sie mit einem Blick die Straße entlang nach Wolfsruh zu Busses Auto.
„Es war nicht Bärchi, der geschossen hat."
Als er die Autotür zuschob, sah er vom anderen Ende der Straße einen Streifenwagen kommen.
Sollte er noch schnell ins Haus laufen?, fragte er sich, wusste aber sofort, dass dies unnötig war. Die Frauen würden wissen, was zu tun war.
Mit dem Rücken gegen das Auto gelehnt stand er da. In sich versunken grübelte er, wie es laufen würde. Und plötzlich fühlte er sich in den Streifenwagen versetzt, fuhr durch Wolfsruh und ahnte, dass es ein Albtraum werden würde.

59

Weißt du, wie es ist, wenn etwas, das du getan hast, zum Albtraum wird? Einem Albtraum, der dich ein Leben lang nicht mehr loslässt?

Als sie durch dieses Wolfsdorf fuhren, wusste er, wohin sie ihn brachten. Dass es nun in Handschellen geschah und unter Bewachung – es spielte keine Rolle mehr.
Nicht für ihn, nicht für Axel Busse, den Rächer. Denn er fühlte sich nicht schuldig. Er hatte nur getan, was getan werden musste. Ja, er hatte den Sündenbock ausgesucht, ihm alle Sünden aufgeladen und ihn bestraft. Basta! Genau wie Tante Liane es gesagt hatte.
In der Linkskurve wurde er gegen die Autotür gedrückt.
Sie haben sie extra verriegelt, ging es ihm durch den Kopf. Eine Kindersicherung. Und sie würde auch nur bei Kindern funktionieren. Wenn er gewollt hätte, in zwei Minuten wäre die Tür offen gewesen.
Doch wozu, kehrten seine Gedanken zum Ausgangspunkt zurück. Zu einem Ausgangspunkt, der inzwischen Monate zurücklag.
Seine Liebe zu Franzi.
Jawohl, er hatte sie geliebt. Zuerst, erinnerte er sich, tat sie ihm nur leid wegen dieser Mutter und weil sie nicht einmal einen Vater hatte. Niemand verdient so eine Mutter, die nicht arbeitet, sondern ständig besoffen ist.
Niemand. Und Franzi erst recht nicht.

Er empfand aus irgendeinem Grund Anerkennung für den Fahrer, einem bulligen Kerl, der – zwar ohne Bart – Ähnlichkeit mit seinem Vater hatte. Bei dieser Witterung die Kurve zu nehmen, ohne ins Schleudern zu kommen, kann nicht jeder.
Der junge Pisser neben ihm, Lucio hieß der wohl, packte seinen Arm und zog ihn zurück in die Senkrechte.
Nicht schlecht, überlegte er. Damit hätte er meine Flucht verhindern können, wenn ich sie denn gewollt hätte.
Dann spürte er, wie der Fahrer wieder Gas gab. Nur ein paar hundert Meter noch. Dann waren sie am Ziel. Er richtete sich auf und schaute zwischen Fahrer und Beifahrer hindurch nach vorn. Obwohl doch erst Nachmittag war, konnte er nicht weit sehen. Die Schneeflocken wurden größer und kamen beinahe waagerecht von vorn. Erst als sie die Senke passierten, sah er das Ziel dieser Fahrt. Das Ende.
Sie fuhren an zwei Autos vorbei und hielten direkt in der Einfahrt. Er drehte sich um und schaute durchs Rückfenster.
War das Vaters VW-Bus? Die Aufschrift hatte er nicht richtig sehen können, aber die Farbe stimmte. Was sollte Vater hier?
„Alle Mann aussteigen. Endstation", sagte der bullige Fahrer, der plötzlich die Tür auf seiner Seite aufriss, sich zu ihm hinunterbeugte und die Handschellen ergriff, die plötzlich sehr schmerzhaft um seine Handgelenke spannten.
Widerstandslos ließ er sich hinausziehen. Dann wurde er mit dem jungen Pisser zusammengekettet. Das rechte Handgelenk schmerzte noch immer.
„Herr Busse, hören Sie mir zu." Der Pisser trat in sein Gesichtsfeld. Der Wind schien ihn fast wegzuwehen.
Und der soll mich aufhalten, wenn ich abhauen will, fragte er sich. Lächerlich.
„Passen Sie auf. Wir gehen jetzt dort hinein. Sollten Sie ver-

suchen auszubüchsen, werde ich von der Schusswaffe Gebrauch machen. Haben Sie mich verstanden? Sie können sicher sein, dass Sie nicht weit kämen."

Dann trat er zur Seite und zog ihn mit sich durch die Tür neben der Einfahrt. Plötzlich vertrat ihnen ein alter Mann den Weg. Dreitagebart. Nasses verklebtes Haar. Lederjacke. Vielleicht der Chef. Der Vorgesetzte von dem jungen Pisser.

„Gut, Fernando. Mach ihn jetzt los", sagte der ziemlich bestimmt. Wie Väter eben sind. Und er ließ sich überhaupt nicht stören, als hinter ihm ein Blechdach krachte.

„Aber ..." Die Widerrede wurde vom Wind weggeweht.

„Ich übernehme die Verantwortung. Mach ihn los."

„Wie du willst", sagte der Pisser Fernando.

Da siehst du mal wieder, wer das Sagen hat, dachte er, also mach, was Vater sagt. Oder Chef. Aber so oder so, noch immer verstand er nicht, was sie hier überhaupt wollten. Wozu brachten sie ihn hierher?

Zuerst schlagen sie mich nieder, dachte er grimmig an den Vormittag zurück, dann stecken sie mich in eine Zelle und lassen mich schmoren. Und nun hier bei diesem Mistkerl?

Der Alte trat neben ihn und packte seinen Arm.

„Komm jetzt", blaffte er. Zog ihn so heftig vorwärts, dass er beinahe gestrauchelt wäre.

Vor ihnen stand, wie vor einer Woche, das Paketauto. Die Fahrertür klapperte im Wind. Die Schiebetür an der Seite stand offen.

An der Hausecke blieb der Alte plötzlich stehen und riss ihn am Arm zurück, als er nicht schnell genug reagierte.

Was sollte das hier werden?

Der Hof lag still da in der Nachmittagsdämmerung. Nichts rührte sich außer dem peitschenden Wind, der das Blechdach erneut klappern ließ.

Ihn fröstelte. Und irgendwie fühlte er sich plötzlich nackt und schutzlos. Die vorigen Male, die er hier war, hatte er seine …

Der Alte ließ seinen Arm los und drückte ihm etwas in die Hand. Etwas Kaltes. Schwarzes. Er erkannte es wieder. Fühlte die vertrauten Umrisse in seiner Hand. Und erschauderte.

„Geh!", krächzte der Alte und gab ihm einen Stoß in den Rücken. „Geh. Und tu, was du tun musst."

Wie in einem seiner Albträume, ging es ihm durch den Kopf. Das durfte nicht sein. Sollte er alles noch einmal durchleben müssen?

Doch. Es war genau so. Ein Albtraum. *Sein* Albtraum.

Der Alte war plötzlich verschwunden. Der Wind peitschte ihm ins Gesicht. Irgendwas schwang quietschend vor und zurück, hin und her.

Sein Albtraum.

Er hob die Hand mit der Pistole und ging vorwärts auf den Hauseingang zu.

Natürlich war es lächerlich, was er hier tat. Jörgens war tot, seine Frau auch. Wovor fürchtete er sich?

Wovor?

Gerade als er die Haustür erreichte und ein letztes Mal stehen blieb, flog irgendwo krachend eine Tür zu. Er zuckte zusammen, duckte den Kopf zwischen die Schultern und trat in den Flur. Unterhalb der Stufen war es dunkel, aber hinten links brannte eine schwache Lampe und warf Schatten.

Als er den ersten Fuß auf die Stufe setzte und sich hochstemmte, sah er sie liegen.

Schwarze Schatten auf dem Fußboden. Einer kurz hinter der Küchentür, einer weiter hinten.

Jörgens und seine Frau!

Sollten sie das wirklich sein? Warum hatte man sie hier liegen gelassen? Sie waren doch tot. Er selbst hatte sie erschossen! Man musste sie doch …

Was war das, kreischte es in seinem Kopf. Der hintere Schatten hatte seinen Arm gehoben und winkte. Nun setzte der Schatten sich auf. Winkte wieder. Erhob sich!

Und der andere, der an der Küchentür, begann plötzlich zu kichern. Gluckste, als wolle er ihn auslachen.

Bärchis Lachen. Was tat Bärchi hier?

Warum hatte er nur angehalten und Bärchi mitgenommen, als er ihn an der Straße stehen und winken sah? Natürlich war es bereits dunkel gewesen und Bärchi hätte längst ins Heim zurückkehren müssen. Er hatte Angst um Bärchi gehabt.

Axel Busse wich zurück, als Bärchis Schatten aufsprang, die Arme über den Kopf hochriss und hüpfte. Dann kam er auf ihn zu und verschwand kreischend und lachend in der Küche.

Auch der hintere Schatten hatte sich in Bewegung gesetzt. Kam näher und näher. Eine Frau mit blonden Haaren und schwarzem Gesicht.

Er riss seine Hand mit der Pistole hoch. Drückte ab und nochmal und nochmal. Und immer wieder nur dieses Klicken der Pistole. Dann begann er selber zu kreischen. Die Verzweiflung packte ihn. Tränen verschleierten seinen Blick.

Wieder und wieder drückte er ab, ohne den Schatten aufhalten zu können. Dann … blendete ihn Licht. Jemand packte ihn von hinten, wirbelte ihn herum und drückte ihn fest in seine Arme.

„Junge." Es war Vaters Stimme. „Was hast du getan? Du musst es ihnen sagen."

*

Sonntag. Ist heute Sonntag? Wieder?

Ist wirklich erst eine Woche vergangen, fragte sich Axel Busse, als er den Kalender anschaute, der in seiner Zelle hing. Offenbar als verächtlicher Gruß seiner Bewacher, von denen er nur leises Murmeln aus dem Stockwerk über ihm hörte.

Vor genau einer Woche hatte er die Alte gekillt ... und gestern ihn selber? Den Vergewaltiger seiner Franzi?

Denn Jörgens hatte sie vergewaltigt, anders konnte es nicht sein. Niemals hätte Franzi sich freiwillig auf diesen alten Knacker eingelassen. Da mochten die Bullen doch sagen, was sie wollten.

Die hatten sogar behauptet, der Mistkerl habe nie etwas mit Franzi gehabt und er selbst sei der Vater des Wurms, mit dem zusammen sie Franzi irgendwo begraben würden.

Niemals ... NIEMALS WAR ER SELBST DER VATER!

Ein Schluchzen entwich seiner Kehle. Er zog die Beine auf die Pritsche und rollte sich auf ihr, mit dem Gesicht zur Wand, zusammen. So lag er lange da. Die Augen fest geschlossen. Die Hände fest zu Fäusten geballt.

Was soll ich nur tun, fragte er sich immer wieder. Was nur?

Der Bulle hatte auch behauptet, Jörgens sei gar nicht tot. Wollte dieser junge Pisser ihn auch noch verhöhnen? Dürfen die mich so anlügen, fragte er sich.

Alles wäre vollkommen umsonst gewesen.

Franzi, was soll ich nur tun?

Dann erinnerte er sich, wie oft Franzi zu ihm in die Wohnung gekommen war. Neben ihm auf der Couch gesessen und in einem Buch gelesen oder einen Film angesehen hatte, während ihre Mutter besoffen irgendwo herumlag oder wütete und drohte, sie zu schlagen.

Wütend schlug er mit der Faust gegen die Wand vor sich.

Dieses Miststück!

Wie konnte man so tief sinken, seine eigene Tochter zu schlagen? Das verstand er nicht. Dabei war sie doch eine so liebe Tochter. Okay, manchmal etwas vorlaut. Aber sonst.
Sogar zärtlich konnte sie sein. Und … einmal, als sie neun war, hatte sie Papa zu ihm gesagt. Das war, als er mit ihr und ein paar anderen Kindern zum Baden gefahren war.
Ein toller Tag ist es gewesen. Sommer, Sonnenschein. Warm. Sie kam aus dem Wasser, lief plitschnass auf ihn zu und umarmte ihn. Da hatte sie ihn Papa genannt, als niemand anders in der Nähe war. Es sollte ein Geheimnis zwischen ihnen bleiben. Nein, sie hatte es nicht gesagt, um vor ihren Freundinnen anzugeben, oder so.
Er hatte es jedenfalls nicht verraten, genau so wenig, wie das zweite große Geheimnis. Ihr Ostergeheimnis. Niemals würde er es verraten. Nach dem das Osterfeuer niedergebrannt war, er hatte bestimmt nicht mehr als zwei Bier getrunken, wollte sie bei ihm noch einen Film sehen. Einen Liebesfilm.
Er hatte ihr erlaubt, ihn zu küssen. Sie waren so glücklich gewesen dabei. Wie ein richtiges Liebespaar. Wie das im Film. Und dann, als der Film zu Ende war, hatten sie beide geweint. Später, sie war erst rot, dann blass geworden, hatte sie sich sehr geschämt, als sie das Blut aus dem Polster der Couch schrubbten.
Geweint hatte sie dabei und er versuchte, sie zu beruhigen. Er hatte ihr versprochen, niemandem etwas zu erzählen. Es sollte ihr beider Geheimnis bleiben. Doch dann hatte sie ihn angeschrien und war davongelaufen. Zu diesem Paketboten.
Tränen liefen ihm jetzt über das Gesicht. Er wischte sie weg, als er den Riegel seiner Zellentür klappern hörte.
Nie wieder würde er Franzi wiedersehen. Nie wieder würde sie Papa zu ihm sagen. Niemals wieder.

60

Morgen ist Heiligabend, ging es Hagen Brandt gleich beim Aufwachen durch den Kopf. Morgen schon. Dabei hatte er noch nicht einmal alle Geschenke beisammen.
Schnell hüpfte er aus dem Bett. Silke war schon beim Kochen und Backen. Gäste hatten sich für Heilig Abend angesagt. Die üblichen, die kein Zuhause oder zumindest keine Familie hatten. Aber erst morgen, wie gesagt. Heute würde er gleich nach dem Frühstück nach Gransee gondeln und Geschenke kaufen.
Beim Frühstück klingelte sein Handy. Natürlich immer dann, wenn man es am wenigsten gebrauchen kann, meldet sich irgendein Immobilieninteressent. Dachte er.
Aber es war keiner.
Er lauschte. Silke auch.
„Danke, Anne. Wir sehen uns morgen."
Als er die Verbindung trennte, schaute er nachdenklich durch das Küchenfenster hinaus auf den Hof. Sah die ersten Meisen sich um das Vogelfutter balgen und den Qualm aus dem Schornstein des Stallgebäudes aufsteigen.
Irgendwoher hörte er Bärchis gurgelndes Lachen und das zustimmende Brummen aus Busse seniors Bart. Plötzlich Simon Jörgens Stimme: „Ihr glaubt doch alle, dass ich es war! Oder nicht!"
Dann bemerkte er Silkes fragenden und zugleich besorgten Blick und lächelte.
„Der Vaterschaftstest ist da. Busse junior war der Vater", erklärte er leise und versuchte erneut, sich vorzustellen, ob sie

sich hätte wehren können.
Er dachte an den jungen Busse im Vernehmungsraum. Wie er vor dem Schreibtisch gesessen und vor sich hingestarrt hatte. Und die ganze Zeit ohne auch nur ein einziges Wort zu sagen. Als hätte er nicht verstanden, was mit ihm passierte. Oder als hätte er ein Schweigegelübde abgelegt.
Bis heute hatte Axel Busse geschwiegen, so dass sie zum Schluss den Staatsanwalt gebeten hatten, Frieder Busse eine Besuchserlaubnis zu erteilen. Im Vernehmungsraum hatten sie sich gegenübergesessen. Vater und Sohn Busse.
Staatsanwalt, Rechtsanwalt und das Ermittlerteam saßen hinter der verspiegelten Scheibe und bekamen nur einen einzigen Satz von Axel Busse zu hören:
„Sie war meine Tochter."
Das war alles.
Hagen seufzte. Und er tat es noch einmal, als das Telefon erneut klingelte.
Wieder meldete er sich und lauschte dann.
„Ja, gut, ich komme. Gib mir eine Stunde oder zwei."
Dann unterbrach er die Verbindung und aß sein Brötchen, als sei nichts geschehen. Doch sein Schweigen war nun ein anderes als zuvor. Ein zufriedenes, entspanntes Schweigen.
Ein Geheimnis-Schweigen.
Silke kannte das Spiel schon und würde nicht fragen: Zu Weihnachten hatte er Geheimnisse und mochte Überraschungen. Deshalb hob sie nur die Schultern und fuhrwerkte weiter mit allen möglichen Backzutaten herum, von denen er keine Ahnung hatte.
Als er aufstand, erklärte er noch kurz, er sei in zwei oder drei Stunden wieder da, und war kurz darauf auch schon auf dem Weg nach Gransee.

Die Sonne stand noch tief, als er über die Landstraße trödelte, versprach aber einen schönen Tag. Heute würde ihm nichts die Laune verderben können. Heute nicht.

Eine geschlagene Stunde verbrachte er dann in Rolffs Buchladen, der nun auch noch Postfiliale werden sollte. Und das, obwohl an Büchern alles vorhanden war, was er bestellt hatte. Und als er zu seiner Verabredung kam, war er eine viertel Stunde zu spät.

Trotzdem. Simon Jörgens saß mit seiner leuchtend weißen Halskrause vor dem Krankenhaus auf der Bank, ließ sich die Sonne ins Gesicht scheinen und lächelte beim Einsteigen. Hagen schob dessen Koffer auf die Rückbank und stieg wieder ein. Dann begrüßten sie sich wie alte Freunde.

„Wollen wir?"

Simon nickte. Das Lächeln war verschwunden.

Später wanderte Hagen über den Wolfsruher Hof, flitzte durchs Haus und machte Fotos. Simon wollte verkaufen. Na ja, er konnte ihn verstehen.

*

Heute war Weihnachten. Heilig Abend. Ein Abend, der immer der Familie gehört.

Hagen hatte sich erboten, sich förmlich aufgedrängt, die letzten Einkäufe zu erledigen, da sie die Käsemenge für das abendliche Fondue offenbar unterschätzt hatten.

„Schon alleine Fernando ...", hatte er erklärt und war davon gefahren.

Gegen Mittag parkte er seinen Astra wieder zu Hause. Silke sah nicht auf, als er die Küchentür öffnete.

„Mahlzeit", sagte er. „Da bin ich wieder."

„Mahlzeit", echote Simon Jörgens hinter ihm. In seinem Arm ein kleines Bündel Hundewelpe, dessen Rasse man beim besten Willen nicht erraten konnte.

„Und ich bin auch wieder da. Ich habe gehört, ihr hättet hier so eine Art Gnadenhof für einsame rehabilitierte Menschen."

Silke lachte auf und ging ihm strahlend entgegen.

ENDE

Kraatz, August 2015

Ganz herzlich danke ich meiner Frau, meinen Testlesern, Beratern und Korrektoren für ihre kompetente Unterstützung.

Bastian und Astrid Hillebrand
Katrin Valentin
Axel Röhken

Susanne Wernicke (www.sue-wernicke.de) für das Coverbild.